聚福妻

4

文創風
885

踏枝 著

目錄

第六十九章

送走姜楊他們沒兩天，蕭世南和姜霖搬回家裡。

雖然蘇宅的環境比家裡好許多，蘇如是對他們也和氣得很，不但吃穿用度都精緻，還怕楚鶴榮身邊的人伺候不好，每天親自關心他們的日常起居。

但是金窩銀窩，不如自己的狗窩，兩人在外頭住了好一陣子，想家想得不得了。

尤其姜霖，雖然姜桃每天都會去蘇宅看他們，但也就是一會兒，待不了多久，就得回家替姜楊準備補湯。

小傢伙心裡這叫一個酸啊，覺得哥哥把姊姊搶走了。

要是以前，他肯定鬧了，但現在他長大一歲，也和姜楊培養出兄弟感情，才沒發作。

於是，回家小住時，姜霖委委屈屈地跟姜桃說：「姊姊，我現在好好念書，以後也去考試。等我考試的時候，妳也那麼陪著我，只看我好不好？」

這話聽得姜桃的心都快化了，忙把他抱進懷裡掂了掂，保證道：「姊姊知道這段時間委屈阿霖了，但是咱們家地方小嘛，姊姊白日都躲出去，生怕影響你哥哥看書。不過哥哥還沒考完，後頭有其他考試。要是你實在不想去外頭，就住在家裡好不好？」

姜霖懂事地搖搖頭。「不好，我怕我管不住自己，會鬧出動靜來。到時吵到哥哥，我豈不是成罪人啦？」

六歲大的孩子本就談不上什麼自律，尤其姜霖和蕭世南住一起，兩人都是愛笑愛玩的個性，能憋住一天兩天，卻憋不住十天半個月。

姜霖還是很有自知之明，所以只拉著姜桃撒嬌，沒說不去蘇宅住。

他太乖巧了，惹得姜桃捧著他的胖臉蛋，親了又親。

接著，姜霖說想和姜桃一起睡，姜桃當然硬不下心腸拒絕他，自然答應了。

但是，這可苦了沈時恩。

姜霖覺得被冷落，難道他就沒有這種感覺嗎？

這段時日，他沒有搬出去，晚間回來還是和姜桃歇在一處。

家裡人少了，更是清靜，但姜桃擔心姜楊，晚上還要起床熱消夜，而且姜楊就在隔壁熬夜念書，夜間萬籟俱寂，鬧出動靜很尷尬。他不是真就那麼色慾薰心，這種時候還要和姜桃親熱。

所以，過去幾個月裡，睡覺就是純睡覺。

好不容易等到姜楊出門考試，沈時恩心裡不由癢癢，吃過晚飯，姜桃先去沐浴，他就開了箱籠，拿出裝魚鰾的荷包。

但沒一會兒，姜霖穿著中衣，抱著自己的小枕頭來敲門了。

「姊夫，我和姊姊說好，今晚要和她睡。你看是去和小南哥一道睡，還是進哥哥屋裡睡？都隨你選。」

沈時恩心想，這種選擇有什麼好的呢？

要是能選，他當然選的是獨享自己媳婦兒啊！

但對著這麼點大的姜霖，沈時恩不忍心讓他失望，只好把人放進來。

片刻後，姜桃洗漱回屋，見他懨懨地把荷包放回箱籠裡，憋著笑問：「你去哪兒睡？咱們屋裡的床也大，要是你不介意，三個人一起睡也成。」

沈時恩想，一起睡就一起睡吧，讓姜桃睡中間，等姜霖睡著了，他雖然不能做得太過分，但親親抱抱自己的媳婦，總不是問題吧？

他應下之後，就去洗漱，等他帶著水氣回到屋裡，姜桃已經把床鋪好了。

姜霖睡在正中間的位置，正咯咯笑著跟姜桃說話，見沈時恩愣在床邊，便拍著身旁另一邊的空位。

「姊夫快來，就等你啦！」

沈時恩哭笑不得地看姜桃一眼，姜桃撇過臉瘋狂偷笑。

在姜霖一迭連聲的催促中，他只好吹滅燈火，睡到床外側。

三個人躺下後，姜霖很開心地一手拉著他姊姊、一手拉著他姊夫，打開話匣子，講起這段時日住在外頭發生的事。

小孩子的世界沒什麼大事，他說的都是些雞毛蒜皮的小事，但姜桃和沈時恩很有耐心地聽著，還很配合地接話。

三個人嘀嘀咕咕說到了月至中天，姜霖才撐不住，帶著甜甜的滿足笑容睡著了。

沈時恩這才呼出一口氣，伸手越過姜霖，無聲地拉姜桃的手比劃一下，示意她起身挪到外頭，他把姜霖抱到裡側去睡。

姜桃明白過來，看他也是不容易，便輕手輕腳地起了身。

然而，沈時恩剛把姜霖抱著往裡面挪，門口就傳來輕微的動靜，好像有什麼東西在扒拉門板。

姜桃下床，打開門一看，原來是蹲在門口的雪團兒。

之前蕭世南和姜霖搬出去，這小傢伙自然也跟著一道去蘇宅。

現在雪團兒長開了，完全是老虎的模樣。可能因為正在長大的關係，變得格外愛睡，回來之後，就躲起來睡覺。現在睡飽，便立刻來找姜桃。

牠的心性跟姜霖差不多，孩子似的咬著姜桃的裙襬，又大又圓的眼睛裡滿是依戀。

姜桃幫牠理了好一會兒毛，還去灶房拿塊肉乾餵牠，看著牠吃飽喝足，又犯睏了，才讓牠去廂房睡覺。

「總覺得好像有些對不住你。」姜桃回到床上躺下，在沈時恩的唇角親了親。

沈時恩彎唇。「還有兩個時辰才天亮，真要覺得對不住，那……」

話還沒說完，他就聞到奇怪的味道，再伸手一摸，床褥上已經一片濡濕。

他的笑僵在唇邊，姜桃也發現不對勁，下床點油燈一看——

姜霖尿床了！

臭小子一泡尿尿濕半張床，偏還沒事兒似的打著小呼嚕。

姜桃笑了好一會兒，才跟臉色不怎麼好看的沈時恩一起換掉被褥。

這一通折騰完，沈時恩再沒有一點綺念，把姜桃往懷裡一攬，還是純睡覺。

第二天清早，姜霖知道自己尿床，立時臉紅，拉著姜桃的衣袖小聲解釋。

「姊姊，我很久沒有尿床了，平時不會這樣的。」

姜桃忍著笑，理解地點點頭。「沒事，就我和你姊夫知道，我倆幫你保密。」

不過她和沈時恩不說也沒用，蕭世南早起看到外頭晾著的床單、被褥，就猜到了，洗漱時還偷偷和沈時恩咬耳朵。

「二哥，被尿床的感覺不好吧！」

沈時恩木著臉看他一眼，沒答話。

蕭世南笑夠了，又覺得有點羨慕姜霖。他也怪想他哥和他嫂子，但是年紀大了，男女有別，不好像姜霖那樣和他們擠一間屋睡。

「那晚上咱倆一道睡吧？我也想和你好好說話，我不會尿床，肯定不讓你起來折騰。」

沈時恩還是沒吱聲，只是深深看了他一眼。

蕭世南被他看得立刻收起玩笑神色，沈時恩沒說什麼，但這眼神……怎麼那麼像在罵髒話呢?!

姜霖尿床都沒被罵，他只是想和沈時恩一起睡，說說話，罵他幹啥？

不過尿床的結果，還是讓沈時恩挺滿意。

姜霖害臊了，不用人說，就把自己的小枕頭抱回廂房，沒再纏著姜桃，說要一道睡了。

晚間，沈時恩早早洗漱好，上床等著。

姜桃見狀，差點笑得肚子疼。「我又不會跑，咱們往後的日子還長著呢。你這麼猴急，可有半點正人君子的模樣？」

沈時恩在外素來無比正經，就算上街被年輕姑娘偷瞧，也是目不斜視。

但對著自家媳婦兒，他當然不是柳下惠，立刻下床，三步併兩步上前，把姜桃打橫抱上床榻。

姜桃注意到他發紅的耳根，看出他是被說得害羞了，笑得越發開懷。

兩人正鬧成一團，院門忽然被人哐哐拍響。

這……連姜桃都覺得，老天好像在跟沈時恩作對似的。

但沒辦法，有人急著來敲門，不能不管。

沈時恩理好衣服去開門，姜桃也攏了頭髮坐起身。

來的不是旁人，而是滿臉焦急的黃氏。

黃氏雖然莽撞，卻沒有這麼晚還貿然跑到別人家裡過。

姜桃覺得不對勁，讓她先不要急，坐下說說出了什麼事。

黃氏不肯坐，飛快地道：「今夜守城門的人稟報，說來了好大一隊人馬，穿著統一的侍衛服，聽口音是京城來的。對方拿不出通關文書，唯有代表身分的腰牌，可下面的人不認得。我家老爺聽到消息，已經去查看情況，我覺得要出大事，先來跟妳說一聲。」

小縣城人來人往，但從沒來過什麼大人物。上一次興師動眾、惹人注意的，還是楚鶴榮送蘇如是過來那回。他們是商隊，楚鶴榮在本地又有產業，趁著夜色趕路而來，也不算奇怪。

可現下從京城來了一大隊侍衛，真是大事了。

黃氏當了快二十年的縣官夫人，還沒遇過這種情況，隱隱覺得不對勁，跑來告訴姜桃，讓她有個準備，就立刻回去了。

自家是奉公守法的普通百姓，但沈時恩和蕭世南卻是戴罪之身，姜桃有些心慌。

「不然，你明日帶著小南回採石場？」

沈時恩已經脫下寢衣，換上出門的衣服。「我曉得。妳先睡，我出去看看。」說完便出了門。

姜桃也沒心思睡覺了，拿出繡坊的帳冊來看。

等她把今年繡坊的帳冊全看過一遍，已經是深夜時分，沈時恩還沒有回來。

姜桃感覺困倦，用手撐著下巴，又把帳算了一遍，不知不覺便趴在算盤上睡著了。

姜桃睡了好一會兒，直到聽見開門聲響，才揉著眼睛起身。

「怎麼就趴著睡著了？」

沈時恩打量她臉上被算盤珠子壓出的凹痕，好笑地伸手撫了下她的臉。

姜桃轉過頭，看看窗外發白的天色，嘟囔道：「怎麼去了這樣久？真出事了？」

沈時恩抱起她，放到床上，像哄孩子似的輕聲哄道：「沒事，不是什麼要緊的人。」

姜桃想多問幾句，但實在太睏，加上沈時恩的語氣還算輕鬆，便閉上眼睛補眠。

因為前一夜睡得不好，姜桃一覺睡到天光大亮。

沈時恩和蕭世南、姜霖各去上工上學了。

姜桃洗漱完，帶著帳冊去繡坊，正好聽王氏在繪聲繪色講昨夜的事。

「……聽說是京城的侍衛，足有上百人。同行的還有一輛馬車，華麗極了，光是造車的木料，就能頂咱們這種普通人半輩子的吃喝……」

王家有個在讀書的兒子，才十歲出頭，但每年得花很多銀錢。所以王氏跟著姜桃學刺繡之前，她的男人除了本來的活計外，還同時打好幾份短工。

什麼打更、巡街、掃大街的，只有人想不到，沒有她男人沒做過的，所以他的消息格外靈通，王氏嘴裡也有說不完的話題。

瞧見姜桃，王氏就停住嘴，繼續做自己手裡的活計。

姜桃看她這模樣像學生見了老師似的，好笑道：「我有那麼可怕？做活累了，停下來休息聊天，也是尋常，我不會罵妳。」

姜桃剛開始辦繡坊時，就和她們簽了契，每個月的分帳清清楚楚，十分公正嚴明。但私下裡，姜桃依然很和氣，繡坊人還少的時候，王氏和李氏她們在姜家做活，休息時便閒話家常，有時候姜桃還會烤些麵包，配著茶水，和她們一道吃點心。

王氏對她擠擠眼，意思是回頭再說。

姜桃見狀，也不問了，拿著帳冊去找花嬤嬤她們。

現在繡坊的大小事，是由花嬤嬤、袁繡娘還有李氏、孟婆婆負責。

姜桃看完帳冊沒問題，就把她們喊到跟前，問問繡坊最近的情況。

四人依次井井有條地說了，內容都跟帳冊對得上，自然不存在做假帳的事。

她們說完，都去忙了，王氏才挨到姜桃身邊。

姜桃支開其他人，對王氏道：「有話就說吧。」

王氏解釋道：「師傅，剛剛不是不理妳，是看到花嬤嬤跟著妳進來，才止住話頭。」

自打選出管理的人後，姜桃就不像之前那樣，事事親力親為。而且十字繡相對簡單，她們都上手了，由李氏和孟婆婆教新人就成。至於市面上的其他繡法，早些年在其他繡坊當過二把手的袁繡娘也會，教導新人，她比姜桃更有經驗，會按個人程度去教。

花嬤嬤不會刺繡，便負責繡坊的經營和調度。

姜桃壓低聲音問：「怎麼，她為難妳們了？」

黃氏同她要好，不僅沒說要分繡坊的權，還想著辦法少拿利潤，若非姜桃堅持，仍然只要三分盈利。

王氏想了想，說：「那倒沒有。但花嬤嬤訂了規矩，比如每過一個時辰，才能休息一刻鐘，休息時也不能聚在一起玩樂，也就吃飯時能鬆散些，隨我們回家吃，還是待在這裡。」

姜桃點點頭，這是必然。就像現代人創業一樣，剛開始只是小作坊，規矩自然鬆散，處處透著一股隨興勁兒。但是人多之後，有了規模，就得制定規章制度，按著規矩來。

於是，她又追問花嬤嬤制定的其他規矩，王氏一一說了。

姜桃聽得頻頻點頭，花嬤嬤完全是不可多得的管理人才啊！

幸虧花嬤嬤是黃氏的人，要不換個有野心的，光憑這樣能幹的人才，就可以架空她這個老闆。當然，王氏和李氏這些一開始跟著她的老人，應該不會背叛，但後頭進來的新人，就難說了。

有這樣的人在，姜桃更放心繡坊的發展。

怪不得之前她跟黃氏慚愧地說起，這段時日忙著家裡的事，沒太多心思看顧繡坊的生意，黃氏還說她瞎操心，說天下做生意的商賈多了去，像楚家那樣的大戶，每人名下都有一份產業，少說有十來間鋪子，若事事親力親為，豈不累壞？大部分是像楚鶴榮那樣，派心腹當掌櫃管理鋪子，年底查查帳，就算負責任。

於是，姜桃留在繡坊吃午飯，看繡娘們各有各的活計要忙，便回家去了。

沒多久，黃氏來了，不同於前一夜的焦急，現在完全是興奮八卦的樣子。

「真是出大事了！」黃氏坐下，興匆匆道：「不過，我得先向妳賠個罪。」

姜桃讓她直接說，黃氏才笑道：「昨夜我聽著情況不對，想著妳家沈二不是戴罪之身嗎？雖然採石場那邊的老規矩，苦役可以成親，若來人責問，還是可能招致禍端，所以才急巴巴地報信，讓妳早做準備。但是，沒想到那隊人馬不是來尋事，而是來尋人的。」

見姜家沒有其他人在，黃氏也不賣關子了，道：「京城有個安毅伯，也是承襲幾代的勛貴人家。聽說早些年安毅伯有個懷孕的寵妾，被他夫人逐出家門，最近安毅伯夫人去世，安毅伯打聽到消息，便立刻尋來了。」

姜桃失笑。「原來是這樣。不過妳事先不知情，好心來提醒我，不必向我賠罪。」

黃氏點點頭。「聽說是十六、七歲，還是十七、八年前的事，那妾室不知生男生女，如果是個女孩兒，是不是和妳差不多年紀？」

姜桃忙說：「打住吧，別想這些有的沒的了。」

黃氏嘿嘿笑著。「我也沒說什麼啊。」

從前她就被姜桃的樣貌和氣度震驚過，還在心裡驚嘆，鄉野間的秀才居然能教養出這樣的女兒。

現在她和姜桃親近，越看姜桃越順眼，覺得秀才女兒的出身真是配不上姜桃。眼下聽聞京城伯爵人家來尋子女，一想就覺得是姜桃啊！

不過，她沒莽撞地把姜桃推到人前，而是來探探姜桃的口風。

姜桃一聽黃氏的話，便猜到她的意思，怕黃氏瞎想，解釋道：「我娘是外地小商家的女兒，嫁給我爹快兩年才生我。我外祖父和外祖母在我母親嫁出門沒幾年，先後去世，兩個舅舅把生意做得紅火之後，就搬走了，漸漸不再聯繫。妳說，那伯爵家尋的女兒能是我嗎？」

黃氏訕訕地笑了笑，還挺惋惜地嘆口氣。

姜桃看她還替自己惋惜，越發好笑地搖搖頭。

她又不是沒當過勛貴人家的女兒，看著花團錦簇，但家裡不可為外人道的陰私事兒，可太多了。

她不想要那些表面上的富貴，現在這樣安穩的生活，已經讓她很知足。

而且，她聽說過安毅伯的名聲，世代承爵，但從他父親那一輩就荒唐至極，驕奢淫逸不說，連份像樣的差事都沒有，只靠著祖上餘蔭過活。到了他這一代，爵位差點被皇帝收回去，幸虧他長了一副好相貌，讓安毅伯夫人傾心於他。安毅伯夫人娘家顯赫，由她娘家出面，他才能順利承襲爵位。
但安毅伯婚後也沒收心，和他父親一樣貪戀美色，有名分的侍妾、姨娘就有十幾人。後來，安毅伯夫人生下的嫡長子，陰差陽錯歿了，她便把那些妾室全趕出家門，安毅伯才老實下來。
說來可笑，那麼一個風流的人，嫡長子歿了以後，家裡另外幾個庶子也先後夭折，膝下只剩七、八個女兒。
上輩子姜桃出門的次數屈指可數，連她都知道這些亂七八糟的事，可見這家人荒唐的名聲有多響亮。
現下安毅伯夫人歿了，安毅伯立刻出京來尋妾室和孩子，想也知道，不是真的念著情分，而是想要兒子回去繼承爵位呢。
那樣的人家，姜桃躲都來不及，哪裡會像黃氏這樣心存念想。
何況她沒和黃氏說假話，原身的身世，確實是這樣的。
兩人閒話一陣，黃氏便告辭回去。安毅伯府在京城不算入流的人家，但對這小縣城來說，可是尊大佛，她得盯著下頭的人伺候好了。
這件事，姜桃聽過便忘了，反正只要不是京城來人查問採石場的苦役就行。
孰料，隔不到半個月，這事真跟她扯上關係——安毅伯要尋的，居然是她的熟人！

第七十章

這天，姜桃沒去繡坊，在家做些小活計。

沈時恩看她這兩日難得清閒，眼看姜楊快考完回來，想同她多待一陣子，便請了假。

兩人正坐在一起閒話家常，家裡的門突然被拍響。

獨處時光不知被打斷多少次，沈時恩都習慣了，無奈地搖頭笑道：「別是秦夫人又來尋妳了？」

姜桃也笑。「不會吧，她這幾日忙著呢，說等送走京城來的大佛，再來找我。」

兩人一邊說話、沈時恩一邊出去開門，然而還不等他走到門邊，門便被人從外頭踢開。

他面色一沈，臉上的笑淡下去。

姜桃聽到動靜，跟了出來，沈時恩遂上前一步，將姜桃擋在身後。

未幾，一群僕婦和侍衛魚貫而入，一名盛裝打扮的少女慢慢地走進來。

姜桃很快就認出眼前的少女不是旁人，是原身的假閨密錢芳兒！

去年錢芳兒和年小貴的婚事差點黃了，但年掌櫃到底不是狠心的人，還是原諒了年小貴，雖然沒再讓他回繡莊，但也沒逼著他退親，或把他趕出家門。

可是，錢芳兒自己作死，聽了牡丹繡莊掌櫃的挑唆，想讓年小貴去那裡做工。

年小貴耳根子是出了名的軟，不過對這件事很堅持。他幼時待在慈幼局，吃不飽、穿不暖，幸虧遇上他爹，才能平安長大。再說，他爹不讓他去繡莊當少掌櫃，又怎麼樣呢？他有一手看帳打算盤的本事，就算去別家做工，也能養活自己和錢芳兒。

但錢芳兒不這麼想，年小貴長相和本事都一般，她看中的，不就是他繡莊少掌櫃的身分嗎？就等著以後年掌櫃年紀大了退下來，把掌櫃位置傳給他。

去外頭幹活能有什麼出息？這種人一抓一大把，她嫁誰不行，非得嫁年小貴？

而且，牡丹繡莊開出的條件多誘人啊，一個月給三、五兩銀子，一個月就頂普通活計半年的進項。

兩人因為這件事吵起來，年小貴說他隨便去哪家做工都成，就是不會去跟芙蓉繡莊打擂臺的牡丹繡莊！

錢芳兒也惱了，放出話來，要是不聽她的，親事作罷！

年小貴沒想到她會說出那樣絕情的話，他是為了錢芳兒才走到這一步，幾次為難姜桃，不都是因為錢芳兒的挑唆嗎？現在不過沒聽她的話一回，錢芳兒居然就要退婚？

年小貴被她這翻臉無情的態度寒了心，沒再挽留，還十分有擔當，沒說錢芳兒一句壞話，只說是自己做錯事被他爹趕出繡莊，想著往後沒好日子過，不想拖累錢芳兒，這才退親。

兩人的親事還沒到下訂之時，縣城裡知道的人不多。

但錢芳兒早早跟人吹噓，說她訂了一門城裡的好親事，槐樹村知道的人可就多了。

錢氏勸錢芳兒，雖然年小貴沒說她的壞話，可退親對她的名節有損。而且年小貴品行實在不錯，年掌櫃不是狠心到底的人，說不定過兩年就心軟鬆口，讓他回繡莊當少掌櫃。

錢芳兒不肯，尤其知道姜桃的日子過得越來越紅火後，越發不肯落了下乘，非要把姜桃比下去。

錢氏心疼女兒，只好正式退親，村子裡待不下去，便帶著錢芳兒搬到縣城。

錢氏當了多年媒婆，在槐樹村附近小有名聲，在縣城卻沒什麼根基，買了一間小屋子，就花了泰半積蓄。

之後，地牛翻身，房子塌了，得蓋新的，錢氏的家底都被掏空了。

加上大災之後，大家都覺得今年不太吉利，說親、成親的人家少許多，錢氏沒了進項，母女倆度日艱難，可想而知。

錢氏聽說姜桃的繡坊得了縣官夫人入股，正在擴大。她的針黹說不上多好，但基本的縫補還是會的，遂動了心，想來求求姜桃。

過去錢芳兒和姜桃感情好，錢氏還是姜桃和沈時恩的媒人呢，也算是老相熟了。雖然後來錢芳兒和姜桃鬧得不愉快，但是錢氏覺得姜桃不是那等記仇的人，她們家眼看著要揭不開鍋，放下身段去求，姜桃應該不會見死不救。

可錢芳兒知道了，死活不讓錢氏來，還說就算餓死，她也不會吃姜桃一口飯。

這個年，錢家母女過得很不容易，但好在天無絕人之路，安毅伯的人來了！

直到伯府的人尋上門，錢芳兒才知道，原來她是勛貴之女！

果然啊，她就是跟普通人不同，姜桃那秀才家女兒的身分，更是不配和她相提並論。

這幾天，她吃上了從未吃過的美味食物，穿上芙蓉繡莊裡賣得最昂貴的綾羅綢緞，而且馬上就能回京，當伯府貴女。

不少過去相識的人聽到消息，趕著來奉承她。

錢芳兒根本懶得理會他們，但就是想看他們臉上羨慕嫉妒的表情。

但是她等啊等，等到今天該同錢氏回京了，都沒等到她最想見的人——姜桃。

試問，還有什麼比過去永遠壓她一頭的人，被她徹底比下去，再無可能越過她，更讓她爽快的呢？

所以，她離開之前，特地去了茶壺巷。

錢芳兒趾高氣揚地對著姜桃揚了揚下巴。「放肆，見著本姑娘還不行禮？」

姜桃臉上沒出現她預想中驚訝或嫉妒的神情，只是挑了挑眉，抄著手，不緊不慢地問：「不知道妳現在是哪家的姑娘？」

錢芳兒身邊的老嬤嬤板著臉。「這是我們安毅伯府的十三姑娘。」

姜桃倒不意外。其實早在黃氏跟她說安毅伯來尋人的時候，她就隱隱猜到了。十幾年前，錢氏來到槐樹村，據說當時大著肚子，說丈夫已經歿了，別的隻字不提，生下錢芳兒之後，沒給她冠上父親的姓氏，依舊跟著錢氏姓錢。

縣城就這麼大，如果真是錢氏母女，安毅伯府的人早晚會找到她們。錢芳兒不是她的什麼人，她去摻和做什麼，便沒再關心這件事。

「十三姑娘好。」姜桃抿唇笑笑，心道安毅伯果然是出了名的能生女兒，這都排到第十三了。

錢芳兒本是來耀武揚威的，但看到姜桃臉上的笑，頓時覺得無比刺眼，沈下臉喝斥。「放肆！妳怎麼不向我行禮？來人哪，給我掌嘴！」

她一聲令下，身邊的人卻沒動，反去看老嬤嬤的眼色。

老嬤嬤點頭之後，僕婦才走向姜桃。

姜桃開口同錢芳兒說話之後，沈時恩便退開了些，此時聽到錢芳兒居然想對姜桃動手，便黑著臉往前一擋。

方才他退到旁邊，不怎麼引人注意，但站到人前，煞神似的黑著臉，再沒人敢忽視他。

他是上陣殺過敵的人，動怒時，氣勢非比尋常，兩個僕婦在高門大戶待慣了，極有眼力，立刻站住腳，不敢上前。

「沒聽到我的話嗎，我們這麼多人還怕他一個？給我打！」錢芳兒焦急地催促，聲音都拔尖了。

站在她身邊的老嬤嬤不屑地撇撇嘴，隨後隱藏了笑，勸道：「十三姑娘，伯爺說今日就要出城。時辰不早，咱們還是先回去吧。」

錢芳兒當然不肯，她還沒有收拾姜桃呢！

還不等她接著發號施令，姜桃就不疾不徐地開了口。

「十三姑娘，我提醒妳一句。如今妳雖成了伯府姑娘，身分是比我這樣的普通人高，但身上沒有品級，我也不是妳家的家奴，妳帶人闖進我家，又對我大呼小叫。要是再這般無狀，妳也別急著離開縣城了，咱們先上公堂說道說道吧。」

「妳胡說！」錢芳兒惱了，隨即轉過臉問老嬤嬤。「我是伯府的小姐，她只是個民婦，妳就眼睜睜看著她對我無禮？」

老嬤嬤木著臉道：「這位小娘子說得不錯，您的身分是尊貴，但沒有品級，她確實沒必要向妳行禮。」

方才，她還想著幫錢芳兒出出氣，應付一下，回去交差，也不至於耽擱回京的行程。但沒想到這對小夫妻居然不好欺負，姜桃說話有條有理，沈時恩精壯魁梧，看著就不好惹。她也煩了，懶得幫忙，想催錢芳兒快回安毅伯府的車隊。

「那我就奈何不得她了？」錢芳兒不甘心地問。沒想到她都成了勛貴家的小姐，還是奈何不得姜桃。

老嬤嬤見狀，心道辦法自然多的是，勛貴的身分和普通百姓是雲泥之別，對付普通百姓還不是抬抬手的事？

至於錢芳兒，到底是鄉野長大的，這規矩儀態，嘖嘖嘖……還不如那位小娘子呢。

錢芳兒不是正經主子，老嬤嬤不想跟她多說，只道：「姑娘不如回去問問伯爺？」

提到前幾天只見過一面的父親，錢芳兒臉上流露出掙扎猶豫的神色。

當時聽到身為安毅伯的父親千里迢迢來尋她，心裡很是期待。但見面之後，安毅伯對她很冷淡，之後沒再見她，只說要好好休息幾天，然後就要回京。

「走吧。」老嬤嬤說著話，對其他人抬了抬下巴，眾人立刻魚貫而出。

錢芳兒看他們都走了，憤恨地跺了跺腳，強撐著對姜桃道：「我這就去京城當高門小姐了，妳在這小縣城裡窩著吧，我倒要看看，妳當個苦役娘子能有什麼大出息？等我有空，再回來收拾妳！」

她說完，拔腿往外走，生怕其他人把她落下似的。

姜桃好笑地看著這些人一陣風似的來，又一陣風似的去，走到門邊檢查門板，故意提高聲音開口。

「什麼勛貴人家呀，光天化日私闖民宅，幸虧沒把我家門板踹壞，不然還得要你們賠銀錢呢！」

這帶刺的話聽得錢芳兒又要回頭，但剛停住腳，便被老嬤嬤拉住，半拖半拽地拉走了。

姜桃輕哼一聲，關上院門，轉身時，對上了沈時恩滿含愧疚的眼睛。

「都是我不好。」

姜桃有些摸不著頭腦，愣了一下才道：「為什麼自責？怪自己沒把門板加厚嗎？沒事，咱家的門板不是你親自做的嗎，雖然被人踢開，但一點問題都沒有。」

這話讓沈時恩也跟著愣住，半晌後笑起來，寬厚大手摸著姜桃柔軟的髮絲。

「嗯，等得了空，用銅鐵做一扇新的，看誰還敢踢咱們家的門。」

在這個時代，銅和鐵都受朝廷管制，價格昂貴，若是用來造門，可是造價不菲。

姜桃聽著，覺得沈時恩在開玩笑，笑了笑，便回屋刺繡了。

沈時恩跟著進了屋，欲言又止地問姜桃。「妳……」

姜桃道：「我沒有不高興，錢芳兒成了安毅伯府的姑娘，對我沒什麼影響。她都去京城了，還能把手伸到小縣城？如今她身分確實比我高貴，勛貴之家想整治普通百姓，私下裡多的是辦法。但看她家下人對她的態度，誰會為了她動用那些見不得光的手段呢？

「再說，安毅伯有多荒唐，是眾人皆知的事情，家裡大概也是一團亂，錢芳兒可能還不知道那『十三姑娘』可不好當，等著她的不是榮華富貴，而是……」

她對著沈時恩，不覺打開了話匣子，說到這裡，才發現不對。

安毅伯府的荒唐事，確實人盡皆知，但那是在京城上流圈子裡。普通百姓應該知道得不多，更別說這偏遠的小縣城了。

像黃氏，都是縣官夫人了，卻不知道安毅伯府的爛帳，還因為對方勛貴的身分而戰戰兢兢，生怕伺候不好被怪責。

其實安毅伯就是個虛架子，沒有任何實權，如今正牌夫人一死，沒了岳家助力，家裡連個能承襲爵位的兒子都沒有，眼看就要敗落。

姜桃在黃氏面前還知道注意，沒提這些，但在沈時恩面前，自然沒有防備，不知不覺說溜了嘴。

她止住話頭，正想著如何描補，卻聽沈時恩接話。

「不錯，安毅伯夫人歿了，安毅伯自身難保，更別說他家的姑娘。而且，安毅伯這時興師動眾前來，府裡下人卻對他尋到的女兒輕慢，此行原本的目的怕不是尋女，而是尋子襲爵。所以，得知流落在外的只是個女兒，安毅伯的態度自然生變，下人遂那般行事。不過，安毅伯雖然糊塗，卻不至於這麼莽撞，我猜著，京城應該要出大事了。」

得，她也不用解釋了，沈時恩比她分析得還徹底呢。

「你覺得會是什麼樣的大事，讓安毅伯千里迢迢來尋子？」

兩人互換一個心照不宣的眼神。

京城的大事，自然是宮裡的事情了，能讓安毅伯在這時候急著找兒子，自然關乎安毅伯府的生死存亡。比如新帝即位，這種時候可能會對舊臣施加恩典，像安毅伯府這樣一直沒有世子的，向新帝請封世子，便不是什麼難事。

沈時恩望著京城的方向，靜靜出神。他等了許多年的機會，或許真的要來了。

「我挺好奇你從前的事情。」姜桃看著他，笑了笑。

她一直沒去打聽沈時恩的過往，想著那多半是不愉快的，以後他總會自己說。可她跟沈時恩相處得越久，越覺得自己可能想錯了。

沈時恩不像是附屬在貴族之下的人，而像是出身於那種家庭。

但若他是高門子弟，沒道理家人都歿了，他卻只是做個量刑不算重的苦役。按著本朝律法，家人犯下株連滿門的重罪，判得最輕，應該也要將他發配邊疆，終生不得回來。

沈時恩早存了同姜桃交底的心思，現下家裡只有他們在，正要說話，門板又被人拍響，到嘴的話只能再次嚥回肚子裡。

姜桃失笑，去開門了。

這回來的是黃氏。

黃氏見了她，先焦急地拉住她的手，將她從頭到腳打量一遍，才呼出一口長氣。

「我聽說安毅伯找回的姑娘帶人氣勢洶洶地來尋妳了，她沒對妳怎麼樣吧？」

姜桃搖頭。「沒有，我男人在家呢。她不過是來耀武揚威一番，沒討到好就走了。」

黃氏自責道：「以前妳同那姑娘有仇嗎？我聽說她和妳是同村的人，但想著妳不是那種看人家發達就貼上去的，才沒想著知會妳一聲。幸虧她沒把妳怎麼樣，不然我真是……」

姜桃拍拍她的手背。「我真沒有怎麼樣。我和她不算有仇吧，從前有幾分交情，後頭起了齟齬，便不來往。即使妳提前告訴我，我也想不到她會特地上門。」

姜桃壓根兒沒把錢芳兒放在心上，像姜家其他兩房一樣，他們過得好，跟她沒有關係；過得不好，她聽到了，最多私下裡偷笑兩聲，自己該怎麼過還是怎麼過。

她哪裡會想到，錢芳兒竟把她當成生平最討厭的假想敵呢？離開小縣城之前，還特地來尋她一遭，那狐假虎威的樣子夠好笑的。

「對了，妳怎麼有空過來？今日安毅伯離城，不是應該準備送行嗎？」

黃氏一拍腦子。「對，本是要跟著我家老爺一道去送行，但我派去驛站的人放了飛鴿傳書，說妳家阿楊已經回來了，大概再半個時辰便進城。我想著來跟妳說一聲，路上看到安毅伯府的人和車馬，一打聽才知道，他家姑娘特地帶人離隊來找妳。」

姜楊回來，自然是好消息。其實早些日子他就考完了，但待在府城等放榜，因此耽擱了幾天。

姜桃立刻笑起來。「那妳先忙，我不留妳了。」說完便送黃氏出去，喊上沈時恩，兩人一起去城門口等著了。

第七十一章

這天傍晚，姜楊和楚鶴榮回到縣城，在城門口就遠遠地見到姜桃和沈時恩。

楚鶴榮從馬上跳下來，把韁繩往小廝身上一扔，笑著快步上前。「姑姑和姑父怎麼特地來接我們了？我還想著，給你們一個驚喜呢！」

姜桃還沒看到姜楊，但瞧著楚鶴榮這興高采烈、紅光滿面的樣子，便猜到此行應該很順利，也跟著笑。

「秦夫人在驛站安排人手，得了信就告訴我們，今日我們也閒著，便過來等。這些日子，辛苦你照顧阿楊了。」

楚鶴榮不好意思地搔搔頭。「姑姑太客氣了，咱們是一家子嘛，本來就要互相照顧。而且，阿楊也沒讓我照顧什麼。」

姜楊去了府城，還是跟在家裡一樣，自律得可怕，每天照著擬定的時程在房間裡看書，一直看到開考之前。

考完後，姜楊多了些必須的交際，但楚鶴榮沒有和書生打交道的經驗，怕給姜楊惹麻煩，沒跟著一道去，只讓老管家隨行。

他哪裡來的辛苦呢？真的只是去府城玩一遭罷了。

他們說話的工夫，姜楊也下車了，慢慢踱到姜桃跟前。

姜桃一看見他這模樣就想笑，明明前年還是個口硬心軟的毛頭小子，不到兩年，身量長開，人沈穩了，真有幾分少年老成的味道。

別人可能會被他唬住，姜桃卻發現他平靜表情下，熠熠發光的眼神。

「考得如何？」

姜楊很矜持地點點頭。「還成。」

這話讓楚鶴榮急了，立刻道：「我本來是準備讓阿楊親自向你們報喜的，但這話說的……哪是還成啊？他又考了頭名！之後知府大人還特地召見款待他，後頭更是來了一大群學子，趕著同他交際。姑姑沒去，沒看到那盛況，我們住的客棧都快讓人擠爆了，客棧老闆樂開了花，非得免了我們的房錢。」

楚鶴榮一邊說話、一邊讓下人先回蘇宅，他跟著姜桃他們回茶壺巷。

一路上，他把此行發生的事繪聲繪色地告訴姜桃，姜桃聽得頻頻發笑，府城竟還有人準備榜下捉婿，帶人氣勢洶洶衝到客棧，卻發現姜楊不過只有十三、四歲，那表情可精采了，又惋惜、又掙扎的……

「不過那家人也想得太美，別說我們阿楊這般年輕，就是到了適婚的年紀，哪裡看得上他家嫁不出去的老姑娘，真當本少爺吃素的啊？趁那老頭發愣的工夫，我就喊人把他們趕出去了！」

姜桃的臉都快笑瘐了，忙問：「不是考中舉人或進士才會發生這種事嗎？如今阿楊只考過了府試，連秀才都不是呢。」

楚鶴榮說：「可不是，所以我也沒想到這一層，才令他們得了機會闖到阿楊跟前。下回姑姑陪阿楊去省城考試，得警醒些，莫要讓他被人搶了去。」

姜桃立刻點頭。

楚鶴榮沒在姜家多待，聊一會兒就回去了。

等他走了，姜桃拍一直在旁邊不吭聲的姜楊一下。「怎麼，都到家了，還裝老成哪？」

姜楊彎唇笑起來。「我沒裝，只是記著姊姊從前和我說的，言多必失，所以儘量少說話罷了。不過此行確實挺順利，除了小榮哥說的那件事……」

姜桃忍不住又笑了兩聲。「幸虧是小榮和你一道去，他身邊跟著的人多，才護住你。不然，若是我跟你去，來那麼多人，我可擋不住，說不定真就多了個弟媳婦。」

姜楊聽了，臉上泛起可疑的紅暈，垂著眼睛道：「姊姊說的什麼話。我回去看書了。」逃也似的回了自己房間。

姜桃望著他的背影笑，然後挎上菜籃子，去買菜了。

然而，姜桃沒想到，榜下捉婿只是剛開始，接下來，他們家的熱鬧，用門庭若市來形容都不為過！

從前姜桃感覺姜家親戚挺少的，出嫁之後搬到縣城，更是耳根清靜，但一夜之間，竟冒出無數和姜家沾親帶故的人。

最先上門的是槐樹村的同村鄉親，其後是姜家遠親，最後連他們外家的兩個舅舅，也找來了。

依著姜桃的性子，從前他們過得辛苦的時候，也沒想過向這些人求助，現在靠著自己越過越好，便不需要這種不必要的來往。

但是想歸想，她卻不能這麼做。旁人或許不會說她這外嫁女什麼，但肯定會說姜楊發達就翻臉不認人，忘了本。

讀書人的名聲十分要緊，姜桃只能硬著頭皮招呼他們。

這樣一撥一撥的來人，打姜楊回來之後就沒停下來過。姜桃也不能躲出去，不然姜楊在家，就得由他來招待。

連著好些天，她都沒去繡坊，更沒工夫做自己的活計，陪笑陪得臉都僵了。

後來姜老太爺和孫氏聽到消息，過來姜家坐鎮。

兩個老人輩分高，有他們在，那些沾親帶故的人不敢看姜桃面嫩就放肆，更不敢再說什麼「妳家阿楊眼看著就是秀才，我家孩子也想念書，讓阿楊替他開開竅」這種占便宜的話。

但家裡實在熱鬧過了頭，人來人往，姜楊在屋裡看書都不得安寧。

府試和院試相隔的時日不長，姜桃索性和姜楊商量，反正在家不得安生，不如早點去省城備考。

姜楊也覺得在家靜不下心，自然說好。

於是，姜桃收拾細軟，把蕭世南和姜霖、雪團兒送到蘇宅，託蘇如是照看，與沈時恩、姜楊動身離開了小縣城。

怕鬧出大動靜，天剛亮三人便雇車出了城，兩天後在府城上船，才終於能好好休息。

姜桃自嘲道：「這知道的說我們是出來趕考，不知道的還當是逃難呢。」

沈時恩也跟著笑。「阿楊有本事，連著兩場考試都是頭名，不出意外，考中秀才那是板上釘釘的事。十四歲的秀才，什麼時候看都是稀罕人物，難怪那些人那般熱絡。」

「那哪裡是熱絡啊，簡直像餓狼看見肉似的。」姜桃無奈地搖頭。「讓阿楊幫著教導的還算好了，後頭有更過分的，居然想替阿楊說一門爛親事。幸虧爺爺奶奶過來，把那人趕回去，不然對方仗著本家長輩的身分，輕不得重不得，我只能尷尬陪笑。」

姜桃說著話，又去看姜楊，見他坐在船艙裡還拿著書用功，勸道：「船上晃晃悠悠的，你仔細別把眼睛看壞了。」

姜楊很聽她的話，聞言便放下手裡的書，笑著說：「這點晃悠和家裡的吵鬧來比，實在不算什麼。我也沒想到，還沒考院試呢，就憑空冒出這些親戚。等院試考完，我待在省城，等鄉試結果出來再回家。」

姜桃問：「你想連著考鄉試啊？」

縣試是二月，鄉試是八月，也就是說，半年內，姜楊前後得參加四場考試。尋常人考一場都精疲力盡，若是考得不順利，心情受到影響，加上勞累過度，很容易得病。都說病書生病書生，就是這麼來的。

「嗯。」姜楊應聲。「既然有機會提前下場，自然不能放過機會。不過，鄉試我沒有把握，姑且試試。」

之前，姜楊在沒把握拿到好名次的情況下，可能還會等一等。尤其今年衛琅也會下場，姜楊不知道旁人如何，卻覺得自己多半比不過他，解元是沒希望的。

他年紀小，人情不夠練達，沒想著這兩年入朝為官，能等到下一次再考。

可是，前幾日回到家後，他聽說錢芳兒被安毅伯府認回去，還特地帶人上門尋釁滋事，幸虧他姊姊臨危不亂，加上姊夫正好在家，不然平民百姓被勛貴人家欺負了，都沒處說理，就改了主意。

名次不好便不好吧，反正也只是虛名。

他走上科舉的路，是為了讓家人過上好日子，如今他姊姊被人上門欺負，他再不做點什麼，心裡如何過意得去？

考過鄉試，他就是舉人，雖然家裡沒背景讓他以舉人身分謀到差事，但少年舉人的身分總能讓人高看幾分，不會再有宵小之輩隨意欺人。

不過，姜楊知道，若把這番話告訴姜桃，她肯定會說不要緊，沒必要因為她而打亂他的計劃。所以，他一個字也沒說，只說自己想下場試試。

於是，姜桃點頭。「你想試試就試試吧，不過咱們說好，要是覺得累了、不舒服，就不參加，身體要緊。」

她說完，姜桃就開始盤算自己身上的銀兩。

幸虧她想著省城吃用肯定比小縣城貴上不少，把家裡現有的銀票全帶在身上，足有八、九百兩，應該夠在省城租間院子暫住。

船上的時光過得彷彿比岸上慢似的，姜桃身為來陪考的家長，沒什麼負擔，就在船上吃吃喝喝，看看沿途風景。中途靠岸的時候，還會去碼頭上買點吃食和小玩意兒。

她不只替自己買，一會兒說這個牛皮博浪鼓做得格外有趣，帶一個回去送給姜霖，他肯定喜歡；一會兒又說那帕子繡得不錯，花樣少見，買下來給蘇如是看看。

姜楊和沈時恩縱著她，看她玩得開心，從未說過她一句。

如此過了五、六天，他們從水路抵達省城。

收拾行李下船時，姜桃才發現，自己真的玩瘋了，本來是一人帶著一個包袱，因為這幾天買的東西，行李翻了一倍。沈時恩直接在碼頭上買個大背簍，才把買的東西全裝上。

省城比縣城熱鬧太多，碼頭上的人摩肩接踵，旁邊還有賣各種吃用的小販，叫賣聲此起彼伏。

姜桃被沈時恩和姜楊護著，隨著人群慢慢往前走，眼花撩亂地看著沿途攤販賣的各種小玩意兒。

有小販注意到了，拿著東西趕著上前兜售。

姜桃想說不用，倒不是心疼銀錢，說好了出來玩，當然不會在意這些小錢，就是心疼沈時恩揹的東西太多，再買下去，背簍都要裝不下了。

她連連擺手拒絕，但沈時恩和姜楊卻道：「喜歡就買，也不是什麼貴的玩意兒。」

沈時恩說著，給了碎銀子，替她買一份豌豆黃。

「是啊，本就是出來玩嘛。」姜楊又幫她挑了一張狐狸面具。

其他小販看他們出手大方，兜售得更賣力。

等姜桃走出碼頭時，手上吃的、玩的都快拿不下了。

一個賣了好些東西給姜桃的小販道：「幾日之後，城裡有廟會，小娘子千萬不能錯過。我也會去擺攤，到時一定算您便宜。」

姜桃哭笑不得，這是還沒賺夠她的銀錢呢！

他們三個是第一次到省城，出了碼頭，入眼便是寬闊乾淨的街道和鱗次櫛比的商鋪。

姜桃迷茫一下，一時間不知道該去哪裡。

「去書生巷吧。」姜楊道：「之前我在府城聽說，那裡是個適合讀書的地方。不過，租金就……」

姜桃還在吃豌豆黃，臉頰鼓鼓，像隻倉鼠似的，聞言立刻豪氣道：「你剛和我說出來玩要盡興，怎麼這會兒心疼起銀錢來了？走，咱們就去那兒，我帶夠了銀錢呢！」

姜楊還是有些猶豫，沈時恩看看因為玩了幾天而神情鬆快，多了幾分少年朝氣的姜桃，笑道：「聽你姊姊的，本是讓她來玩，住著舒服，她也高興。」

姜桃一直為整個家操勞忙碌，家裡的人都心疼她。聽到沈時恩這麼一說，姜楊自然就不猶豫了。

中午之前，三人到了書生巷。

那處就像姜楊說的，位置便利，鬧中取靜，來往的都是書生打扮的年輕人，確實是能清靜讀書的地方。

因為來往租賃的人多，所以中人也多。

姜桃問了三個中人，問到的價錢都差不多。一座只有兩、三間屋子的小宅子，一個月的房租就要五、六兩。

她算著，眼下是四月底，八月才鄉試，鄉試之後還得等放榜，還有同窗交際應酬什麼的，也不能避免，姜楊最快要九月或十月才能離開此處。

所以，姜桃選了一間和自己家差不多的宅子，很爽快地付下半年房租。

中人也算厚道，看她爽快，抹了零頭，一共只要三十兩銀子。

三十兩不是一筆小數目，夠買茶壺巷的半座小宅子，卻只能租書生巷的小屋半年，租金確實稱得上高昂，難怪姜楊猶豫。

拿到契書，送走中人，姜桃看著時辰不早，說今天匆匆忙忙，別做飯了，下館子去吧。

三人有說有笑出了門，路過鄰家，鄰居開門出來，一見到姜楊，就驚喜道：「姜賢弟，你怎麼來了？」

姜楊抬眼一瞧，也帶著笑，拱手寒暄道：「原來是賀兄，好巧。」說罷，把人介紹給姜桃和沈時恩。

原來，這位鄰居是姜楊參加府試時認識的同屆學子賀志清。

賀志清和姜楊有著類似境遇，早些時候也被看好，但運道不佳，下場前父親歿了，三年後剛出孝期，母親去世。

眼看著又要蹉跎三年，幸虧今年開了恩科，不然他和姜楊一樣，還是不能下場的。

另外，他是府城人，家境還算富裕，又是家中獨子，不然換個普通人家，耽擱四、五年，二十多歲還是白身，能不能支持下去，可是難說。

賀志清問完，自覺失言，來參加院試的學子，住書生巷的多了去，遂尷尬地向姜桃和沈時恩拱手。

書生巷租金昂貴，姜楊穿著普通，之前兩人結識時，還互報過家世背景，賀志清知道他出身農家，雖然沒有因此小看他，但先入為主，覺得姜楊的家境應該挺困難，猛地在這裡見到他，才會那樣驚訝。

幾人見過後，聽說姜桃夫妻是來陪考的，賀志清的媳婦柳氏從他身後探出臉來。她皮膚白嫩、豐腴圓潤，看著也就十七、八歲的樣子。

賀志清聽說他們要去外頭吃飯，邀請他們來自家一道用午膳。

姜桃看向姜楊，讓他拿主意。

姜楊素來不喜歡麻煩別人，便客氣地回絕了。

等姜楊他們走遠，賀志清站在門邊沒挪腳，反而蹙起眉頭。

柳氏奇怪地問他。「不是說吃飯前要陪我出去逛逛嗎？怎麼不動呢？」

賀志清望著姜楊離開的方向，道：「記得我跟妳說的府試頭名嗎？就是剛才那位。這般人才都早早過來準備，我如何能偷懶？還是先回去看書吧。」

柳氏聽了，悻悻地嘆口氣。不過，科舉才是正事，只好不出門了。

另一邊，姜桃等人尋了附近的飯館解決午飯。

雖然吃得很簡單，但省城到底是省城，就算是看起來普普通通的飯館，飯菜的味道都不比小縣城最大的望江樓差，就是價錢有些驚人，一頓飯便花了四、五錢銀子。要是一天早晚兩頓飯都在外頭解決，再加上午飯，起碼得花一兩銀子。

接著，他們又去買些用物，尤其是姜楊的筆墨紙硯，不好帶出來，還得採買。如此，又花了十幾兩。

來時，姜桃想著，之前那麼辛苦賺錢、攢錢，不就是為了改善生活？這趟出來，既是陪姜楊考試，也算是補上她和沈時恩的蜜月旅行，所以才豪氣干雲地讓姜楊不要在乎銀錢。

現下不到一天就花了五十兩，加上三人的路費和半路上買東西的錢，加起來將近六十兩。都是她一點一點攢的銀子，說不心疼，那是不可能的。

買完東西，三人才回了書生巷的宅子。

姜楊進房間看書，姜桃和沈時恩把正屋收拾一番，而後拿出身上的銀票，開始算帳。雖然身上有八、九百兩，但也不可能出來一趟全花完，往後一家子還要過日子呢。

沈時恩看她點著銀票那副肉痛的樣子，好笑地拿出幾張銀票，放到她面前。

銀票都是一百兩的，姜桃數一下，足有六張，驚喜地笑了。

「哪來這些銀錢？」

沈時恩摸摸鼻子，言簡意賅道：「我攢的。」

姜桃挑眉。之前她有了進項，想過沈時恩身上沒錢不方便，但他不肯要，連打老虎得到的賞銀都放在她那裡，除了之前出門一趟拿了一百五十兩，之後沒再要過一分一毫。

現在，他居然一下拿出六百兩。

沈時恩實在躲不開她滿含詢問的目光，只能硬著頭皮道：「是我後來打獵換的。怕妳擔心，就沒跟妳說。」

「好啊！」姜桃佯裝惱怒地橫他一眼。

沈時恩以為姜桃要生氣，正準備解釋，卻聽她似笑非笑地道：「你藏私房錢！」

夫妻間為私房錢吵架，古來有之，沈時恩忍不住笑起來。

「我本是不想藏的，還不是因為上次妳……妳那樣罰我。我怕讓妳知道，又要跟我鬧，就先放在自己身邊。」

姜桃捂著嘴笑。「只要不去獵那些危險的野獸就成了。你這身打獵的本事，我還能不准你用？」

沈時恩聽了，順勢把她抱進懷裡。「我別的本事也不差，妳要不要也讓我用一下？」

姜桃連忙轉頭去看屋門，沈時恩伸手把她的臉扳回來，額頭抵著她的額頭。

「都關好了。我檢查過，這邊的牆壁比咱們家的厚實很多，阿楊必然聽不到動靜。」

「哪有你這樣的啊，一來就先關心那些?!」

沈時恩聲音低沈地在她耳邊輕聲道：「因為，在家裡妳都不讓我……」

他說話時，熱氣噴在姜桃耳廓上，熱熱麻麻，讓她整個人都酥了。

她趕緊伸手，捂住他的嘴，軟軟地猶豫道：「大白天的……」

「又沒有別人知道。」沈時恩親親她的手心，抱起她，往床榻走去……

第七十二章

事實證明，有時候屋子的隔音太好，也是不好的。

接下來幾天，姜桃都無比懷念家裡熱熱鬧鬧的環境。

不過不怪沈時恩鬧得狠，兩人都好幾個月沒有親近了。

現下他們出門，姜楊一心讀書不出房間，等於只有他們兩個，又不是真的無欲無求的聖人，自然不會顧忌那麼多。

如此，到了五月端午節。

吃粽子、賽龍舟，還有廟會，姜桃趕緊要求沈時恩，說想出去玩。

雖然只有累壞的牛，沒有耕壞的地。但自家的牛健壯過頭，她這塊田真的受不住了。

沈時恩吃夠了，很大方地答應。

姜楊想留下來讀書，姜桃也不強迫他，和沈時恩出門。

實在很巧，他們又遇上隔壁的賀志清和柳氏。兩家都是去看熱鬧的，便結伴一道走。

賀志清見姜楊沒跟他們同行，問了得知姜楊待在家看書，頓時又慚愧了。

柳氏看他又面露猶豫，立刻道：「咱們都來省城半個月了，你日日悶在屋裡，我也沒出過門。難得過節，出來玩半日，下午就讓你回去好不好？」

自家媳婦溫聲軟語地請求，賀志清哪裡捨得拒絕，便不提了。

四人先去河邊看賽龍舟。

此時第一輪比賽還沒開始，但河邊等著看熱鬧的百姓，早早便過來了。

沈時恩把姜桃擋在身後，撥開人群，帶著她找到一個好位置。

賀志清和柳氏就沒這麼好運了，賀志清文弱，根本擠不過旁人，幸虧柳氏豐腴些，把他的衣袖拽在手裡，才讓他不至於被人擠到河裡去。

姜桃站定之後，發現賀家夫妻沒跟上，和沈時恩耳語幾句。

沈時恩去替他們開路，四人才站到一處。

柳氏感激地對姜桃笑了笑。「沒想到來看賽龍舟的人這般多，多虧妳夫君幫忙，不然我們這次大概看不成了。」說著，要向姜桃福身道謝。

姜桃看柳氏的髮髻都歪了，額頭也滿是汗水，便扶住她，又拿出帕子遞過去。「不必這麼客氣，舉手之勞罷了。」

柳氏聽姜桃說話溫溫柔柔，遞來的帕子也香香的，頓時覺得自己想錯了。

之前她聽賀志清說，姜楊少言寡語，又看姜桃他們幾乎不出門，唯有沈時恩每天去買飯食，覺得這家人應該都是孤僻性子，就沒有上門去結交。

可是，孤僻的人怎麼會特地替他們開路，還遞帕子給她擦汗呢？

柳氏同姜桃攀談，問她這幾日怎麼不出門？

姜桃聽了，耳根一熱，正不知道怎麼回答，又聽柳氏接著抱怨。「我家那個，看妳弟弟用功，非要認真較勁。我倆只帶了做飯的老媽子出來，我連個說話的人都沒有，天天悶在宅子裡，都快憋出病來了。還是妳心思定，能守著妳弟弟讀書。」

姜桃被她誇得不好意思了，哪裡是她不想出來玩，分明是有人不讓她出門，每天圍著床笫打轉，害她連出門的力氣都沒有。

沈時恩也在同賀志清說話，感覺到姜桃滿含怨念的眼神，轉過臉，對她彎唇笑了笑。

姜桃瞪他一眼，兩人眼神一碰就分開了。

柳氏在姜桃旁邊，正好把他們的小動作看在眼裡，捂嘴笑道：「你倆感情真好。」

他們正說著話，對岸忽然來了一行人，立刻引起騷動。

這邊都是普通百姓，沒什麼秩序地擠著，對面則是鄉紳富戶、達官貴人，按座次坐著，能引起那些人騷動，自然是不得了的人物。

百姓們伸長脖子去看，不覺又開始推搡起來。

雖然有沈時恩護著，姜桃也覺得擠了。

最後，沈時恩乾脆把她抱起來，讓她坐上肩。他的肩膀寬，姜霖很喜歡這樣坐在上面。但姜桃已經是女子的身量，雖比一般人瘦弱些，但肩膀一側可不夠她坐，嚇得驚呼一聲，連忙伸手攬住沈時恩的脖子，穩住身形。

沈時恩感覺她只有半邊屁股坐上肩頭，便問：「要不要跨坐在我脖子上？」

姜桃搖搖頭說不用。

跨坐自然穩當，但姜桃穿著裙子不方便，而且俗話說，男人的頭、女子的腰摸不得。這時代很講究這些，要是她敢在人前跨坐在沈時恩肩上，馬上變成被說閒話的對象。

儘管如此，他們這樣的舉動，還是吸引不少人注意。

把孩子舉在頭頂常見，尤其今天擁擠，不少人這麼做。但從沒見過誰這麼寵自家媳婦，把媳婦舉起來。

這成什麼了？豈不是讓媳婦兒爬到自己頭上？

男人們覺得沈時恩這做法不妥，女人們卻只有羨慕的分兒。

連柳氏見了都眼紅，埋怨地瞪賀志清一下。

賀志清連忙拱手告饒，讓她千萬別提這種要求。

開玩笑，他細胳膊細腿的，要不是沈時恩幫忙開路，根本到不了能看清龍舟的前排位置。更別說柳氏豐腴圓潤，骨架也大，一個人頂姜桃兩個，他揹都揹不動呢！要是柳氏坐在他肩上，豈不把他壓趴?!

柳氏自是明白，不高興地呶呶嘴，沒再提了。

姜桃坐在沈時恩的肩上，視野越發開闊，遠遠瞧見引起對岸騷動的那行人。

為首的是個身形挺拔的男子，身旁則是頭梳高髻的婦人。兩人所到之處，那些衣著華麗富貴的人都起身向他們行禮。

姜桃看不清兩人的面容，只依稀覺得身形有些眼熟。

她正納悶著，便聽賀志清語氣熱烈憧憬地說：「我認出來了！那是應弈然，應大人！」

柳氏問：「那是誰啊？」

賀志清激動地解釋道：「跟咱們同鄉的應大人啊，上一屆的狀元郎！早先，他也是窮書生，後來靠科舉入官場，還娶了寧北侯府嫡女！」

姜桃聽了賀志清的話，頓時覺得興味索然。

她還納悶自己為何會對那對男女熟悉，原來是應弈然和姜萱夫妻。

姜萱是上輩子她繼母所生的妹妹。上輩子死後，她當了一段時日的無主孤魂，姜萱還特地跑到庵堂，說了一番誅心的話。

應弈然則是寧北侯之前替她相看的夫婿，安排他們見過一面。不過兩人見面後沒多久，她的親事即被換成顯赫的勛貴人家。

後頭，那勛貴人家倒了，她被送到庵堂，應弈然娶了姜萱。

姜桃連應弈然的臉都不記得了，對他的印象，只是挺拔高瘦。

若是不聽賀志清說起，就算面對面遇上，她也認不出來。

賀志清很激動地道：「不知道應大人怎麼忽然回來，難道本屆評卷的有他？不對，按著資歷，應大人應該在翰林院供職，尚無資格當院試的評卷人。唉，回頭我得去拜訪一下。」

接著，熱火朝天的賽龍舟正式開始，百姓們激動地加油，拍手叫好。

之前姜桃還很期待的，後頭卻表現得興致缺缺，也沒跟著人一道叫好。

一場賽完，百姓們意猶未盡，討論方才的比賽。

沈時恩察覺姜桃的興致不高，和賀志清夫妻說一聲，就帶著姜桃離開了。

到了人群外，沈時恩放下姜桃，問道：「怎麼了？是不是不舒服？」

姜桃搖搖頭。

她不是聖人，心底還是對過去的事不能釋懷。看著姜萱那般風光，沒來由地覺得心煩。

沈時恩看她面色不好，緊張地摸摸她的額頭，不放心道：「有不舒服，不能藏著掖著。若妳病了，阿楊肯定會怪我沒把妳照顧好。」

姜桃見他真急了，微笑起來。「我真沒有不舒服。可能是方才人太多，擠在一處，覺得有些憋悶，現下已經好了。」

她本是豁達性子，此時看沈時恩這般緊張她，那姜萱過得好還是不好，同她有什麼干係呢？現在她有家人、有丈夫，個個疼她愛她，犯不著再糾結過去的事。

「那咱們去廟會逛逛。」沈時恩說著便蹲下身，示意姜桃上去。

「我可以自己走。」姜桃有些不好意思，方才太過擁擠，她才肯坐在沈時恩肩上。現下出來了，人又不多，好手好腳地還讓他揹，多羞人啊。

「沒事，是我想揹妳。」

姜桃左右環顧，見周圍的人都被龍舟賽吸引，無人注意他們，才乖乖爬到他背上。

沈時恩用手扶著她的腿，確保她趴穩了，才直起身。

「就揹一會兒喔，別累著了。」

沈時恩托著她，掂了掂。「妳這麼輕，哪裡會累到我？」

他本想表現表現自己的輕鬆，但姜桃一時不察，差點從他背上滑下去，嚇得輕呼一聲，連忙抱住他的脖子。

於是，沈時恩故意晃了晃身子，惹得姜桃摟著他的脖子不敢鬆手。

「快走啦！」姜桃好笑、又無奈地催促。

剛剛還沒人注意到他們，現下這麼一鬧，又有人看過來。

「走嘍！」沈時恩腳步輕快，揹著姜桃離開了河岸。

河岸對面，姜萱跟人寒暄完，坐到自己的位子上。

不久，應弈然同布政使說完話，到她身邊坐下。

夫妻倆在外人面前還挺和睦，唯有兩人單獨相處時，臉上的笑都淡了下去，換上疏離漠然的神情。

姜萱打著團扇，低聲抱怨。「好好的不在京城待著，跑到這破地方做什麼？鄉下地方就是骯髒，不過是一場龍舟賽，有什麼值得稀罕？瞧瞧對岸那些人，都快擠成一團了。」

應弈然不緊不慢地一手捧著茶碗、一手拿著茶蓋撇浮沫，彷彿沒聽到她說話一般。

姜萱恨恨瞪他一眼，他也權當看不見。

兩人這種相處方式，不是一日、兩日，姜萱不想在外頭鬧得太難堪，便悻悻地閉了嘴。她百無聊賴地望向對岸，恰好看到一個高大偉岸的男人揹著一個身形嬌小的婦人，走出人群。因為他們是逆著人群而出，所以格外顯眼。

這種貧賤夫妻在外頭做這種恩愛樣子給誰看呢？姜萱譏諷地撇撇嘴。

應弈然見她突然安靜下來，抬起頭，順著她的目光看過去。見是一對恩愛的小夫妻，漠然神情鬆動許多，唇邊泛起清淺笑意。

姜萱轉過臉，見到他這表情，譏誚道：「怎麼？我們應狀元羨慕貧賤夫妻？那可能要讓你失望了，畢竟我做不了賢妻良母。若是換成我那死鬼姊姊，或許真能跟你過夫唱婦隨、伉儷情深的日子。可惜啊，她墓碑旁的野草都有小腿高了吧。哦，不對，我忘了，她一個未婚女子，連墓碑都不能立……」

應弈然登時變了臉色，神情冷得能結出冰來。

姜萱知道他聽不得提姜桃，她卻偏偏要提。

她要時時刻刻提醒他，現在他的正牌夫人是她姜萱，既然娶了她，就得和她綁在一起一輩子！而他心心念念的姜桃，早就化作一抔黃土了！

另一邊，姜桃和沈時恩離開河岸，去逛廟會。

之前在碼頭上一個勁兒向姜桃兜售的小販沒有撒謊，廟會確實熱鬧極了，各種吃的、玩的，攤位一眼望不到頭。

到了這裡，沈時恩放下她，牽著她的手，一個個攤位逛過去。

姜桃看什麼都新奇，帶出來的碎銀子很快便花完了。

沈時恩雙手拿滿她買的小玩意兒，見她荷包空了，又變魔術似的，拿出一個鼓鼓囊囊的荷包，裡頭是他提前換好的銀錢，讓她繼續買。

姜桃沿途吃著小吃，又擠到人堆裡看噴火、頂缸、踩高蹺等雜耍，開心地玩到中午。

想到姜楊還在家裡讀書，不知道有沒有用午飯，她也玩得盡興，便和沈時恩回書生巷。

此時，姜楊在巷子口隨便買了兩張餅當午飯，正吃著呢，姜桃夫妻回來了。

「哎，怎麼就吃這個啊？」姜桃進了屋，歉然道：「是我玩得太高興，忘了時辰。」

姜楊看看外頭還大亮的天色，笑道：「還早嘛，怎麼不多玩一會兒？」

「逛了一上午，玩夠了。你別吃餅，想吃什麼，我去買。」

姜楊說不要緊，隨便吃一口就成。

姜桃便把自己買回來的小吃分給他，趁著他吃飯的工夫，繪聲繪色說了外頭的盛況。

姜楊還挺喜歡聽姜桃說這些，之前她只為家裡生計奔忙，多了成年人的沈穩，卻少了幾分朝氣。現在眉梢眼角都是笑意的模樣，反而更符合她十幾歲的年紀。

等姜楊吃完飯，姜桃不打擾他，又退出去。

她和沈時恩一大早出門，逛了半天，洗漱更衣之後，姜桃打起哈欠，沈時恩便陪著她一道上床睡午覺了。

此時，上午還很晴朗的天氣已經變天，沈沈烏雲聚在半空，眼看就要下大雨。

相隔千里外的京城皇宮之內，肅殺蕭條的氛圍比天氣還讓人壓抑。

王德勝愁眉不展地勸著蕭玨。「殿下，皇上的身子眼瞅著要撐不住，奴才不知道您跟皇上鬧什麼脾氣，但這種時候，都該去看一看。」

去年蕭玨從外頭回來之後，就轉了性，性情越發陰鬱，臉上再也沒了笑容。

他出行明明十分順利，尋到他舅舅，回來時還好好的，怎麼也不該變成這樣。跟在他身邊伺候的王德勝都摸不著頭腦，旁人更別說了，東宮那些屬臣見了蕭玨，大氣都不敢喘。

而不久前，一向比同齡人看著年輕康健的承德帝忽然病倒，而且病來如山倒，不過幾日便連床都下不了，養心殿的太醫來來往往，就沒停下來過。

各路臣子、皇子、妃嬪趕著來問候，偏蕭玨一次都沒去過。

今日太醫來報，說承德帝快不成了，王德勝便再去勸蕭玨。

雖然蕭玨是儲君，去年起，承德帝就放權給他，監察國事，批閱奏摺，由他繼承皇位已是板上釘釘的事。可這種時候不去盡盡孝心，他日登上帝位，會被人議論指摘。

蕭玨盯著外頭陰沈的天色出神，許久之後，起身去了養心殿。

承德帝是在五、六日之前突然病倒，太醫說他這回病得凶險，但蕭玨怎麼也沒想到，不過幾天未見，承德帝突然成了這般模樣——臉色慘白、唇色發青，雙眼沒了神采，日常總是打理得一絲不亂的烏髮散在腦後，其中摻雜了許多白髮。

好像幾天之間，承德帝就老了十幾、二十歲。

承德帝正靠在床沿上和太醫說話。「不必再去尋什麼丹方，給朕開些止痛的湯藥即可。」一看到蕭玨進來，便揮手讓他們下去。

他如往常一般，溫和地對蕭玨笑道：「你來了啊。」

蕭玨心中五味雜陳，跪下向承德帝問安。

承德帝笑著不錯眼地看他，讓他坐到床沿說話。

「這裡有一份清單，上頭是得用的人和你要小心的事。還有這次恩科，已經選出一批人，等你即位再開一科，得用的人就更多了。你年少登基，雖然下頭的人讓朕收拾服貼，但肯定會有人想給你使絆子。你自己多注意些，父皇只能幫你到這裡啦。」

承德帝聲音輕緩地交代身後事，但語氣與神情十分放鬆，好像自己不是要死了，只是要卸下擔子，出門遊山玩水一般。

蕭玨無言地看著他，眼淚不覺滾下來。

他恨他父皇對他母親和外祖家做的事，可到底是親生父親，他親手教他寫字，教他彎弓狩獵，教他批閱奏摺、處理政事……

在他還沒準備好的時候，他的父皇已經要走了。

「怎麼像個孩子似的哭呢？」承德帝伸手抹去他的眼淚。「父皇早知道有今天，你該為父皇高興。往後這家國天下的擔子，就交到你肩膀上。」

蕭玨復又跪下，額頭抵著地磚，哽咽失聲。

父子倆又說了好半晌的話，多是承德帝悉心叮囑，蕭玨靜靜地聽。後來承德帝精神不濟，說要休息，讓他先回去。

蕭玨猶豫著沒動，承德帝又笑著對他揮揮手。「去吧。」

他剛到殿外，天邊白光閃過，悶雷驟響，老太監尖細的嗓音打破山雨欲來的靜謐——

「皇上駕崩——」

第七十三章

閃電劃破天空，雷聲轟隆，似捶打在人心頭。

姜桃被雷聲吵醒，坐起身時，發現沈時恩也起來了。

沈時恩臉色不太好看，摸著心口，沒有說話。

姜桃問他怎麼了，他蹙著眉，搖搖頭。「沒什麼，只是沒來由地有些心慌，說不上是什麼感覺。」

姜桃無奈道：「就讓你上午別那樣，一會兒讓我坐上肩、一會兒揹我，肯定累到了。」

沈時恩忍不住笑起來。「就妳這小身板，還能累到我？」

姜桃挺了挺胸。「哪裡小了？」

她剛穿過來時，身子很羸弱，經過一年多的調養，已經豐腴不少。尤其胸部，絕對是隆起來了。雖然仍比一般人瘦些，但絕對不是「小身板」了。

沈時恩贊同點頭，目光往下移，玩味道：「那妳讓我檢查一下，我就收回方才的話。」

姜桃連忙推開他的手，笑罵他不正經。

兩人正鬧著，院門被人敲響了。

姜桃下床更衣梳頭，沈時恩穿上衣服去開門。

賀志清和柳氏上門拜訪。賀志清來找姜楊說話，柳氏則進正屋尋姜桃。

她買的東西比姜桃只多不少，笑道：「上午分別得匆忙，說好要向妳道謝，就買了一些小玩意兒，看看有沒有妳喜歡的。」

姜桃說她太客氣了，但人家都特地送過來，也不能不收，就揀了幾樣不怎麼值錢的。

聊起來後，姜桃才知道柳氏二十一歲，因為臉嫩，所以姜桃以為她和自己差不多大。

沒有女子不愛聽自己顯小的，柳氏也不例外，笑著擺手。「我哪裡就和妳差不多大了？若非公爹和婆母相繼去世，我這年紀，孩子都滿地跑了。」

「不礙事，好飯不怕晚，晚點生也有好處呢。」

「就是。我家有個表姊，十五歲出嫁便懷上，十六歲生產時，沒熬過來。唉……」

柳氏愛說話，絮絮叨叨說起家裡的事。可見她之前真的沒說錯，住到書生巷的這段日子，把她憋壞了。

姜桃身邊的話癆不少，其他人不說，最話癆的黃氏恨不能每天吃幾碗飯都和她分享。

不知不覺，柳氏絮叨了一刻多鐘，等她反應過來時，姜桃都替她面前的茶碗添過兩次熱水了。

眼看著姜桃又要幫她添茶，忙尷尬地起身。「我在家話就多，加上最近憋了幾天……實在不好意思，悶壞妳了吧？」

姜桃笑著搖搖頭。「我也沒事做，如果柳姊姊無事，盡可以來尋我。」

她覺得柳氏為人挺好，雖然話多，但不惹人生厭。加上賀志清和姜楊有些交情——姜楊的性子有些孤僻，讀了幾年書，連一個談得來的同窗都沒有，難得有個能說話的朋友，她也想維持兩家的交情。

柳氏起身告辭，姜桃把她送到屋外。賀志清還沒和姜楊說完話，因為他們夫妻就住在隔壁，所以柳氏便先離開了。

沒多久，沈時恩出門買飯菜，提著食盒回來。

他還買了賀志清夫妻的分，姜桃去把柳氏請過來，一道用晚飯。

柳氏挺不好意思。「剛送幾樣不值錢的謝禮，就留下吃飯，承妳家的情可還不完了。」

兩人說著話，姜楊和賀志清也出了廂房，在主屋落坐。

賀志清臉上還是有些激動，姜桃猜想，方才他和姜楊說的，應該是在對岸見到應弈然的事，他真的很崇拜應弈然。

她轉頭去看姜楊，姜楊倒是面色如常。

用完飯，賀志清和柳氏起身告辭，離開之前，賀志清跟姜楊說：「姜賢弟，應大人真是文采斐然，我輩楷模。難得在省城見到他，這幾天你還是抽空，和我一道去拜會他吧。」

姜楊不置可否地道：「我想多看幾天書。」

賀志清遺憾地嘆口氣，沒再繼續勸下去。

送走他們後，姜桃對著姜楊，欲言又止。

雖然姜楊沒答應賀志清一道去拜訪應弈然，但讀書人對狀元郎自然是推崇的。她私心不希望姜楊和應弈然走得近，並非她討厭應弈然，畢竟應弈然於她和陌生人沒什麼差別，可他的夫人是姜萱，若姜楊和應弈然牽扯上，兩家來往，她真不知如何應對。

姜楊見狀，道：「姊姊莫要操心，我曉得自己考到好成績才是最重要的。那位應大人再厲害又如何，我一個連秀才都不是的普通書生，身分懸殊，如何結交？」

他有自己的傲氣，知道朋友結交講究身分對等，讓他趕著去討好旁人，他做不出來。他尚未考中秀才，考中了還得考舉人，考完舉人再去京城考會試……短時日內，只要姜楊不主動去尋應弈然，雙方是不會有交集的。

姜桃聞言，彎了彎唇，沒再多說什麼。

隔了幾天，姜楊依舊待在屋裡看書，姜桃和沈時恩則像度蜜月似的，在城裡到處逛。

這天，柳氏來尋姜桃，說府城家裡送粽子來，兩人吃不完，便分些給姜桃他們。

端午節本來就要吃粽子，但姜桃不會包，去年端午都是買來吃。今年出門在外，沈時恩和姜楊都不是很喜歡粽子，她就沒買。

眼下已經過了端午，但粽子是她喜歡的食物，便道了謝，拿去灶上熱，又和柳氏坐在一起說話。

但柳氏看起來懨懨的，完全不似前兩天那麼有精神。

姜桃關心她，柳氏解釋道：「幸虧前兩天妳弟弟沒答應和我家志清一道去拜訪應大人。唉，妳不知道……」竹筒倒豆子般說起來。

「那天到了應府，我被下人引去後院拜見應夫人。聽聞應夫人是侯門嫡女出身，派頭很大，我進去後，也不讓我落坐，只讓我站著答話。

「這便罷了，誰讓我家身分低微呢？我送了禮物過去，雖然不值錢，可志清是應屆學子，若送貴重之物，那成什麼了？沒想到，我前腳從應家離開，後腳就看到她家丫鬟把我送去的東西全扔出來，也太侮辱人。我沒說錯話或做錯事，不知怎的卻讓應夫人這般對待。」

姜桃也沒想到，隔了幾年，姜萱的作派已經張狂到這種地步。

過去，她和姜萱相處的時間不多，但印象裡的姜萱是跟在繼母身後文文弱弱的姑娘，所以當年聽到姜萱在庵堂裡說的話，才會那般愕然。

誠如柳氏所說，她家現在就是普通人家，不足以跟應家相提並論。

但賀志清是個極有前途的書生，姜桃聽姜楊說過，府試時他是頭名，賀志清是第二。其實兩人在伯仲之間，只是評卷的知府更喜歡姜楊務實的風格，才點他為頭名。若換個評卷人，頭名可能就是賀志清了。

三十年河東，三十年河西，如果賀志清以後入朝為官，今日結下的怨，早晚要回報到應家頭上。

應弈然出身也很低微，平步青雲之後，這樣對待仰慕他的學子，名聲必然受損。不過，這些是他們夫妻的事，姜桃懶得替他們操心，只勸慰柳氏。「不必為這種事憂心掛懷，他們這樣瞧不起人，咱們更應該爭氣。等以後妳家夫君也入朝為官，且看看那應夫人還敢不敢這般待妳。」

柳氏聽了這話，臉上鬱氣一掃而空，握著拳道：「妳說得有道理，旁人看不起我們是旁人的事，只要我們自己爭氣，早晚有讓人不敢怠慢的一天。」

想到姜萱目中無人的態度，柳氏的鬥志空前高昂，沒再多留，回去督促賀志清讀書了。

自打端午那天下了一場暴雨之後，天氣一天比一天熱。

姜桃花大錢買了冰，自己捨不得用，全堆到姜楊屋裡。

但就算有了冰盆，室內依舊悶熱，坐著不動就能出一身汗。

這種天氣，姜桃連出門玩的興致都沒了，在家連針線也做不下去。

就在這樣的天氣裡，承德帝駕崩的消息傳到省城。

這種事其實和升斗小民的關係不大，尤其承德帝都五十了，在這個時代，算是壽終正寢，所以百姓們對這消息並不意外。

皇帝駕崩後，家家戶戶要服三十六日的國喪，姜桃他們本就在孝期，穿著素雅，不食大葷，倒也沒受到什麼影響。

聽聞之後要舉行的院試已經出了三十六日的國喪，沒被推遲，姜桃便私心裡盼著太子快些登基，大赦天下，到時候沈時恩成了自由身，姜楊再考中功名，自家就是雙喜臨門了。

沈時恩還是陪著她，雖然不出門，但看著反而比之前愜意輕鬆，經常尋來很多小玩意兒和她一道玩，今天念話本子，明天跟她玩雙陸，有時還會喊上柳氏，三人一道打葉子牌。

姜楊也沒受到天氣的影響，還是保持自己的作息，該看書就看書，該休息就休息。

從前賀志清怕熱怕冷，自打柳氏在應府被羞辱之後，他也存了口氣，頂著讓人難耐的酷暑，愣是一個月沒出門，在家苦讀。

就這樣到了六月，院試開考。

考試之前，柳氏表現得比要下場的賀志清還緊張，送考時一個勁兒地說：「乾糧準備了，扇子也準備了，你要用的筆墨紙硯，我也檢查過，應該都沒問題。你進考場之後，可別中暑，我在外頭等著，千萬別讓人把你抬出場。」

賀志清也緊張，但不能表現出來，還得反過來勸慰柳氏。「我都曉得，妳在外頭好好的，我很快就出來。」

一旁的姜桃看到柳氏那緊張的樣子，都不好意思了。

姜楊科舉，真是沒讓她操什麼心。早先尋廩生作保，是衛常謙張羅；讀書時程，是姜楊自己安排；至於入考場的行囊，則是沈時恩幫著收拾。

她名為陪考，其實就是出來玩的。今天來送考，沈時恩看日頭大，在旁邊替她打傘；姜楊見她出汗，還去買冰碗讓她捧著吃。

接著，姜楊加入排隊搜身進考場的行列，姜桃趕緊也學著柳氏，叮囑幾句。

姜楊彎唇點頭，還交代她。「妳在家也仔細些，別貪涼，冰碗和西瓜每天吃一次就好。」又對沈時恩道：「姊夫也別縱著姊姊，多看顧她。」

姜桃越發羞臊，連忙擺手讓他別說了。

隨後，姜楊和賀志清進考場，姜桃和沈時恩、柳氏就回了書生巷。

回去之後，柳氏坐臥不安，直到賀志清考完出考場那天，臉上才有了笑意。

那天，姜桃和她一道去接人，姜楊和賀志清前後腳從考場裡出來。

兩人精神都不錯，但這樣酷熱的天氣，在考場裡待了那麼久，身上的味道可不好聞。

兩人被接回家裡，先好好吃一頓，然後用熱水沐浴，上床睡覺。

姜楊睡了一整天，賀志清足足睡了兩天。

養足精神後，兩人湊在一起討論試題，就像後世考完了對答案。

他們也沒避人，姜桃在旁邊聽得雲裡霧裡，見柳氏興奮得兩眼冒光，低聲問她。「怎麼樣啊？他們都答得很好嗎？」

柳氏忙不迭笑著點頭，知道她聽不懂，言簡意賅地解釋。「他們倆答得大同小異，都很切題。這次，兩家都要出個秀才了。」

姜桃這才笑起來，又聽柳氏道：「放榜後，咱們一道慶祝！」

之前國喪那陣子，不能出門玩樂，姜桃和柳氏都沒出門，姜桃倒不覺得悶，還挺自得其樂，但柳氏快被憋出病來了，就想著等放榜後，好好熱鬧熱鬧。

「這可能不行。」姜桃歉然道：「不是要擾妳的興致，而是我們出來兩個月，放榜後，我和他姊夫得先回去，等到鄉試之前再來。」

柳氏理解地點點頭，說不礙事，又小聲道：「反正他們還得考，等鄉試過了，咱們再一道慶祝，也是一樣的。」

鄉試比院試難了不只一星半點，所以柳氏不敢張狂地說自家男人肯定能考中，只敢小聲跟姜桃商量。

又過了兩日，院試放榜。

柳氏拉著姜桃去看榜，賀志清和沈時恩同行，而姜楊又坐到書桌前，如老僧入定般開始看書，輕易不出屋子，所以沒有去。

四人到了貼榜的告示牌前，人滿為患，沈時恩仗著身強力壯，很快替他們撥開一條路。

幾人立刻看到姜楊和賀志清的名字，兩人還是維持府試第一和第二的名次。

賀志清要笑不笑地說：「我自覺已經答得很好，卻還是不盡如人意。」旁邊有個年過半百的老書生，聽到這話，過來寬慰他。「年輕人怎地這般沈不住氣？你才考幾次，老夫都考了二十年，這次就中了！再說，你才看了頭兩名，再往後瞧瞧……」

賀志清登時臉紅，不好意思說自己也考上了，只因略輸姜楊一籌，才那麼說。對方年紀大了，生怕自己說明情況會把人家氣出個好歹，趕緊拉著柳氏走了。

姜桃看過之後，也沒多待，和沈時恩回去。

不久，報喜的人來了，兩家住得近，倒省了不少事。

姜桃和柳氏大方給了賞錢，聽完一大串吉祥話，才把人送走。

住在附近的人多半是考生，聽到他們的動靜，都過來賀喜。

一時間，兩家的小宅子人來人往，絡繹不絕。

姜楊平常不出屋子，此時卻不得不出來和人寒暄。

就這樣足足熱鬧了一日，直到天黑時分，才清靜下來。

姜楊看姜桃雖然一直帶著笑，但神色很是疲憊，便道：「姊姊不如明天就回去吧，小南哥和阿霖在家，大概早就想妳了。」

姜桃確實打算這兩天就動身回去，不過今日這宅子被人擠得連站腳的地方都沒有，怕她走了，姜楊自己應付不來。

姜楊見她猶豫，接著道：「姊姊在這裡，也只能幫著招待那些人的夫人，該找我的，還是要尋我說話。妳回去了，他們就不會帶女眷過來。而且後頭學政會設宴招待，那幾天我多半不在家，沒得讓妳留在這裡當陪客。」

姜桃聽他說得有道理，留夠銀錢，叮囑他小心些，又去隔壁拜託賀家夫婦多幫忙照看，第二天一早，和沈時恩動身回縣城了。

因為已經走過一遭，所以這次回去，兩人都很駕輕就熟。

回到縣城，沈時恩立刻去了採石場。

姜桃梳洗後，讓人去槐樹村給姜老太爺、孫氏傳信，便上蘇宅和衛家報喜，再把蕭世南和姜霖、雪團兒接回家。

和蘇如是、衛夫人說了一會兒話，姜桃回到家時，已經到了傍晚。

黃氏消息靈通，早讓守城的人注意著，後腳就過來。

「阿桃，大喜啊！」黃氏見了姜桃，就笑著道喜。

姜桃捂嘴笑。「妳知道阿楊院試頭名的消息了？」

黃氏一愣。「這倒沒有。阿楊連中小三元，也是大喜事，妳家這是雙喜臨門啦！」

姜桃讓她坐下慢慢說。

「五月先帝駕崩的事，妳知道吧？太子登基，下了大赦天下的聖旨，算著時間，這幾天便要送到咱們這邊。妳家沈二，終於不用再服役了！」

讓自家男人從苦役中解脫，一直是姜桃的心願，雖然早在聽說承德帝駕崩時，姜桃就預料很快會有這一天，但此時聽到準確的消息，還是十分高興。

她心情好，話比平時多些，黃氏問她這段時日在省城過得好不好，就打開了話匣子。

兩人一直聊到沈時恩從採石場回來，黃氏才起身告辭。

姜桃正興匆匆地要告訴他新帝大赦天下的事，沈時恩搶先開口。「監工說，明日不用再去了，他們的消息比咱們靈通，等正式接旨後，我和小南就會消去罪籍。」

姜桃太高興了，抱住沈時恩，光顧著笑，連想說什麼都不知道了。

黃氏那邊，她也是實打實地替姜桃高興，連晚飯都多吃了一碗。

飯後，她和秦子玉說了姜楊連中小三元的事，本是要敦促秦子玉努力準備鄉試，沒想到秦子玉聽了，沒有受到激勵，反而煩躁地把筆一放。

「先來個連中小三元的姜楊，加上衛家的衛琅，我還考什麼！」

黃氏皺眉。「舉人又不是只取兩、三個，取好幾個呢。怎麼，你還想和他們爭頭名？」

秦子玉語塞，他的秀才就是以後幾名考上的，能考上舉人都是燒了高香，好名次自然更不用想。雖然事實如此，但被道破可真心痛，尤其還是他親娘說的。

黃氏可不管他心不心痛，說完話，樂滋滋地回屋睡覺。

一覺睡到半夜，又有人來報，說城外來了好大一隊人馬，陣仗絕對不輸安毅伯那趟。

秦知縣認命地從床上爬起來，穿衣服時，還問黃氏。「妳不和我一道去看看？」

黃氏翻了個身。「阿桃家的男人沒了罪籍，天王老子過來也沒關係。再說，上回鬧了一次烏龍，大半夜的還把他們小夫妻喊起來。這回不關他們的事，我起來幹什麼？」

秦知縣看著沒心沒肺、很快又開始打呼的黃氏，輕輕地哼了聲。

這婆娘，不關姜桃的事，她就不管了。這可是關他的事啊，心也太偏了！

一會兒後，黃氏聽到秦知縣回來的動靜，揉著眼睛嘟囔。「怎麼這麼快就回來？誰來了？」

秦知縣一邊脫下衣服、一邊道：「是來送赦免聖旨的官差。」

「那麼多人來送聖旨啊？」

「我也納悶，不過那是京裡的事，輪不到我管。把人安置到驛站，就沒我的事了。」

黃氏嗯了聲，含糊不清道：「昨兒我還和阿桃說，聖旨快到了，沒想到半夜就來人。快睡吧，早上起來，我得告訴她。」

秦知縣聞言，又嘟囔一句偏心，而後跟著躺下睡了。

第七十四章

此時，茶壺巷的姜家，姜桃一點睡意都沒有，正窩在沈時恩懷裡說話。

「等阿楊考完鄉試，不管中不中，他都是個秀才。你也不用服役，可以和小南光明正大地出入，咱們家的日子就越來越紅火了！這樣，小南是不是能考科舉了？今年新帝登基，應該會再開一科吧，連著兩屆恩科，多好的機會。」

沈時恩聽得笑起來。「阿楊天賦高，所以考試看著不費勁兒。前幾天妳沒看到跟賀志清搭話的老者嗎？他考了幾十年，才中秀才。不是我要貶低小南，他沒有那資質，走科舉的路子，怕是行不通。」

姜桃搖頭。「不考科舉也沒關係，不過小南都十六了，既然脫去罪籍，等八月鄉試完，可以開始給他相看人家。不知道他喜歡什麼樣的姑娘，是溫柔文靜，還是性子跳脫的？」

沈時恩溫柔地摸摸她的頭頂。「聖旨不還沒到咱們這處嗎，妳怎麼就想得這樣多了？」

「高興嘛！」姜桃唇邊的笑沒淡下來過，還在床上打起滾。

「別鬧！」沈時恩把她圈回懷裡，好笑道：「阿楊連中小三元，都沒見妳這麼高興。」

「這不一樣！阿楊就算考得不好，還有下回，你和小南若非趕上新帝登基，哪年能脫去罪籍？那些運道不好的，入了罪籍就是一輩子的事。唉，真是趕上好時候了！」

她趕了一天的路，雖然心情極好，但夜深了，還是犯睏。
沈時恩不許她接著說話，讓她快點睡覺。
姜桃帶著笑意甜甜睡去。
翌日一大早，姜桃起身下床梳洗。
往常因為沈時恩要趕到採石場，都是天不亮就起床，先打水劈柴，準備早飯，料理完家事就去上工。
現在，他恢復了自由身，自然可以像正常人一樣，睡晚一些。
姜桃便想好好表現一番，先準備家裡人的早飯。
還有，姜楊連中小三元的喜訊，前一天已經傳回槐樹村，今天肯定有很多上門賀喜的人。這邊的傳統，遇到喜事，得發紅雞蛋，少說得準備一、兩百個。
之前兩次考試，她都在家，早早備好，這次在外頭陪考，自然沒準備，不知一時間能不能買到染好色的。
姜桃挎著菜籃子，剛打開家門，就發現王氏和李氏正壓低聲音在門口說話。
「師傅起來了啊？我算著時辰，您該出門了。」王氏見了姜桃就笑。
昨天傍晚，姜桃遇到剛下工的她們，但黃氏有事找她，只簡單寒暄幾句，就各自回家。
李氏道：「師傅準備去買紅雞蛋嗎？我們早讓人幫您留著，今天直接去取就成。」

姜桃驚訝。「昨兒我才跟妳們說了阿楊的事，這麼快就讓人備好了？」

王氏回答道：「哪能啊，是我們早就開始準備，算著院試的日子差不多結束，提前讓人染色。」

姜桃忍不住笑。「萬一我家阿楊沒連中小三元，或者運道更差些，沒考上秀才，這些雞蛋不都浪費了？」

「不會啊，我們對阿楊有信心。再說，就算真如師傅說的那樣，如今繡坊有幾十個姊妹呢，分著吃都能吃完，不浪費的。」

三人一邊說話、一邊往巷子外走。

王氏和李氏訂雞蛋的商家，就在不遠的地方，步行半刻鐘，便取到兩百多顆紅雞蛋。她們給了五兩銀子的訂金，尾款要付幾十兩，想搶著給。

姜桃沒答應。去了省城一趟，她出手越發闊綽，還不至於心疼這點銀錢。

這下，三人的菜籃子瞬間被雞蛋塞滿，回到茶壺巷時，發現巷口多了一輛華美的馬車。馬車極為講究，用料是黃花梨，還鑲金嵌玉，連姜桃瞧見，都忍不住咋舌。王氏和李氏更別說了，驚得不敢走進巷子。

車旁只有兩人，一個膚色黝黑、身形瘦削的中年人，和另一個面白無鬚的青年。

面白青年打起車簾，一名器宇軒昂的年輕人扶著他的手下來。

「天啊，好俊俏的少年，那衣料看著貴得嚇人。」王氏小聲驚呼。

「怎麼到咱們這裡來呢？」李氏說著，看向姜桃。住在茶壺巷的都是普通百姓，交際最廣的，就是姜桃了。

姜桃認出那少年，正是去年在縣衙扶過她，後來又在酒樓門口誤以為她是壞人，偷偷走掉那個。

「那小公子不是壞人，咱們回去吧。」姜桃說完，和王氏、李氏回去。

蕭玨負手走在她們前頭，但進了巷子，就被緊挨的門戶弄暈，躊躇著不知該去哪家。跟在一旁的王德勝道：「主子是不是迷路了？不如還是喊人來幫忙吧。咱們一家一家去敲門，得費多少功夫哪？」

主僕倆說話，姜桃等人已經趕上了他們。

姜桃出聲道：「是不是要尋人？我們就住在這裡，需不需要幫忙？」

蕭玨聞聲轉頭，沒想到一大早就正好遇見她。

王氏和李氏跟在姜桃後頭，看著眼前俊美但有些陰鬱的少年，不知怎的，就覺得背後毛毛的，大氣也不敢出。

「我真不是壞人。」想到去年鬧出的烏龍，姜桃忍不住笑道：「你應該還記得我吧？去年，咱們在縣衙和望江樓見過面。」

蕭玨微微抿唇，露出清淺的笑容。

「你要尋誰？遠的不說，附近這一帶的人，我還是認識的。」
兩人正說著話，姜家的大門打開，沈時恩帶著笑的聲音傳來——
「一大早就不見人，怎麼到了家門口也不進來，跟誰在外頭說話呢？」
蕭玨聞聲，立刻轉過頭。
姜桃笑道：「去買紅蛋了，還遇到一個小公子……」
話沒說完，沈時恩就從家裡出來，而她身邊的少年怔忡半晌之後，三步併兩步，快步上前，膝頭一軟，便要跪下。
「舅舅，朕來接您了！」
這突如其來的變故，把姜桃搞懵。
王氏呆呆地道：「師傅，這是您家親戚？您怎麼不認得啊？」
姜桃回神，王氏和李氏可能沒聽清那少年的自稱，但她聽清楚了。
他自稱「朕」，若她沒有聽錯，這少年不就是……
姜桃心頭一陣狂跳，趕緊讓李氏和王氏先回去。
此時沈時恩已經扶住蕭玨，不讓他跪，沈聲道：「進屋說話。」
儘管沈時恩看著還算鎮定，但姜桃仍從他起伏的語調，聽出他的激動。
甥舅倆相攜進屋，姜桃捂著怦怦狂跳的心口跟進去，轉身關上家裡大門。

因為心緒太過起伏，姜桃關門時沒把握好力道，砰一聲弄出動靜，蕭世南和姜霖都被吵醒了。

一大一小頭髮散亂，趿拉著鞋子出來問：「出了什麼事？」

姜桃喊姜霖先回屋，然後看著蕭世南，沒有說話。

蕭世南被她盯得發毛，趕緊道：「嫂子怎麼了？我啥都沒幹啊，這麼看我做什麼？」

姜桃深呼吸幾下，才強迫自己鎮定下來，張了張嘴，卻不知道從何說起。

這兩兄弟可把她瞞得太慘了！

蕭世南搔搔頭，發現站在天井裡的王德勝，納悶道：「這是誰啊？看著怪眼熟的。」

方才王德勝還因為沈時恩甥舅倆終於相見而紅了眼眶，此時聽到蕭世南這話，眼淚被逼了回去，無奈地躬身。

「您不認得奴才了？奴才是東宮的王德勝啊。」

「哦，是你啊。」蕭世南轉頭看看天，自顧自道：「青天白日的，我怎麼一大早就開始作夢？肯定是昨晚太高興，大白天還發夢呢！」

他說著，掐了自己一把，因為太用力，疼得哎喲一聲。

看到他這活寶的樣子，姜桃好氣又好笑地瞪他一眼。「別在這兒出洋相了，回屋穿好衣服洗把臉，去正屋見人。」

蕭世南這才反應過來，自己不是作夢，驚叫一聲跑回屋裡，很快穿戴好，一陣風似的衝到正屋。

姜桃無奈地笑笑，轉頭請王德勝去廂房坐坐喝茶。

王德勝進門時，已把這只有幾間屋子的小院子打量一遍。他自小在宮裡長大，後來被撥到東宮，在蕭玨身邊伺候，因為蕭玨高看他，衣食住行和半個主子似的。

姜家這小院子，他自然看不上，大概也沒什麼好茶，遂道：「夫人不必客氣，奴才在外頭候著就成。」

姜桃頭一回被稱為夫人，不過多年的教養，還是沒讓她露怯。

她抿唇笑笑，進廂房搬來一條長凳讓王德勝坐下，轉頭去找姜霖說話了。

雖然姜霖聽她的話乖乖回屋，但好奇得不得了，扒著門縫，一個勁兒地偷看。見姜桃過來，小傢伙立刻打開門，激動地問誰來了啊？怎麼回事？

「是你姊夫和小南哥家裡來人了，他們在正屋說話。等他們說完，姊姊帶你去見見。」

姜霖還不太明白人情世故，並不知道沈時恩和蕭世南是罪籍，按理說，家裡不該還有其他人，不該這麼貿然過來。

他只當家裡來了親戚，小跑著打開自己的衣櫃，笑著催促。「那姊姊快幫我選一身衣服，我要精精神神地見人。」

姜桃笑罵他臭美，但還是幫他選了身簇新的小書生袍。

替姜霖梳頭時，姜桃的手不覺抖了兩下，扯著他的頭髮，讓他直喊痛，連忙道歉，目光卻往正屋瞟去。

今天之後，自家的日子，恐怕要往她沒想過的方向前進了……

姜家正屋的門，關了足足兩刻鐘才打開。

姜霖早梳好了頭，穿戴整齊，扭股糖似的在姜桃膝上撒嬌。「姊姊，什麼時候可以去見客人啊？姊夫家的親戚，我還沒見過呢。」

姜桃的心情也很複雜，但還是耐著性子道：「不急，等會兒就帶你去見。」

話音未落，蕭世南從正屋過來，探進半邊身子，笑道：「嫂子在這裡啊，快來快來。」

姜桃牽著姜霖起身，走到屋外，還不忘叮囑姜霖。「等會兒進了屋，可不許亂說話。」

姜霖忙不迭點頭。「我不會，我很乖的。再說，不是來親戚嗎，我亂說啥呀？」

姜桃還要叮囑，蕭世南便在旁邊笑道：「阿霖說得沒錯，就是親戚嘛！別講究這些，鬆快點便好。」

他說著，拉他們進屋了。

正屋裡，沈時恩和蕭珏相對而坐，兩人臉上都帶著笑，眉眼卻發紅。

姜桃拉著姜霖的手，猶豫著沒有上前。

按著規矩，對方是皇帝，她和弟弟是平民，該跪下行禮。

「嫂子愣著幹什麼？」蕭世南輕輕推姜桃一把。

蕭玨抬眼對她道：「舅母請坐。」

姜桃當過楚鶴榮的姑姑，還差點耐不住黃氏的廝纏，跟她結為姊妹，成為知縣公子秦子玉的姨母。但那些身分，都沒有蕭玨這聲舅母，讓她受寵若驚。

「坐吧。咱們自家人說說話。」沈時恩彎唇對她笑了笑，往旁邊讓，示意姜桃坐到他身側的位置。

姜桃瞪他一眼。認識到成婚，都兩年了，這男人真是把她當傻子瞞！

不過，在人前，她不好表現出來。

坐定後，姜桃不知道該說什麼，蕭玨也沒有開口，沈時恩則是後悔沒有早點交底，現在蕭玨尋上門來，讓姜桃發現他身分不同尋常，三言兩語反倒說不清。

屋內陷入短暫的沈默。

姜霖沒看懂大人們的糾結，拉著姜桃的衣襬，笑嘻嘻地問：「姊姊，這個哥哥喊妳舅母，那他是不是也要喊我舅舅？」

小傢伙一直心心念念要當長輩，起初姜桃不讓楚鶴榮喊他叔叔，他還不太高興，後頭楚鶴榮請他吃糖葫蘆，才把他哄好。現下又來個輩分小的，可不是要激動了！

蕭世南噗哧一聲笑出來，姜桃也忍不住彎了彎唇，拉姜霖一下，讓他不要胡鬧，卻冷不防地聽一道尖細嗓音拔高了聲調——

「放肆！」

王德勝站在蕭珏身側，蹙著眉，黑臉道：「小公子慎言！」

姜霖一直是家裡的小寶貝，爹娘歿了之後，姜家人看他年紀小，別說罵他，姜桃還極護著他，最多就是跟姜楊吵兩句嘴。加上他本來就生得討喜，外人也喜歡他，從來沒被人用這種令人發寒的語氣喝斥過。

他小小的身子打了個寒顫，癟了癟嘴，要哭不哭，害怕地把臉埋進姜桃懷裡。

姜桃臉上的笑淡下去，但到底是自家弟弟先說錯話，所以頷首道歉。「幼弟頑劣，冒犯您了，實在抱歉。」

蕭珏不悅地看王德勝一眼，他自然不會對五、六歲大的孩子童言童語置氣，王德勝突然出聲喝斥，顯得他擺架子似的。而且那孩子雖然說錯話，但對方既不知他的身分，此時也不是在宮裡，就算有不對的地方，提點兩句就是，何至於像喝斥下人似的喝斥他？

王德勝也覺得自己方才的態度欠妥，只是去年他跟著蕭珏一道過來，看見姜桃一家子和樂融融，心疼蕭珏孤家寡人，不覺對他們存著氣，又被姜霖那不知道輕重的童言童語一激，態度自然好不了。

他當了許多年的東宮大太監，沒少幹黑著臉喝斥宮人的事，一動怒，可不就陰惻惻的，特別嚇人。

蕭世南臉上的笑也沒了，霍地站起身。

若是按著他從前的性子，王德勝得挨他的踹，但到底在外頭待了這麼些年，性子被磨平些，只是瞪著王德勝，沒有更進一步動作。

姜桃一手抱著姜霖、一手拉他一下。「沒事啊，別哭。」

她說話總是溫溫柔柔、不疾不徐，這種語調最能安撫人心。

可此時蕭世南聽了，卻難受起來。

他嫂子就是太好了，不懂這些下人最是欺軟怕硬、拜高踩低，王德勝敢如此行事，肯定是看不上他嫂子和姜霖的出身。若是對上其他高門大戶，看他敢不敢這樣。

姜霖小聲啜泣。孩子受了委屈，若沒大人在旁邊便罷，要是自家人緊張起來，就忍不住哭了。

姜桃拍著他的後背，輕哄兩聲，然後起身。「我先把他安頓好，失禮了。」

蕭玨微微頷首，她便把姜霖抱出了屋子。

蕭世南後腳也跟過去。

進了廂房，姜霖抹著眼淚，哽咽認錯。「姊姊，我……我下回不敢了。」

姜桃心疼得不得了，先說他。「你就是愛占嘴上便宜，越大說話越像你哥哥。方才進去前，我還提醒過你，你全然不聽我的話……」

她說著，看他做錯事還不敢放聲哭出來，只能小聲抽抽噎噎，實在不忍心再說下去，拍著他的背替他順氣，倒了碗水，小口小口地餵給他喝。

蕭世南跟進來道歉。「嫂子別說阿霖了，全怪我，是我說鬆快些就成的。」

姜桃怎麼也怪不著他，說：「不怪你，是我思慮不夠周全。」

她餵完水，問姜霖要不要吃雞蛋？

姜霖打了個哭嗝，老老實實道：「要、要吃。」

姜桃摸出幾顆剛買回來、還帶著餘溫的紅雞蛋，剝給他吃。

蕭世南也沒離開，看姜霖的哭嗝打得停不下來，便開始做鬼臉逗他開心。

姜霖本就是個不記仇的，被這麼一哄，再吃了煮雞蛋，立刻忘了方才的不高興。

姜桃看他心情好了，就問蕭世南，怎麼不回正屋說話？

蕭世南正在替自己剝雞蛋，手上的動作一頓，訕訕道：「不去了吧，怪沒勁的。」

之前他聽說京城來人，又見到蕭玨，也是很激動的。但經過姜霖的事後，心裡的激動突然沒了。

因為王德勝的態度提醒了他——京城確實是個好地方，但也是個很不好的地方。

「我都沒怎麼樣，你怎麼比我還在意？」姜桃推他一下。「小事嘛，是我們阿霖說錯了話，下回注意就是。」

她心裡是有些不舒服，但那是沈時恩和蕭世南的親人，沒道理因為一樁小事，壞了他們的情分。而且態度不好的是王德勝，她對蕭玨的印象還挺好的。

蕭世南點頭，揣著雞蛋站起身。「我去聽聽他們說什麼，回頭告訴妳。」

正屋裡，王德勝已經跪下請罪。

蕭玨沒在人前責罵他，只轉頭同沈時恩道：「這奴才狂妄，冒犯了舅母。等會兒讓他向舅母賠罪。至於回京……」

他和沈時恩、蕭世南初初見面，很是激動，先是互相問安敘舊，而後便說到讓沈時恩和蕭世南回京的事。

蕭玨本以為沈時恩和蕭世南定會應下，沒想到沈時恩卻說要問過姜桃的意思，蕭世南更是直接站起身。

「這肯定得問我嫂子啊，我去喊她。」而後他把姜桃和姜霖帶過來，鬧了不愉快。

沈時恩不動聲色，沈吟著沒接話，放在桌上的拇指和食指輕輕撚動，似是在思索。

蕭玨打小跟在他屁股後頭長大，一看他這小動作，就知道他不高興了。

他是帶著真心來請回沈時恩，若是下旨讓沈時恩一家子回京，他們肯定會照辦，但那就壞了舅甥的情分。他都成了孤家寡人，自然越發珍惜彼此的情分，不願意走到那一步。

所以，除了剛見面，他想以帝王的身分代表皇家向沈時恩道歉之外，之後說話，便不以朕自稱。

可現下沈時恩不接話，難道是在他不知道的時候，他們已經不把他當成家人了？

王德勝察覺氣氛的凝重，身子伏得越發低了。

這個時候，蕭世南又過來了，一屁股坐到沈時恩身邊。

沈時恩開口問他。「阿霖如何了？」

「沒怎麼樣，嫂子哄好他了。」蕭世南吃著煮雞蛋，然後把手裡沒剝殼的往他哥和蕭玨面前一送。「嫂子剛買回來的，還熱著呢。」

沈時恩面上的神情這才鬆下來，拿了個煮雞蛋，慢條斯理地剝起來。

蕭世南吃著，先瞪跪在一旁的王德勝一眼，而後對上正盯著他們看的蕭玨。

「吃啊。」蕭世南說：「家裡買了好多。」

沈時恩沒好氣地看他一眼。「小玨五歲時，你騙他說，雞蛋吃到肚子裡會孵出小雞，把肚腸啄爛。從此以後，小玨就不愛吃雞蛋。」

蕭世南哈哈一笑。「有這回事嗎？我不記得了。」

「小時候表舅欺負我，也不是一回、兩回，要是樁樁件件都記得才奇怪。」蕭玨這才笑起來，也拿了一顆蛋剝殼。

第七十五章

小時候，蕭世南真沒少欺負蕭玨，沈時恩又說起別的趣事。

像他和蕭玨一起爬樹，讓蕭玨踩著他肩膀上去，然後看到蝴蝶飛過，他就撲蝴蝶去了。撲著撲著，他忘記剛才的事，讓蕭玨在樹上一待就是半天，直到東宮的人急得不得了，滿皇宮找人，才把蕭玨從樹上救下來。

還有，沈時恩去軍營歷練時，蕭世南非要跟著去，說不動家裡人，便攛掇蕭玨。

蕭玨很受寵，沈皇后想著自家軍營總是安全的，他是半個沈家人，歷練一番也沒壞處，遂說動承德帝，派人護送他們過去。

結果，他倆只新鮮了一天，晚上就遇上麻煩。

沈時恩和士兵們同吃同住，他們非要和沈時恩一起，不肯多享受。

然後，三人一起睡到大通鋪上，操練一天又沒有洗澡的士兵，身上、腳上那味道，簡直難以用言語形容。

他倆被那難以言喻的味道熏得吐了，吐空了胃，還吐酸水。

兩人立刻蔫了，被挪到單獨的營帳休息兩天，還沒緩過勁來。

兩天裡，沈時恩和士兵們操練起來，他們互相攙扶著，看到他那辛苦勁兒，都嚇壞了，緩過來以後，連夜帶著人溜了。

回去後，蕭世南很快恢復過來，蕭珏蔫了好幾天，什麼都吃不下去，整整瘦了一圈。

蕭世南聽著過去的趣事，哈哈大笑，連淚花都笑出來。

「二哥別光說我，你以前就沒做過這種事？」蕭世南抹去笑出來的眼淚。「不知道是誰，帶我們出去玩，看到一家賣兵器的店鋪就失了魂，在人家鋪子裡磨了一下午，買到心儀的刀，寶貝似的捧回去，卻被人問：『怎麼三個人一道出門，只有你一個回來？』，才一拍腦袋想起來，把我倆落在外頭了。」

沈時恩尷尬地摸摸鼻子。「還不是你倆亂跑？要是好好的和我一起待在兵器鋪子裡，我能忘了？」

三人混在一起十來年，這種好笑的事多了去，三天三夜都說不完。

蕭珏的神情也鬆快了許多，笑道：「反正你倆小時候沒少欺負我。」

蕭世南也笑。「是你小時候太乖，被欺負了也不會去告狀，不然我哪敢啊！」

這倒是實話，蕭珏在宮裡有親兄弟，沈皇后也沒說不讓他和他們親近，只是他生下來就是太子，外祖家權勢正盛，那些皇子躲著他走還來不及。

也就沈時恩和蕭世南不顧忌那些，帶著他上山下海地渾玩。

經過這樣一番互相「討伐」的閒聊，三人的氣氛彷彿回到了從前。

蕭世南說：「小珏，你餓不餓？我買點東西給你吃吧。不過這裡也沒什麼好吃的，我看著買，你隨便吃一點。」說著，一陣風似的出去了。

蕭玨感激地看著沈時恩，蕭世南可能沒聽出來，他卻是明白，他舅舅是故意說起從前那些糗事，來緩和氣氛。

方才他還擔心沈時恩同他生分，此時才知道是自己多想了。

蕭世南出門後沒多久，姜桃燒好熱水，幫姜霖擦了臉，牽著他走出廂房，來了正屋。小進屋後，小傢伙剛還有點膽怯，但看到伏低身子、跪在地上的王德勝，又好奇起來，小聲問他姊姊。「他為什麼要跪著啊？」

姜家沒有下人，除了逢年過節，晚輩需要向長輩跪拜，平時沒見人跪過，他不懂這些。

姜桃正不知道怎麼解釋，蕭玨便笑著開口道：「剛才他罵你了，我在懲罰他。」

之前的蕭玨神情有些陰鬱，如今又多了幾分帝王的威嚴，連王氏和李氏看到他，都覺得發毛。之前姜霖雖然對他很好奇，卻不敢靠近他。

現在，蕭玨面上的陰鬱一掃而空，笑容溫暖和煦，眉眼又和沈時恩有幾分相似，頓時顯得可親起來。

姜霖對他笑了笑。「我不生氣啦。姊姊說得對，是我先說錯話，他才罵我的。雖然有點凶，但是我不對在先嘛。」

小小人兒，比去年高了不少，但還是個小胖子，蕭玨聽他說話十分有條理，便招手讓他到跟前。

姜霖完全不記仇，又知道是自家親戚，大大方方走上前。

蕭玨問他幾歲，讀書沒有，他都一一答了。

姜霖答完，又替王德勝求情。「你讓他起來好不好？我家的地磚可硬了，跪久了，膝蓋肯定要疼。」

跪在地上的王德勝聽著，對這家子改觀不少。姜家確實窮，但教養孩子，真是有一手。方才是他豬油蒙了心，居然拿出宮裡大太監的作派去喝斥姜霖，現在想想真不應該。

王德勝從地上爬起來，連忙道：「奴才知錯了，再不敢有下回。」

「起來吧。」蕭玨看王德勝一眼。「別忘了今天是誰幫你求情。」

旁人看來，或許姜霖的求情只是免了一場跪，但王德勝很清楚，現在蕭玨的性子是真的很不好相處，人前雖是讓他跪，沒說其他的，但後頭肯定有更大的苦頭等著他，最輕也是丟掉大太監的職守，這還是他服侍多年的緣故。若換成旁人，大概得去掉半條命。

他們說著話，外頭日頭升起，開始有人上門來賀喜了。

蕭玨得知是姜桃的弟弟連中小三元之後，笑著摸摸身上，說：「來得匆忙，沒帶禮物，下次補給舅母。」

姜桃忙道：「太客氣了，不用這樣的。」

連中小三元，在一般人看來，是很值得慶祝的事，但在皇帝那裡值當什麼？秀才、舉人的，連面見皇帝的機會都沒有。

人來了以後就得進屋，她問蕭玨要不要先去旁邊的屋子休息，蕭玨說不用，又看向沈時恩，沈時恩也說不打緊，姜桃就沒再提，像往常一樣待客，送紅蛋、上茶。

她忙得分身乏術，沈時恩和姜霖都幫忙幹活，一個去灶房燒茶水，一個幫著發紅蛋。

蕭玨沒想到會來這麼多人，擠得正屋連落腳的地方都沒有。

這種感覺對他來說很新鮮，看到沈時恩和姜霖都在幫忙，也捲起袖子幹活，跟姜霖一道給人端端茶、發發零嘴。

王德勝在旁邊看得想張嘴去勸，但因為剛才的事，怕再讓蕭玨不高興，只能假裝看不見，幫著清掃屋裡的瓜子皮與雞蛋殼。

來賀喜的都是跟姜家還算熟悉的人，看家裡多了兩張生面孔，就問起來。

姜桃見蕭玨幹起活來，緊張得不得了，偏偏他自得其樂，不好解釋，只能硬著頭皮道：「是我家沈二的外甥，京城來的。」

小縣城的人這輩子去過最遠的地方，可能就是府城、省城，槐樹村的人就更別說了，許是連縣城都沒去過。

一聽是京城來的，不少人都拉著蕭玨說話。

這個說他。「人長得好，衣服也好看，京城來的就是不同。」

那個又問：「看你年紀不大，說親沒有？我家有個姑娘，和你差不多。」

蕭玨這輩子都沒被人當成稀奇動物圍觀過，登時亂了手腳，再沒有那少年老成的模樣，慌亂地鬧個臉紅。

姜桃剛送走一批人，轉頭瞧見，趕緊過來，先將對方的手撥開，再把蕭玨拉到身後。

「這孩子面皮薄呢，嬸子們別把他嚇壞了。」

要給蕭玨說親的婦人仍伸著脖子看他，嘴裡道：「多出眾的孩子啊，穿得富貴，性子卻這麼好。我聽說城裡有錢人家的少爺，都小小年紀不學好，找什麼通房、姨娘，妳家這外甥一看就是個好的，我越看越喜歡。」

姜桃忍住想扶額的衝動，心想喜歡頂什麼用啊，人家是皇帝，想替他說親的人，能從這裡排到京城，哪裡輪得到農家姑娘？

她說著，又轉頭看蕭玨，見他雖然面紅耳熱，但沒惱怒，這才放心一些。

有了那婦人開頭，來賀喜的人便沒有吃完茶、拿了紅雞蛋就走，而是坐下聊起來。屋子裡頓時嘈雜一片，說什麼話的都有。

姜桃倒還習慣，轉頭輕聲問蕭玨。「會不會難受？要不要歇息一下？」

蕭玨看著旁邊一趟趟幫人端茶送水、被人拉著問話還得陪笑臉搭話的沈時恩，笑著搖搖頭，說他沒事。

姜桃對這反應挺納悶的，心想蕭玨或許是要體察民情，這就說得通了。

他們這裡正熱鬧著，黃氏推搡著人擠進屋。

姜桃見了她就笑。「人太多了，妳怎麼這會兒過來？」

黃氏擦著頭上的汗，飛快地道：「本是想告訴妳一聲，昨夜送聖旨的官差進城。但過來後看到妳家人多，想著晚些再來。結果折返時，看到妳家小南跟人打起來……」

姜桃聽了，把手裡的茶碗一放，立刻跟著黃氏出了家門。

兩人腳步匆匆趕到巷子外的長街，就看到蕭世南和幾個少年滾成一團，旁邊還散著一堆零嘴。

姜桃本來還奇怪，蕭世南出去買吃的，怎麼去這麼久，現在一看，顧不上想別的，立刻喊道：「小南，別打了！」

蕭世南被她喊得回神，也不撒手，只應道：「嫂子別管，我看不慣這狗東西很久了！」

姜桃定睛一瞧，跟他扭打最厲害的，正是姜柏，其他人倒是不認識。

蕭世南只會些粗淺的拳腳功夫，一人對幾人，很是吃力。

姜桃急壞了，卻不敢貿然去拉。

黃氏也有心幫忙，但她到底是婦人，又只帶了個丫鬟出門，正要說自己去喊人，一個高瘦的身影忽然從姜桃背後竄出來，跳過去，一腳踹翻一個要在背後偷襲蕭世南的人。

姜桃看清是誰之後，快暈倒了。

那是蕭玨！

「妳快扶我一把。」姜桃挨著黃氏，覺得呼吸都不順了。

太不可思議了，真的！

皇帝來自家尋親的事，她尚能強裝鎮定，現在他竟在她眼前打架！

姜桃真的發暈，被黃氏攙著，才不至於腿軟摔在地上。

不同於姜桃的著急緊張，蕭世南哈哈笑道：「小玨來得正好！」因為太過得意，肚子上挨了姜柏一拳。

他哎喲一聲，咬牙道：「小玨認準這傢伙，打他！」

兩人從前沒少打架，認識他們的，當然沒人敢動手，但這兩個小時候是真皮，出去玩的時候，喬裝打扮，穿得普普通通，甚至還在宮裡穿過小太監的衣服。

那些高門子弟總有不認得他們的，看他們張狂得很，便容易打起來，有時候還讓小廝一起上。

不過，沈時恩總是負責跟在後頭幫他們收拾爛攤子，兩人倒也沒吃過虧。

雖然幾年沒在一起玩，但他們很快就找回默契，一攻一守，很快占據上風，把姜柏他們幾個打得直不起身。

黃氏看姜桃臉色慘白，一會兒看她、一會兒又看蕭世南和蕭玨，頭轉得像陀螺，瞧兩個少年這就要打贏，笑道：「阿桃別急，快看，妳家小南穩贏了。」

她不說還好，一說，姜桃差點暈過去。

她知道小皇帝沒帶什麼人來自己家，但皇帝出行，就算明面上沒人，暗衛肯定不會少。那些人呢？都死了嗎？眼睜睜看著他和人打架？

就在她心揪成一團的時候，終於有人過來了。

不過不是姜桃想的侍衛、暗衛之類，而是有看熱鬧不嫌事大的人去找捕快。圍觀百姓讓開一條道，捕頭氣勢洶洶地衝過來。「何人當街尋釁滋事？」

姜柏被打成了豬頭，瞅準空檔，跳到捕頭跟前。「大人，快把他倆抓起來！」

捕頭正要讓捕快抓人，轉頭看到一旁對他狂打眼色的黃氏。

捕頭立刻把到嘴的話嚥下去。「去去去，小孩子家在這兒鬧什麼呢？快回家去。」一句話就把尋釁滋事說成小孩玩鬧。

蕭世南嘴角青了一塊，蕭玨倒好些，這幾年他拳腳功夫漸長，又有蕭世南護著，沒怎麼挨打，只是頭髮散了，衣衫凌亂。

聽到捕頭的話，蕭世南笑嘻嘻地把人推開。「不玩了不玩了，我這就回家。」勾著蕭玨的肩膀就走了。

姜柏快恨死了。

之前因為秦子玉的關係，他被人趕出學堂。

後來，他存了氣，立志在家發憤圖強，但他本不是天資卓絕的人，又被學堂的事影響心境，府試又落榜。

他回來後，託好些人打聽，總算打聽到，是知縣公子下的手。

他不知道之前跟他在榜前打架的就是秦子玉，只想著黃氏和姜桃交好，以為是姜桃姊弟見不得他好，故意為難他。

但那時候，姜桃他們已經提前出發去省城，他一肚子的怨氣也無從發洩。

今天，他聽聞姜楊連中小三元的事，更是氣不打一處來，糾集自己的狐朋狗友，聚在茶壺巷外的街上，閒聊似的說姜家的閒話。

幾個少年一會兒說早些時候姜桃剋親啊，把爹娘都剋死了，家人沒辦法，才不得不把她隨便尋個苦役嫁掉。一會兒又說姜楊其實並不是那麼聰明，這連中小三元也不知道摻水沒有——畢竟姜桃和黃氏那麼要好，有縣官夫人幫忙，可不是比旁人跑在前頭？

其實明眼人都知道他們這是酸呢，納悶姜柏瘋了不成？他也是姜家人，雖然分了家，但一筆寫不出兩個姜字，他這麼編派隔房的堂弟妹，自己能落著好？

姜柏知道自己落不著好，可是連著兩次考不過府試，還被趕出學堂，已經被嫉妒和怒火沖昏了頭腦。

他那些狐朋狗友，也真不是好東西，不以誠心待他，又眼紅姜楊的發達，煽風點火，不嫌事大。

縣城裡總有跟姜家不怎麼熟絡的人，像聽八卦一樣，在旁邊聽。

眾人聚集起來，買了一堆吃食回來的蕭世南就發現了。

若姜柏只說酸話便罷，偏他總是拿姜桃說嘴。

蕭世南哪裡聽得這個？又想到早上在他眼皮子底下讓姜桃因為姜霖的事不高興，現下聽人這麼說她，他再不做點什麼，那才是真的對不住她這些時日的關愛照拂。

他怒氣沖沖地讓姜柏閉嘴，惹得姜柏那些狐朋狗友一陣嘲笑。

其實姜柏是第一次做這種事，卻被蕭世南撞破，本想著說也說夠了，現在走就是。但那些狐朋狗友攛掇著他，說現在走了，豈不是等於他怕了姜家姊弟？

姜柏不願失了面子，硬著頭皮，梗著脖子道：「哪句是我瞎編了？我說的都是實話！」

然後，蕭世南把手裡東西一扔，就和他們打起來。

姜柏跟朋友們都是書生，打秦子玉那樣同為書生的還好說，但跟蕭世南這樣當過幾年苦役、又粗通拳腳的人對打，可就吃力了。

不過，他們人多，蕭世南雙拳難敵四手，打起來勢均力敵。

隨後，蕭玨來了，他和蕭世南的默契極佳，而且主要毆打姜柏。

他那些朋友見風頭不對，早退開來，所以挨打最重的只有姜柏一個，其他人都只是受些輕傷。

姜柏完全把自己當成被欺凌的一方，就等著捕頭把蕭世南他們帶走，去公堂上好好說道說道。

結果，捕頭一句話就說成是小孩子打鬧，他只能恨恨瞪著姜桃，覺得都是她這喪門星惹出來的事。

此時，蕭世南走到姜桃跟前，姜桃白著臉指著他好半天，沒說出一句話來。

他臉上嬉笑的神情頓時沒了，耷拉著腦袋，開始認錯。

黃氏扶著姜桃往巷子裡走，幫著勸道：「妳家弟弟都是好的，肯定不會無緣無故打人，一定是對方先犯錯！」

蕭世南老老實實地拉著蕭玨跟在她們後頭，聞聲附和。「對啊，那個姜柏，虧他還是嫂子家的堂兄，居然糾集人在街上說咱們家的閒話，我讓他住嘴，他不肯，這才動手的。」

黃氏聽得直點頭。「這姜柏不是個好的，今兒是妳家的好日子，他故意鬧事，這頓打挨得不冤枉！阿桃也消消氣，往常妳比我經得住事，今天也沒鬧得太嚴重，怎麼氣成這樣？」

姜桃有苦說不出，她不是氣啊。平時蕭世南和姜柏打起來，蕭世南又沒受傷，她肯定不會放在心上，最多說蕭世南幾句，勸他以後冷靜些就算了。

可今天不同！

她無力地轉頭看蕭玨，他臉上還在笑，笑得挺痛快，一邊走路、一邊用肩膀頂蕭世南。而蕭世南一邊佯裝老實認錯、一邊把他的手頂回去。

就這樣，一行人回了家。

從姜桃出門，到蕭玨加入戰局，和蕭世南一道打架，只過了一刻鐘。

這會兒，沈時恩也聽人說了，剛要出去找他們，便看到他們回來。

「真打起來了？」他看看姜桃發白的臉，從黃氏手裡攙過她，問話的時候，沈著臉看向蕭世南和蕭玨。

這會兒，兩人再不敢打鬧，身板站得筆直，雙手垂在身側，耷拉著腦袋像兩隻鵪鶉。

「和誰打架？」

「和姜柏。」

「打贏了嗎？」

「打贏了。」

「那沒事了，進屋去吧。」

蕭世南這才敢笑起來，拉著蕭玨回廂房去梳頭換衣裳。

姜桃掐了沈時恩一把，沈時恩笑起來，溫聲寬慰道：「沒事，男孩子哪有不打架的。」

唉，人家親舅舅都這麼說了，小皇帝又高興，暗衛也沒出來，那她還慌什麼呢？

姜桃進屋之後，喝了碗熱茶順順氣，臉色和精神恢復過來，還和之前那樣招待客人。

旁人問起怎麼回事，她就說是小孩子打架，不要緊的。

姜柏腦子發昏，趕著給他們姊弟潑髒水。姜桃可還清醒，為了姜楊，她不能說姜柏幹的噁心事兒，起碼現在不能。

有在外頭看熱鬧的人說是姜柏先嘴賤惹事，大家跟著罵他，又誇姜桃好涵養，不愧是一房出了兩個秀才的人家，都這樣了，也沒說姜柏一句壞話。換作旁人，可做不到這樣，定不會放過姜柏的。

姜桃真不生氣，姜柏是討厭，但想到他被打得鼻青臉腫的豬頭樣，她只想笑。

因為姜桃說了，今天先不設宴招待，等姜楊回來再擺流水席，客人也沒多留，喝完熱茶、拿了雞蛋，說一會兒話就走了。

客人們一批批離開，直到傍晚時分，姜家的客人才散去。

等客人一走，蕭世南和姜霖就喊餓。

中午時，家裡的人太多了，姜桃恨不能把自己拆成兩個人用，就給了銀錢，讓他們自己買著吃。

但他們哪裡捨得只看她和沈時恩忙，自己躲出去吃，就乾脆沒吃，連蕭玨都沒用飯。

王德勝難得見蕭玨整天都有笑容，便出去買點心回來，還是不夠三個餓得前胸貼後背的小子吃。

「煩勞夫人做點飯食吧。」王德勝笑著對姜桃道。

他不是要使喚姜桃，而是到底侍奉蕭珏多年，到了這會兒，他算是看出來了，蕭珏想融入他們這個家呢。

這種時候，姜桃身為這個家的女主人、蕭珏的長輩，不用大費周章地準備什麼好菜，只要做些家常小菜，溫馨的氛圍自然更好了。

可他絕對沒想到，這話一出，蕭世南和姜霖頓時變了臉色，連沈時恩都微微蹙眉，一副欲言又止的樣子。

王德勝懵了，心道難道他又說錯了話？立刻小心翼翼地去打量蕭珏的臉色。

蕭珏也不明就裡，只道：「我也想嚐嚐舅母的手藝。」

「哎呀，這怎麼好意思。」姜桃樂呵呵捲起袖子，準備下廚。

之前她還對蕭珏的身分有些惶恐，但經過一天相處，看了蕭珏打架，想法就變了。

身分歸身分，蕭珏到底是個十五、六歲的少年。沈時恩和蕭世南的態度都那樣了，她沒道理忌諱身分就和他生分，且先將他的身分擺一邊，把他當成外甥晚輩。

她笑著問蕭珏。「你有什麼想吃的？或者有什麼忌口沒有？」

蕭珏彎唇，搖搖頭。「沒有，舅母看著準備就成。不論做什麼，我都會好好享用。」

真是個乖巧的好孩子，哪像其他幾個皮小子，不過因為她燒了一次灶房，就把下廚的她當成洪水猛獸！

姜桃點頭說好，然後進了灶房，沈時恩後腳跟上。

蕭世南忽然老氣橫秋地嘆口氣，拍拍蕭玨的肩膀。

一切，盡在不言中了。

第七十六章

姜家的灶房裡，滿滿當當堆著各種食材和調料。

不少人來賀喜時，不好意思空手而來，會帶些禮物，並不貴重，大多是從自家院子裡或菜地裡拔了兩棵菜，或者送一小塊肉，或帶點自家做的調料，就是一份禮了。

東西不貴重，姜桃便收了，多給幾顆紅蛋算回禮，還跟他們說好，到時候去槐樹村吃席，不要帶東西了。

不過她沒想到，你送一點、他送一點，架不住人多，不知不覺東西就多了。

翻揀一遍之後，姜桃看到家裡白菜最多，決定先從簡單的來，做個醋溜白菜。

沈時恩跟進來，從她手裡接過帶著泥的白菜，在旁邊清洗。

姜桃看他這默不作聲、只搶著幹活的模樣，忍不住彎唇，隨即忍住笑意，繞到他身後，伸手去掐他腰間的嫩肉。

這種時候，沈時恩不敢佯裝呼痛，老老實實地讓她掐，彷彿沒感覺似的。

姜桃也捨不得真的使勁弄疼他，輕哼一聲鬆了手。

洗好白菜，沈時恩又不吭聲地幫著切。

姜桃收拾長桌上的罈子，今天來賀喜的人，也有送醋和菜油之類的，不過沒那麼講究，都是用小酒罈子裝，外表看起來差不多，得依次打開塞子聞過，才能辨別裡頭裝什麼。
姜桃選出一小罈醋，放到灶臺邊，斜眼看著沈時恩。
「別以為賣個乖，我就不計較了，虧我還想著你從前的事肯定都是不愉快的，沒追著你問，想等你心情好了，就會告訴我。結果，你居然繼續瞞著我，要不是他們尋來，我不知道還要被你瞞多久。」
沈時恩心虛，不敢跟姜桃對視，小聲道：「起初瞞著妳，是覺得不告訴妳比較好，畢竟那時小玨尚未登基，我家仍是罪籍。後來想跟妳說，但總被別的事情打斷……不過這些都不是理由，確實是我猶豫，早就該說的。我錯了。」
他說著話，切好白菜，放在盤子裡，整整齊齊的白菜塊大小統一，看著賞心悅目。
姜桃也從食材裡翻出一塊巴掌大的五花肉，洗淨之後，切成小片。
「瞞著我就是對我好了？」姜桃將肉下鍋，繼續道：「咱們夫妻一體，若是你出了事，對方會看我不知情，就放過我？」
沈時恩收拾長桌，坐到灶邊的小板凳上燒火，老老實實繼續認錯。「是我思慮不周。」
「真要為我好，那娶我做什麼？咱倆沒拖沒欠的，才不會害到我頭上。」
沈時恩不敢說，他還真想過，只是姜桃太好了，成婚前便讓他放不下。而且那時姜桃的處境艱難，被家人逼嫁，要是推開她，不知道姜家會把她許到什麼樣的人家去。
「這話怎麼能亂說。娶不到妳，我可虧大了，上哪裡尋妳這樣的好媳婦呢？」

平時沈時恩話不多，也不算嘴甜，但說好話哄人的時候，還是讓姜桃格外受用。

姜桃不氣了，忍住笑意說：「晚上再收拾你。」

說話的工夫，白菜也下鍋了，姜桃翻炒幾下，轉身去尋原本擺在旁邊的醋。

「醋呢？」

「方才那個罈子嗎？我收下去了。怎麼，還要放醋？」沈時恩起身，從雜物裡拿出一只長得一模一樣的罈子。

「我準備做醋溜白菜嘛。」

沈時恩掀了掀嘴唇，心想醋溜白菜裡不應該放五花肉吧，這樣搭配，實在有些奇怪。但姜桃難得下廚，還是不要指點了，便乖乖閉嘴。

姜桃聽沈時恩不說話了，猜到他肯定在腹誹她，就道：「小玨什麼樣的山珍海味沒有吃過，咱們家的菜當然不能和宮裡的比，但就是我的一份心意嘛。咦，我怎麼感覺火有點小？你燒旺些，我這就準備出鍋了。」

沈時恩很聽話地坐回小板凳上燒火。

他想好好表現，把灶膛的火燒得格外旺，火苗都竄出鍋底了。

片刻後，姜桃看著嗞嗞作響的菜，覺得夠熱了，就把罈子內的東西往鍋裡倒……

此時，灶房外的天井裡，蕭世南和姜霖正伸著脖子往屋裡看。

蕭珏陪他們站著，瞧這緊張的模樣，忍不住好笑。「不過是做頓飯而已，值得你們這般緊張嗎？」

剛才，蕭世南已經把姜桃從前的「豐功偉績」告訴蕭珏了。

一次是過年時炒了一盤焦黑的蛋，一次是剛搬過來那天，點了濕柴，燃起濃煙。

雖然只有兩次，但姜桃一年到頭沒正經下廚幾次，而那兩次又是重要日子，自然讓他們印象深刻。

蕭珏身為局外人，沒親身經歷過，光聽他們說，覺得只是無傷大雅的小事罷了。他也沒期待吃到多美味的菜，不過是藉著這個機會，和姜桃拉近關係。

「你不懂。」蕭世南無奈道：「上回那濃煙滾滾的樣子，著實嚇人，要不是搶救及時，灶房都要燒光了。經過那一次，我們不讓嫂子下廚了，每次她進廚房，我們都心驚膽戰。方才要是你說想喝湯就好了，嫂子只有煲湯不會出錯。」

話音未落，他們就看到灶房裡突然閃過一片紅光。

蕭世南彷彿早預料到一般，叫道：「來了來了！」而後二話不說，提著早裝滿水的水桶往灶房衝。

但他剛進去，姜桃的驚呼聲立刻傳來，沈時恩一手抓一個，拉著姜桃和蕭世南閃身出了灶房。

這……蕭珏驚訝地看著灶房內越發旺盛的火光，連拍了三次手掌。

外頭頓時湧出暗衛，翻牆而入，直衝灶房救火。

姜桃額前的碎髮都被燙捲了，出來了還咳嗽連連，沈時恩幫她順了好一會兒氣，咳嗽才停下來，問蕭世南——

「油鍋起火，你澆水做什麼?!」

蕭世南也嚇懵了，他進去時，看到鍋裡起火，就往火上潑水。

然後不用說了，油鍋裡的火轟一聲竄起來，要不是沈時恩立時衝過來拉開他倆，姜桃和蕭世南怕是不能好好地站在這裡。

沈時恩把姜桃從頭檢查到腳，見她除了被燻黑臉和燒捲一些頭髮之外，並沒有受傷，才安心些。

「油鍋……怎麼起火了呢？」蕭世南心虛地囁嚅。

姜桃深呼吸幾下，才覺得氣息暢通，道：「我拿出一罈醋備用，卻被你哥收起來。我向他要，他拿了一只差不多的罈子給我，我直接往鍋裡倒，誰知道居然是菜油……」

「別說了，幫著救火，拿棉被來撲。」沈時恩沈著指派工作。「阿霖站到水井邊去。」

他說著，到水井邊把身上打濕，姜桃也小跑著，去取棉被。

暗衛們訓練有素，加上沈時恩在一旁指揮，一刻多鐘後，火終於被撲滅了。

姜桃他們沒跟著一道進火場，負責在灶房外潑水，防止火勢蔓延。

火熄了，暗衛們退出去，姜家的灶房也徹底沒了。

一家子人，除了姜霖被要求站得遠遠的，看著還算正常，其他人滿頭大汗，衣裳全被燻黑了。

「早知道這樣，怎麼也不該讓嫂子下廚。」蕭世南心有餘悸。

姜桃好笑道：「你還說，要不是你那一大桶水，油鍋著火，拿鍋蓋蓋上就沒事了。」

蕭世南嘿嘿訕笑，甩鍋給沈時恩。「還不是二哥，要不是他換了嫂子的醋，不就什麼事都沒有了？」

沈時恩挑眉，看蕭世南一眼，把他看得低下頭，不敢再吱聲。

不過，沈時恩不好再甩鍋給姜桃，說她掌勺的沒檢查就往鍋裡倒，沒吭聲，算是認下。

「可惜，今天我那醋溜白菜炒得可好了，眼看著就能出鍋呢。」

蕭世南道：「沒關係，嫂子這不是把整個灶房醋溜了嘛！瞧這火候，御廚都比不上！」

姜桃笑著要去打他，他忙跳到蕭玨身後。

姜桃可不敢打蕭玨，只得氣呼呼地停下腳步。

方才蕭玨打完一架後，且先換上蕭世南的衣裳，剛才跟著在火場外一道忙，現下也是頭髮散亂，衣服被燻黑。

姜桃這才覺得丟臉了，看著蕭玨，不知道該說什麼。

「噗！」形容狼狽的蕭玨忍不住笑起來。「哈哈哈哈……」

有他帶頭，姜桃和蕭世南也不甩鍋了，跟著笑起來。

一家人站在天井裡笑夠了，姜桃才說：「這怎麼辦？灶房都沒了。」

王德勝立刻道：「夫人快去歇著吧，奴才去外頭買些吃食來。」便快步出去。

出了姜家大門，王德勝狠狠地抽了自己一耳光。這笨嘴巴，今天怎麼就一個勁兒地說錯話呢？早上冒犯人，就夠他受的，還說要讓姜桃下廚?!

這嚇人啊，太嚇人了！

一家子各自回屋更衣洗漱，沒多久，王德勝提著兩個食盒回來了。

姜桃不習慣讓人伺候，看王德勝還要拿銀針檢查，就先擺飯。

她動起來，沈時恩和蕭世南一道幫忙，連姜霖都知道酒樓的筷子用之前要用水洗一下，去洗筷子了。

蕭玨跟著他們忙活一天，此時也幫著端菜。

擺完之後，大家坐定開飯。待了一天客，又救了一場火，大家飢腸轆轆，一時間只聽到筷子觸碰碗碟和輕微的咀嚼聲，誰都沒顧得上說話謙讓。

外頭酒樓的飯食對蕭玨來說，當然沒什麼滋味，但可能是今天真的餓了，或許是被蕭世南那搶食的樣子感染，胃口格外好，足足吃了兩碗飯才放下碗筷。

蕭世南沒形象地扒飯，見他停筷，還說：「吃啊，怎麼才吃兩碗？我說你，幾年不見，比從前還瘦，敢情是吃得少了？」說話間，他又添了一碗飯，還要幫蕭玨添。

蕭玨飽了，捂著嘴打嗝，示意自己真的吃不下。

蕭世南便沒再勉強他，把盛給他的那一碗吃了。

很快地，一桌菜全被掃光，王德勝收拾剩菜和碗筷，姜桃起身幫忙，卻被他搶走抹布。

姜桃見狀，悄悄對沈時恩說：「方才這位公公說話不中聽，我還當他不好相處。現在看他搶著幹活的麻利勁兒，倒是我誤會他了。」

王德勝是蕭玨身邊的大太監，那倨傲的態度雖然讓姜桃不舒服，但一看就是沒做過這種瑣碎活計，動作並不熟練。但他還是搶著幹活，不讓姜桃沾手，讓姜桃有些驚訝。

沈時恩彎了彎唇，沒說話。

王德勝搶著幹活，一方面確實是為了彌補早上的事，但更多的，應該是被姜桃那一齣「醋溜灶房」嚇到。

剛剛姜桃幫著布菜時，他一直用眼尾瞧著，生怕她再弄出事情。若非後來蕭玨跟著幫忙，那會兒他就該出聲阻止了。

飯後，沈時恩問蕭玨在哪裡落腳，蕭玨正要回答，蕭世南便搶著道：「小玨當然是住咱家啊，金窩銀窩，不如咱家的狗窩，和我睡一間房就成。」說著又去看蕭玨。

蕭玨笑道：「本來是住在驛站，不過表舅說得不錯，我和他一起睡就成。」

姜桃聞言點頭，站起來去房間開箱籠，幫蕭玨拿被褥。

家裡賺了錢，吃穿用度比以前好，新被褥是有的。

但打開箱籠之後，姜桃發現不對勁了——剛才救火時，她先拿幾條舊被子出去，後頭蕭世南也進來找，可這毛小子也沒仔細看，把另外收好的新被褥拿去撲火了。

沈時恩跟過來，見她對著空箱籠發呆，也猜到了，笑道：「沒關係，既然小玨願意在咱們家住，便不會講究這些。拿一床乾淨的就行。」

外頭天都黑了，姜桃也沒辦法出去買，只能找了床比較新的出來。

如沈時恩所言，蕭玨並沒有在乎這些，還笑著同她道謝。

不久後，大家各自回去歇息，姜桃關起門來，和沈時恩說話。

「小玨這孩子真是太招人疼，若非身分貴重，真忍不住想和小南他們一樣照顧他。」

沈時恩已經用冷水洗過身子，正拿布帕子擦著頭髮。「他本來就是個好孩子。私下裡，妳不用太客氣，那樣他反而不高興。」

家裡沒了灶房，燒不了熱水，姜桃沒有沈時恩那樣的底子，不敢冒險，只打盆井水，絞了帕子，簡單擦洗身子。

洗漱完，兩人躺到床上。

終於到了交底的時候，沈時恩不用姜桃發問，一股腦兒說了。

他足足說了快一刻鐘，姜桃聽完，久久不能言語。

早些時候她想著，沈時恩雖是苦役，但被分到白山採石場，那出身肯定不會太高，不然真惹了事，不會只受到這種程度的懲罰。

後來，兩人成了夫妻，相處久了，她心裡也有過數次疑問——他太有本事，怎麼瞧都不像普通人。

這種矛盾很強烈，但她怎麼都沒想到，這苦役身分會是假的。

四年多前，沈國丈謀反的事，她也有所耳聞。上輩子她糊裡糊塗地換了親事，繼母只告訴她，對方是皇親國戚，便把她關進繡樓，要她安心待嫁，還把她身邊的人撤走，只讓人每天按著時辰送飯給她。

那會兒，蘇如是正好出去訪友，她真成了孤家寡人，在繡樓待了月餘，聽說沈國丈謀反事發，承德帝震怒，連帶其他牽連其中的人家都被滿門抄斬。

當天，她就被送到庵堂了。

原來，早在那時候，她的命運便和沈時恩牽扯在一起。

不過，眼下不是回憶往事的時候，姜桃問沈時恩。「下一步呢？小玨應該不是只來看你的吧？」

沈時恩攬著她，輕輕嘆息一聲。「小玨是來請我回京，還說要替我父親平反。」

「那是好事啊！」

上輩子，姜桃行動受限，消息閉塞，但這輩子是自由的，尤其是跟黃氏來往之後，聽到的消息就更多了。

沈家是開國功勳，麾下的沈家軍，更是本朝第一利器！黃氏閒聊時，說沈家軍真是訓練有素，過年前還擊退意圖侵犯的異族。當年，沈國丈倒了，百姓們以為天下要亂，沒想到沈家軍這些年還是堅守職責，保家衛國，安定邊疆。能帶出這樣軍隊的人，真會謀反？這件事依然是百姓心中的一大疑慮。

看沈時恩凝眉不語，姜桃猜出他的猶豫，又問：「你不想回去嗎？」

沈時恩立刻點頭。「自然是想的。可是……」

可是他已經不只有他自己了，還有姜桃，還有兩個弟弟。

蕭玨登基為帝，是能幫他父親平反，但平反之後，他不可能再回到小縣城，過隱姓埋名、富足和美的小日子，得扛起自己的責任，振興門楣。

京城魚龍混雜，各方勢力盤根錯節，水深得一眼望不到頭。

如果只有他自己，他不會害怕。可姜桃呢？她就是個普通的農家姑娘，純真善良，讓她去面對那些黑暗，是他不願意看到的。

他曾經少年得志，意氣風發，覺得天下之事盡在掌握。但四年多前的事，給了他重重一擊，讓他嘗到被命運裹挾、自己卻無力改變的挫敗。

他已經失去血親，不敢設想，若再度發生那樣的事，傷害姜桃怎麼辦？

「你在操心什麼？」姜桃窩在他懷裡，仰頭對他笑了笑。「要是阿楊考中舉人，下一步，咱們本就是要去京城的嘛，現在不過是把計劃提前而已。你看，小玨是皇帝，平反的事，他一句話吩咐下去，自會有人搶著辦。等沈家平反，你是皇帝他舅，咱們家就是本朝最大的皇親國戚，還愁什麼？自然是過好日子啊！」

沈時恩笑起來，讓他覺得迷茫的事，到她嘴裡，就變得格外簡單了。

「京城……可是有些複雜。」

「他們複雜他們的，咱們家關起門來過自己的日子，不過換個地方住而已。」

「要來往的高門大戶，可能會看不起妳的出身。」

「看不起就看不起，小玨都稱呼我一聲舅母，他們看不起我，能怎樣呢？不還得強顏歡笑，向我問安行禮？我又不和他們住在一起，面子上過得去就成，管他們背後怎麼說。」

「那……」

姜桃輕鬆地打斷他。「你還記得之前被安毅侯認回去的錢芳兒嗎？她得勢之後，還想著對付我，若讓她知道我成了皇帝的舅母，會是什麼反應？我已經迫不及待想看看了。」

沈時恩聞言，止住了話，輕輕捋著姜桃的後背。

他知道姜桃不會在乎錢芳兒那種人，特地提，只是想告訴他，她很願意陪他一道回京。

「不怕嗎？」良久之後，沈時恩問她。

「不怕！」姜桃仰起頭，親了親他的下巴。「有你在，我什麼都不怕！」

她知道京城水深，豪門內外皆是傾軋，她能沾沈時恩的光，身分水漲船高，但面對的是非也多，責任也大，不可能一帆風順，看著花團錦簇，其中必有艱難之處，不可為外人道。

但沈家的榮光必須恢復，那是沈時恩應得的，也是他必然要做的事。
從前她嫁給他時，不嫌棄他苦役的身分，現在更不該害怕未來可能遇到的難處。
「那咱們明天就動身？」
姜桃點點頭。「反正家裡沒什麼值錢的，帶著銀票和換洗的衣裳就成。繡坊那處，如今多是秦夫人在幫我照料，我離開並不會影響。雪團兒更不用說了，也得帶走，有小珏幫忙，運送牠應該不是難事。還有，阿楊在省城備考，我不想留他一個人，到時候你和小南帶著阿霖先去京城，我等阿楊考完，再帶他跟你們會合。」
兩人商量著回京的細節，不知不覺絮叨到了深夜。

此時，姜家廂房裡，蕭玨也是毫無睡意，正和蕭世南說話。
蕭世南繪聲繪色地講當苦役時遇到的糗事，蕭玨在旁邊聽著，目光卻不住往窗外瞟。
蕭世南說了一會兒，沒聽到他的回應，止住話頭，翻過身面對著他，問他在想什麼？
「你說，舅母會答應回京嗎？」
蕭世南想也不想就道：「為什麼不答應？回去了，二哥是國舅爺，是榮國公，嫂子就是國公夫人，豈不比在這裡過得好？而且你都特地尋來了，多看重我們啊。」
蕭玨聽了，自嘲地咧咧嘴。他自然看重舅舅，但身為皇帝，更看重的就成了沈家軍。
就像他父皇生前說的，他把他舅舅請回去，再為沈家平反，自然能籠絡沈家軍，有生之年，不用擔心沈家軍存有異心。

而他舅舅，是國舅，是榮國公，是沈家軍的領頭。

多諷刺啊，他舅舅受了那麼多苦難，還要為殺了他滿門的仇人守護萬里河山。

如果沈時恩不願回去，其實也沒關係，他回京後，一樣會為沈家洗去污名，舅舅能繼續過這樣安穩和美的日子。他算是半個沈家人，至多再花幾年工夫，經歷些波折，早晚也能牢牢掌握沈家軍的……

第七十七章

蕭珏想心事想得入神，回過神時，看見蕭世南皺著眉，一副欲言又止的模樣。

蕭珏心頭一跳，以為他或許想到了什麼，忙問怎麼了？

蕭世南苦大仇深地說：「小珏，你……你的腳好臭，我想吐！」

蕭珏笑罵他。「去你的！」

蕭珏像小狗似的動著鼻子，繼續苦著臉道：「真的啊，我聞到好臭的味道。」

蕭珏蓋著蓬鬆的薄被，鼻腔裡都是陽光曬過被子的氣味，聞言拉下被子，也學他的樣子嗅了嗅，果然聞到他說的臭味。

蕭世南鑽進蕭珏的薄被聞了聞，納悶道：「不對，不是你身上的味道。」

大熱天的忙了一天，因為沒有灶房可以燒熱水，他倆只用井水沖洗身子，雖然不像熱水洗得那麼乾淨，但身上僅有輕微的汗味，不至於那麼臭。

「是你自己腳臭吧！」

「不，我腳臭不是這個味道！」

兩人說著話坐起身，月色中，蕭珏對上一雙冒著綠光的大眼睛。

他嚇了一跳，不由驚叫一聲。

眨眼間，暗衛湧入房內。

蕭世南點起油燈，蕭玨這才看清，有一隻體型龐大、通體純白的老虎，正像貓兒似的盤在屋內的角落裡。

突然見到一大群人，老虎並沒有防備或要攻擊人的模樣，只是歪了歪頭，對眼前的狀況感到疑惑。

王德勝沒住在姜家，而是歇在巷子外的客棧，得到暗衛的通報，立刻披著衣服趕來。一進屋，他嚇了一跳，張嘴就喊：「護駕！」

姜桃和沈時恩還沒歇下，聽到動靜，披上外衣過來了，看到一群站在蕭玨炕前的暗衛和滿臉驚慌的王德勝，又瞧見在角落裡伸著懶腰的雪團兒，這才明白過來。

「小南，怎麼回事？」

蕭世南的氣都快喘不上來了。

剛才蕭玨看到雪團兒時，他也看到了，但暗衛隨即衝進來，見到猛獸，訓練有素把他倆擋在身後不說，還把他的嘴捂住。

野獸對聲音格外敏感，萬一受到驚嚇，說不定會暴起攻擊。

蕭世南想跟蕭玨解釋，眼前的老虎是家裡的寵物，但他連著嗚嗚了好幾聲，掙扎半天，都沒扒開暗衛有力的手。

這會兒，蕭世南才被暗衛放開，大大地呼出一口氣，道：「沒事沒事，是我聞著屋裡味道不對，坐起來發現是雪團兒回來了。小玨嚇一跳，然後暗衛就衝進來，誤會一場！」

蕭玨聽到這話，神情鬆散下來，點頭示意暗衛撤出屋子，笑著問：「這就是舅舅家的小老虎？早聽人提過，沒想到現在長這麼大了。」

王德勝軟著腿走到蕭玨身旁。「主子，不然您還是跟奴才去客棧住吧。」

暗衛們把姜家圍得跟鐵桶似的，本以為高枕無憂，但這樣一隻龐大威武的老虎，居然能趁著夜色神不知、鬼不覺地摸到屋子裡，委實讓人不放心。

蕭玨還沒回答，蕭世南搶著道：「不成，我們還沒說夠話呢。再說，雪團兒是家裡養大的，可乖巧了，別說傷人，對人齜牙都沒有的。」說著，怕王德勝不放心，喚雪團兒上前。

雪團兒往前走了兩步，屋裡的臭味就不是若有似無，而是很強烈的撲面而來。

姜桃忍不住捂住鼻子。「我說怎麼一整天沒看見牠，聞著這臭味，就知道牠白日在外頭玩瘋了。大概怕我罵牠，等我們歇下了，才敢進門。」

蕭世南哈哈大笑。「我還以為是小玨腳臭呢，原來是雪團兒身上的味道。這是什麼臭味啊，莫不是掉進屎坑了？」

這就沒人知道了，畢竟雪團兒再聰明，也不會說人話。

這下，姜桃沒了睡意，喊雪團兒出屋子，準備用井水幫牠洗一洗。

蕭世南和蕭玨也不睏，尤其是蕭玨，對姜家飼養雪虎的事挺好奇的。這種珍奇異獸，從前有小國拿來當貢品，那時他還小，求著父皇說要自己養。可惜雪虎性子實在驕傲，不吃不喝，活生生把自己餓死了。

不像姜家的雪虎，乖巧得像隻大貓一樣，喊名字就過來。被姜桃嫌棄幾句，還耷拉著腦袋、垂下眼睛，像個做錯事的孩子。

於是，沒輪到姜桃動手，蕭世南和蕭玨一道拿水桶打井水，幫雪團兒洗澡。

雪團兒乖乖地任由他們洗，洗完背面還翻個身，四角朝天露出肚子，示意他們繼續。

足足沖了一刻多鐘，天井的地磚縫裡全是水，雪團兒身上總算沒了臭味。

蕭玨累壞了，精神卻出奇地好，看著雪團兒的眼睛裡都帶著光。

「得準備跑了。」蕭世南說著，往後跳開。

蕭玨慢了半晌，雪團兒站起來抖毛，瞬間水滴四處飛濺。

他兜頭兜臉被甩個正著，連頭髮都濕透，乍看之下，好像剛和衣沖過澡一般。

蕭世南又是一陣大笑，拉著蕭玨回屋再換衣裳了。

從前，蕭玨在宮裡也算愛乾淨，但沒一天換過這麼多次衣裳的。

不過，他也不覺得煩，只覺著新鮮。

看大家都不睏，沈時恩等蕭玨換完衣裳，便跟他們商量回京的事。

聽說明天就能動身，蕭玨的唇角翹起來。「舅舅能立刻隨我回去，自然最好，但也不必太過匆忙，該安排的，還是得安排妥當。」

沈時恩看向姜桃，讓她接著說。

姜桃道：「沒什麼要特別安排的，早上我回村裡一趟，同爺爺奶奶說一聲，再跟認識的人打聲招呼，最遲午後就能動身。只是，我大弟還在省城準備鄉試，我得先去陪他考完。若是中舉，他自然和我們一道進京考會試；若他沒中，再看他是想回家，還是上京。」

科舉按著戶籍來，考會試時，各省舉子才會聚到京城。

蕭玨點點頭，說理應如此。

換成之前，蕭玨會想，這有什麼好猶豫的？去京城肯定比留在縣城好啊，就像他早些時候以為，舅舅會一口答應他回京一般。

可在姜家待了一天，他發現，姜家的日子不算多富裕，但小富即安，和樂融融，不能用功利的眼光去看待這家人。

「朝中還有事，我本來要立刻動身，不過省城就在回京路上，我們先一道去省城，正好也見見舅母的弟弟。其他的，到時候再安排。」

說定之後，外頭已是月至中天，幾人各自回屋歇下。

睡前，姜桃又忍不住向沈時恩誇蕭玨，說他一點架子都沒有，好得沒話說。

蕭玨是來請沈時恩他們的，只要沈時恩和蕭世南願意跟他回去，就算達到目的。

他初登基，想也知道，朝堂有多少事情等著他處理。

但他還願意和他們去省城探望姜楊，真是很給姜桃這舅母面子了。

姜桃的脾氣，對她不好的，她把對方當空氣，死活不關她的事；對她好的，就想對人家更好。

要是家裡其他弟弟，她買點吃穿用物，或給點零用錢，也算是盡一分心。

可蕭玨的身分太貴重，那些小動作是不行的，讓她覺得不知如何回報那份善意和親近。

「不用想那麼多，妳把他當小南和阿楊他們一樣看待，起碼回京之前都可以這樣。」

這已經不是沈時恩第一次這麼說了，而且他是蕭玨的親舅舅，都說外甥肖舅，聽他的總不會出錯。

第二天一早，天還沒大亮，姜桃和沈時恩便起床了，沈時恩在屋裡收拾細軟，姜桃雇車回槐樹村。

因為蕭玨是悄悄來的，沈時恩雖脫了罪籍，但真實身分還牽扯著謀逆大罪，姜桃就沒說得太清楚，只說沈家來人尋他，要和沈時恩去京城。

這事發生得突然，但村裡人聽說新帝下旨大赦天下，沈時恩本是京城人，脫罪之後，回去跟家人團聚也正常。姜桃是外嫁女，跟著夫君一道生活，亦在情理之中。

姜桃又說，姜霖還小，她想帶他去京城，以後在那邊替他找先生，讓他讀書。

兩老沒去過京城，但對那裡的繁華有所耳聞，加上姜霖這兩年一直是姜桃在帶，吃喝拉撒都是她在照顧，等於把他當兒子教養，去那裡生活，自然對他更好，便沒有反對。

不過旁的不計較，孫氏很看重姜楊，道：「你們去京城，我沒啥話說，但阿楊得留下。從前在縣城，好幾天才能見到一次，若他和你們上京，豈不是這輩子都見不到幾回了？」

「奶奶不用操心。」姜桃道：「如果阿楊中舉，就得準備明年的會試，會試中了，便能入朝為官，到時把爺爺奶奶都接到京城來。」

姜桃沒說姜楊可能不中舉，孫氏更不會去想那種可能，姜楊在她眼裡，是天底下最聰明的好孩子。

於是，孫氏這就被哄好了，樂呵呵笑道：「妳說得有理，等他中舉回來，辦個流水席，再讓他上京，明年我們在京城碰頭。」

姜老太爺又叮囑姜桃一番，讓她路上小心，和沈時恩那邊的親戚來往要注意禮數，不能墮了姜家的臉面。

簡單說完，姜桃留了五十兩銀票給他們，便回縣城了。

姜桃回到茶壺巷，天色已經大亮，蕭世南和蕭玨昨夜還有精神得很，現下卻睡得香甜。屋裡安安靜靜，只聽到輕微的鼾聲。

姜桃喊他們兩聲，兩人都沒動靜，姜桃直接把兩人的被子掀開一半，露出了腿。

蕭世南醒了，把扔到一邊的被子抓回來，閉著眼嘟囔。「嫂子，再讓我睡會兒。」

姜桃好笑道：「快起來，自己收拾自己的衣裳細軟。還有，衛先生教導你一場，雖然你沒有拜師，但離開之前，總得親自去說一聲。」
蕭世南還是不肯睜眼，姜桃乾脆伸手，隔著被子打他屁股兩下。
蕭世南連連「哎喲」兩聲，總算肯坐起身了。
兩人都鬧成這樣，旁邊的蕭玨只翻個身，把露出來的腿縮回去蜷起來，依然睡得很沈。
蕭世南揉著眼睛，氣憤道：「嫂子光打我一個啊？小玨睡得比我還沈，怎麼不打他？」
姜桃猶豫地看著自己的手。
沈時恩讓她像對待弟弟們一樣對蕭玨，但打「龍屁」這種事，還是太嚇人了！
她猶豫，蕭世南可不會猶豫，拉著她的手，就打在蕭玨屁股上。
啪！一聲脆響之後，用被子把自己裹成蠶蛹的蕭玨被打醒了。
「放肆」兩個字到了他的唇邊，待看清眼前顯得有些驚慌的姜桃，和一臉看好戲神情的蕭世南，他才反應過來，眼下不是在宮裡。
蕭玨的怒氣立刻消散，揉揉眼睛坐起身，用帶著困倦的鼻音道：「睡得太沈，讓舅母費心了。」
見蕭玨沒有氣惱，姜桃想著，沈時恩說得果然沒錯，看了惡作劇得逞、正在偷笑的蕭世南一眼，出聲催促他們。
「醒了就起來，穿戴好了，去外頭洗漱。」然後她便趕緊溜了。說到底，還是心慌啊！
蕭世南笑個不停，穿好衣服，勾著蕭玨的肩膀出了屋。

至於姜霖，對著這小傢伙，姜桃可不跟他客氣，喊不起來，直接掀開被子，扒下睡褲就打他的小屁股。打醒之後，也不和他掰扯，幫他穿上衣服，抱他出來。

小孩子最是覺多，昨天他又玩瘋了，晚上雪團兒鬧出的動靜，都沒把他吵醒，這會兒還是睏得睜不開眼，站到水桶邊，小雞啄米似的直點頭。

三個人按身高站成一排，姜桃往他們嘴裡各塞一根蘸了牙粉的柳枝，讓他們刷牙。

等他們洗漱好，沈時恩也把他和姜桃要帶的細軟打包好了，去找趙大全他們道別。

姜桃收拾出一些茶葉點心，想著帶上路也麻煩，讓蕭世南和姜霖全帶去給衛常謙。

她也跟著兩人一道出門，去了蘇宅見蘇如是。

蘇如是會留在縣城，完全是因為姜桃，姜桃知道，蘇如是肯定會和她一起離開。

但京城是什麼情況，姜桃心裡也沒底，怕蘇如是擔心，準備等局勢明朗再同她細說，眼下只道沈家來親戚尋他們，她要和沈時恩去京城。

蘇如是對此舉感到擔憂，但沈時恩和姜桃的夫妻感情極為融洽，總不好因為上輩子的事，就讓他們夫妻分開。

而且姜桃已經換了副身子，她過來和姜桃待了這麼久，也沒遇上歹人來加害她們。

所以，蘇如是沒說什麼，只道：「我不方便和你們一道上路，而且衛茹同我師徒一場，不好說走就走。反正妳要先上省城陪考，八月之前，我去省城同妳會合吧。」

師徒倆說好之後，姜桃去了隔壁衛宅。

這件事，衛常謙夫婦看得更開，衛琅八月下場鄉試，舉人對他來說不算什麼，來年定要考會試的。

衛老太爺的意思是，自家躲了兩年，也差不多了，到時候要搬回京城。

回到小皇帝眼皮子底下，衛家才有起復的可能，總不好讓衛琅入朝為官後，孤木難支。

所以，衛常謙還挺高興，捋著山羊鬍叮囑蕭世南和姜霖。「我本擔心離開縣城後，你倆的功課要落下。這下好了，你們先去，等秋天我到了京城，再接著教你們讀書。」

姜霖還不太懂搬家是什麼意思，最開心的就是終於不用天天上課，聽到衛常謙這麼說，臉上的笑立刻垮了。

蕭世南還是笑咪咪，他是完全解脫，再也不用念書啦！

臨別前，衛常謙幫他們布置完這段時間的功課，楚鶴榮送他倆出門，也挺樂的。

他來這裡，是要跟著衛常謙念書，下半年衛家回京，他肯定得跟著回去。

到時候，若姜楊考中舉人，姜家人陪他去京城考試還好說；若是姜楊沒中，他們肯定會留在縣城，他就得和他們分開。

現下好了，姜桃他們上京，不用擔心了。

「到了京城別怕，要是有人敢欺負你們，報我的名號！」楚鶴榮把胸脯拍得砰砰響。

「等我回去，肯定幫你收拾那些不長眼的東西！」

蕭世南忍不住笑起來，心說此番回去，還真沒人敢再欺負到他們頭上，但還是領了這份情，點頭道：「好，絕不讓人欺負，不會墮了楚少爺的威名！」

兩人在衛家門口笑鬧一陣，等姜桃出來，就喊他們回去收拾自己的東西了。

最後，姜桃去向黃氏告別。

其他相熟的人，都能在京城相聚，可黃氏是縣官夫人，秦知縣又沒什麼才幹，在這小縣城當個知縣，前途算是到頭了。

等她去了京城，兩人可能沒什麼機會再相見。

聽說姜桃要離開縣城，黃氏第一個反應是問：「去省城陪阿楊考鄉試嗎？我家子玉也要下場，不過沒妳家這麼急，我想著等七月再陪他去省城。妳也知道，他不定性，我怕他換了個地方，更靜不下心來讀書。」

姜桃便跟她解釋，是沈家的人來了，陪姜楊考完，她也不回縣城，往後要去京城生活。

黃氏吶吶地道：「妳去了京城，咱們繡坊的生意怎麼辦，妳不管了？」

姜桃創辦繡坊的初衷，本就不是為了賺錢，而是受到李氏啟發，想著略盡綿薄之力，幫幫這樣的人。

如今繡坊蒸蒸日上，管理有花嬤嬤，教導新人有袁繡娘、孟婆婆她們，又有黃氏這商賈人家出身的經營，其實並不需要姜桃了。

「繡坊沒有我，也可以經營得很好。往後我不在這裡了，我的那份利潤，妳就拿著，每年年底照舊開倉放糧、接濟窮苦，別再拿官糧去放貸。」

聽姜桃交代這些，黃氏知道她是真的不回來了，淚眼婆娑地說：「不成，該妳的，還是妳的。我不會再做放貸的事，放糧的銀錢，會自己想辦法。往後，我每年把屬於妳的那份銀錢和帳本送到京城，到時候妳可不能待我生分了……」

姜桃本是去秦府向黃氏道別，但她捨不得姜桃，說著話，又和她來了茶壺巷。

此時，住在隔壁的王氏和李氏也知道姜家要搬走的消息，通知其他繡娘，一道來給姜桃送行。

消息一傳十，十傳百，等姜桃到家時，有在地牛翻身時受過姜桃恩惠的，還有捨不得雪團兒的，都聚集到姜家來。

一時間，姜家小宅子裡比前一天還熱鬧，別說落腳，簡直連針都插不進來了。

幸虧蕭玨先行一步，帶著暗衛去城外等候，不然這樣大的陣仗，暗衛定不會坐視不管。

姜桃自覺是個普通得不能再普通的人，並沒做過驚天動地的壯舉，但看到這些人來送行，不覺眼眶濕潤。

中午時，沈時恩和蕭世南、姜霖收拾好自己的包袱，姜桃鎖上大門，把鑰匙託付給王氏，在眾人的簇擁之下出了城。

蕭玨坐在馬車裡等，王德勝還在為昨天說錯話的事感到惶恐，鞍前馬後地伺候著，不敢怠慢。

冷不防看到那樣多的百姓出城，王德勝忍不住驚道：「莫不是百姓們發現主子的身分，來瞻仰天顏了？」

蕭玨聞言，看看身上，他還穿著蕭世南的衣服呢。

王德勝察覺到了，立刻去尋衣裳。

蕭玨還沒換好衣裝，百姓們走近了，稀奇地打量這格外華麗堂皇的馬車一眼，但稀奇完之後，也不多瞧，與姜桃依依告別。

黃氏的眼睛都哭腫了，拉著姜桃的手，不願意鬆開。

姜桃見她這般，像哄孩子似的哄她。「我先去省城陪阿楊考試，到時候在省城，咱們也能見到啊。若妳家子玉考中舉人，明年上京城考會試，到時候妳……」

黃氏吸著鼻子打斷她。「沒有到時候，他考不上。」

姜桃語塞，頓了頓道：「反正，咱們現在還不算分別，先別哭了。妳這縣官夫人不要面子啦？旁人還以為我欺負妳呢。」

黃氏看看旁邊同樣紅著眼睛的繡娘們，說：「不丟臉啊，大家都捨不得妳。」瞧見蕭玨的馬車，壓低聲音問：「阿桃，妳跟我說實話，來尋你們的，到底是什麼人？這馬車看著那麼氣派，而且讓妳匆忙決定去京城，肯定大有來頭吧！」

黃氏難得聰明一回，若非蕭玨身分貴重，沈家罪名又是儘早平反為好，不然姜桃還真不會這麼果斷，決定今天就動身離開。

姜桃感受黃氏真心實意的關心，不想瞞著她，但眼下人多口雜，不方便明說，遂伸手指了指天，身為縣官夫人的黃氏應該能猜到。

「時辰不早，我們得出發了。咱們在省城碰頭後，我再和妳細說。」

於是，沈時恩扶著姜桃，帶蕭世南和姜霖上了王德勝準備好的馬車，而雪團兒則有一輛單獨的大車子，見他們都上車，也很乖巧地跳上去。

車隊啟程，百姓們見狀，漸漸散去，三三兩兩地回城了。

第七十八章

黃氏和繡坊的人對姜桃感情最深，目送車隊好一會兒，才依依不捨地往回走。

從前王氏最是愛笑，此時拿著姜家的鑰匙，一面摩挲、一面抹淚，小聲道：「師傅這一走，往後不知道哪年才能見到。」

因為這句話，幾個早些時候跟著姜桃一道學藝的繡娘又小聲啜泣起來。

李氏也紅著眼睛，但她如今和從前判若兩人，擦乾淚水，捏起拳頭。

「姊妹們莫哭，人往高處走，水往低處流。咱們師傅這是往高處去了，應該為她高興才是。而且，咱們現下是分開，但往後未必沒機會再見。」

王氏問她。「這話這麼說？」

李氏道：「繡坊的生意蒸蒸日上，咱們姊妹靠著師傅教的手藝，日子越來越紅火。這幾年好好幹，把繡坊生意做好，做到京城去，到時豈不就能和師傅在一起了？」

現下她們的小繡坊在縣城、府城小有名聲，但要發展到京城，並不是那麼簡單。

可再困難又如何呢？

當初姜桃創辦繡坊，說可以讓她們這些沒有繡花功夫的普通婦人立刻開始靠刺繡賺錢、頂起家裡的半邊天，也許多人不相信。

可姜桃帶著她們做到了，她們再不用仰人鼻息，靠自己過活，還活得不比誰差。

眾人聞言，紛紛附和，不再傷感，鬥志昂揚地回繡坊做活計。

黃氏在旁邊聽著，心想李氏說得有道理啊，姜桃是往高處去，若不想同她分開，那自己也得往上走！

自家男人是沒指望了，做個知縣已是到頭，可她還有兒子。像姜桃說的，如果她兒子能走通科舉的路，她這當娘的，不也得跟到京城去？

繡坊的繡娘都那麼敢想，她為啥一口咬定自家兒子不行？

這麼想著，黃氏抬腳往家裡走，途中經過老篾匠家，又多買了一捆竹板子。

另一邊，蕭玨剛在自己馬車裡換好裝扮，外頭官道上的百姓卻已散去。這明顯不是來瞻仰天顏，而是來替姜桃他們送行的。

王德勝發現不對勁，忙自己掌嘴。「是奴才又說錯話！」

蕭玨面色沒變，反而有些好奇。「沒想到舅母離開縣城，能讓這些百姓來送行。我記得暗衛查過，舅母只是秀才家的女兒，倒不知她還有這樣的本事。」

王德勝心想，可不是讓人意想不到嘛！

剛走在前頭的那個膀大腰圓的婦人，依稀瞧著就是縣官夫人，居然淚眼婆娑拉著姜桃的手，不肯撒開。

要不是他們早把姜家人的背景查得一清二楚，不知情的，還以為姜桃是縣官夫人的親妹子呢。

不知姜桃到底有什麼魔力，沈時恩對她自不用說，細心溫柔得彷彿變了個人，還包攬家裡的大小活計。他在宮裡見過不少達官貴人，卻沒見過對妻子這麼好的丈夫。

蕭世南對姜桃也親近得很，張口閉口就是「我嫂子」，話裡的推崇，讓人想忽視都難。

再加上這些來送行的人……

王德勝小心打量著蕭玨的臉色，見他沒有不高興，想起去年來小縣城時，主子和姜桃只見過兩、三次，卻也對她很有好感，現下風頭被搶，也沒氣惱。

姜桃這份收服人心的能耐，委實讓人不敢小覷。

王德勝打定主意，往後對著姜家人，得陪著一百二十個小心，再不敢冒犯了。

姜桃他們坐的馬車，沒有蕭玨乘的華美，但十分寬敞，四個人坐在車裡，很是舒適。馬車平緩駛動，並不顛簸。

姜霖稀奇了一會兒，便揉著眼睛說睏，姜桃讓他靠著引枕橫躺，沒多久，小傢伙就呼吸均勻地睡著了。

姜桃哄睡他，再看旁邊坐臥不定、屁股下像長了根刺的蕭世南，輕聲道：「想去就去，在這兒鬧騰什麼呢？」

蕭世南還沒和蕭玨親近夠呢，聞言便撩起車簾，笑道：「那我先去找小玨，不打擾二哥和嫂子獨處。」

姜桃笑著啐他一口，看他腳步輕快地跳下馬車。

沈時恩瞧他這活寶樣子，也彎了彎唇，但笑容隨即淡下來，神情有些憂心忡忡。

姜桃發現他不對勁，問怎麼了？

沈時恩沈吟半晌，壓低了聲音道：「這幾日，妳多關心小南，他家裡出了一些事。」

昨夜，兩人私房話只說到沈時恩自己的背景，接著商量回京，就被雪團兒鬧出的動靜打斷了。蕭世南的事，沈時恩還沒來得及交代，此時便把英國公府的事告訴姜桃。

月前，英國公府在蕭玨登基時，給蕭世南的弟弟請封世子。

姜桃臉上立時沒了笑，氣憤道：「小玨登基，不就意味著你和小南可以回去了？英國公府何至於此？」

沈時恩道：「我見過小南的弟弟，是比他聰慧知禮，深得我姨丈和姨母的喜歡。」

蕭世南的親弟弟，血緣自是比沈時恩親近，但蕭世南是跟在他屁股後頭長大的，又陪著他在外頭吃了多年的苦，親疏自然有別。所以，蕭玨偷偷告訴他這件事時，沈時恩心裡也替蕭世南鳴不平。

可那到底是英國公府的家事，英國公對他有恩，他不好說責難的話。

「偏心偏成這樣的，我只見過我奶奶一個。」姜桃的呼吸都有些不順了。

孫氏偏心姜楊，姜柏則把姜楊當成眼中釘、肉中刺，但姜桃是穿來的，並非原身，倒也沒在乎過這個。

可這種事發生在蕭世南身上，她就覺得無比心疼。

而且，孫氏偏心姜楊，她能理解，先不提姜楊是孫氏親手帶大的，不論孝心、人品還是才學，姜楊都比心術不正、自私自利的姜柏好上百倍，更別說姜家還指望姜楊科舉入仕，改換門庭呢。

可英國公府為什麼這樣呢？

雖然蕭世南沒什麼大才幹，但為人耿直、心地善良，小小年紀就為了家族，甘心假死，遠走他鄉當苦役。

姜桃從沒聽過蕭世南抱怨，他總是快樂開朗，像個小太陽一樣，溫暖著身邊所有人。

當初她和沈時恩成親時，想著要把蕭世南當自己弟弟對待，是因為責任，因為沈時恩對她好，她推己及人。可相處下來，她真的很喜歡蕭世南的性子，打心底把他視為親弟弟。

這樣的好孩子，在受盡苦難，守得雲開後，他父母卻要把應該屬於他的位置給他弟弟。

「那小玨怎麼說？他批了請封的摺子？」

沈時恩輕輕嘆息。「沒有，但新帝登基正是封賞舊臣的時候，英國公府這請封的摺子，壓不了太久。他放下朝堂政務，如此匆忙地來尋我們，也是因為這件事。」

姜桃想到這兩天蕭世南因為要回京而歡欣雀躍的樣子，心揪得越緊，眼眶不覺泛紅，說不清是因為生氣，還是心疼。

夫妻倆沈默地坐了良久，車簾忽然被人從外頭掀起。

蕭世南把手裡的食盒放到車轅上，而後手腳並用地爬上車，樂呵呵道：「因為出城太晚，小玨說咱們不好停下來用飯，讓人去買吃食來，咱們先隨便吃點。」

他說著話，進了車廂，發現氣氛不大對勁，看到姜桃發紅的眼睛，立刻止住笑，輕聲問沈時恩發生什麼事？

沈時恩抿了抿唇，不知從何說起，姜桃便彎唇笑道：「沒事，這次走得太匆忙，心裡難受而已。」

蕭世南理解地點頭。「我們讓嫂子一夕之間離開熟悉的地方，確實為難妳了。」隨後對姜桃眨眨眼，笑著說：「可是京城有很多好吃、好玩的，我幫嫂子尋來。而且，嫂子不用再為生計奔忙，每天打扮得漂漂亮亮，高高興興地玩就成。到時候二哥可能會忙些，但我閒得很，不拘是想聽戲，還是看雜耍、遊山玩水……只要嫂子說得出來，我都帶妳去玩！」

姜桃聽出來，蕭世南這是把她當孩子哄，但還是配合地笑道：「好，這話可是你說的。到時我要是無聊，第一個就找你，可不許嫌我煩，躲開我。」

蕭世南拍著胸脯打包票，說肯定不會。

說話的工夫，姜霖醒了，聞著飯菜香味喊餓。

姜桃打開食盒布菜，蕭世南又撩簾子下車，說蕭玨冷冷清清地用飯總是不好，他去陪蕭玨一起吃。

等他又一陣風似的走了，姜桃唇邊的笑褪下，又忍不住一嘆，轉而對沈時恩道：「他家裡的事，他早晚要知道的。」

沈時恩頷首。「路上先不提，起碼這段時日讓他高高興興的，回京前，我會跟他說。」

姜桃點點頭。

一行人走了兩天，到了府城，改走水路。

蕭玨包下一艘畫舫，幾個人總算可以待在一起。

畫舫比之前姜桃他們搭乘的小船不知寬敞多少倍，而且很穩，跟在陸地上行走沒有多少差別。

之前姜桃還想，姜霖沒出過遠門會不習慣，如今看他上船之後，比在馬車裡還有精神，便知道自己的擔心多餘了。

畫舫順水而行，不像之前的小船需要沿途靠岸，王德勝說，過兩、三日就能到達省城。前幾天，大家待在馬車上，難得畫舫寬敞，便找起樂子來。

蕭玨和沈時恩下棋，蕭世南讓人找來魚竿，坐在甲板上釣魚。姜霖沒坐過船，也沒看過水裡的活魚，也搬著小板凳，抓根小小魚竿，學著蕭世南的樣子垂釣。雪團兒被拘了好幾天，臥在甲板上，尾巴垂在水裡，閒適地瞇著眼睡覺。

姜桃怕姜霖掉進水裡，也怕他真釣到魚，小胳膊小腿的，哪裡拉得住力氣大的活魚啊？

王德勝見狀，道：「夫人莫要擔心，小公子的釣竿下頭沒繫魚餌，奴才也會盯著，肯定不讓小公子出事。」

姜桃這才放心離開甲板，進了船艙躲太陽，看沈時恩他們舅甥倆下棋。

上輩子，她學過琴棋書畫，雖不算精通，但略知一二。

她不知道沈時恩會下棋，看他棋路大開大合，和善於精密布局的蕭玨居然不分伯仲，望向沈時恩的目光中不覺生出驚訝，這男人到底還有多少事是她不知道的？

在愜意的氛圍裡，畫舫終於抵達省城。

省城的碼頭依舊繁華，小販們熱情地向路人兜售小玩意兒。

蕭玨依舊沒讓暗衛出現在人前，只帶著王德勝和那個瘦削沈默的中年人，隨著姜桃他們擠在熙攘的人群中。

姜桃那看啥都想要的樣子，很快就被眼尖的小販發現，加上姜霖也是頭一回看到這樣熱鬧繁華的景象，眼睛亮得嚇人，看到什麼都好奇。

上回姜桃自己來，都買了好些東西，看姜霖激動好奇的樣子，自然更不會吝嗇銀錢。

蕭玨被這種陣仗嚇到，身邊那個看起來平平無奇的中年人其實是個武藝高手，還特地問他，要不要先帶他離開？

蕭玨看姜桃他們對沿路的買買買樂在其中，搖搖頭說不要。

不要的後果，就是姜桃也把他當孩子哄，買吃的給蕭世南和姜霖時，也給他一份。

蕭玨不敢隨便吃外面的東西，但不等王德勝拿銀針來驗，蕭世南就先嚐過一口，沒問題再遞給他。

兩人打小用一個飯碗吃飯，蕭玨也不嫌棄，像普通少年一樣，拿著吃食邊走邊吃。

等他們離開碼頭時，除了沈時恩抱著姜霖騰不開手之外，其他人手上全是各種小玩意兒和零嘴吃食了。

一行人邊說邊笑，來到了書生巷。

賀家夫妻住著的屋子，此時門竟大開著，他們路過時，聽到裡頭傳來老婦人的怒喝——

「賀夫人別不知好歹！我們夫人是寧北侯嫡女，狀元夫人，請您作客，是給您臉面！」

姜桃和柳氏有幾分交情，聽老婦人的口吻，覺得不對勁，不由放慢腳步，隨即瞧見一個穿著墨藍色錦緞褙子的老婦人氣沖沖地帶人出來。

姜桃怔忡一下，認出那婦人是從前待在繼母身邊的徐嬤嬤。

聽著她方才的話，如今徐嬤嬤應該是伺候姜萱的，被姜萱使喚，來請柳氏去作客。

不過，明明是來請人的，怎麼說話那般不留情面，對著柳氏呼呼喝喝，看著實在不像來交好的。

徐嬤嬤迎面遇上姜桃他們，用眼尾掃過他們的穿著打扮，以為是來尋柳氏的人，瞪他們一眼，趾高氣揚地揚起下巴，轉頭對著門內啐了一口。

「窮酸人家就是窮酸人家，上不得檯面！」

一行人只是路過，沒來由挨了一頓眼刀子，連姜桃這最好性子的都變了臉色，沈時恩他們就別說了。

蕭世南張嘴便要罵回去，被蕭珏輕輕一拉，到唇邊的話就沒說出來。

徐嬤嬤他們沒在賀家門口多留，立刻拔腿走了。

柳氏白著臉、紅著眼睛出來關門，看到是姜桃他們，歉然地笑了笑。

「我以為你們要七月才來，怎麼半個月就到了？真對不住，讓你們平白無故受氣。」

柳氏話落，迎他們進屋，說姜楊和賀志清去和同窗聚會，要過一會兒才回來。

進了賀家，姜桃輕聲問柳氏。「方才那嬤嬤，是應夫人派來的？」

柳氏抿唇，一副想說又不知從何說起的樣子。

姜桃想著，不然回頭再私下問她，然而蕭珏忽然開口道：「應夫人？應弈然的夫人？」

聽他主動問起，姜桃心道，不是她要告狀，是姜萱自己作死撞上來的。

「正是那位。之前賀公子仰慕應大人，特地帶賀夫人上門拜訪，可應夫人不好相與，讓柳姊姊下不來臺。這次還讓人上門說這些，真是……一言難盡。」

蕭玨起了話頭，柳氏呼出一口氣，抹著眼淚說起前因後果。

「阿桃不必替我描補，我沒什麼丟臉的。我家身分低微，但也是正經讀書人。上回我們去他家拜訪，我前腳走，後腳應夫人就讓人把我送去的特產扔出來。現下見我家志清在院試考了第二名，讓我們再去他家作客，我私心是不願意，但顧著對方的面子，也沒擺冷臉，只好聲好氣地說，等我家志清回來商量。沒想到，那嬤嬤見我沒有一口應承，就、就……」

柳氏說著，哽咽起來，她是好人家的姑娘，現在又是秀才娘子，被高門大戶的下人那般喝斥，著實氣得不輕。

姜桃見不得人落淚，尤其柳氏性子軟，每天笑咪咪的，現下在人前哭起來，可見真是委屈了。

她拿帕子給柳氏擦臉，溫聲道：「不哭啊，他們家那般張狂，不來往也好，免得他朝惹了事，牽連到妳頭上。」

柳氏垂下眼，自責道：「這幾日妳不在省城不知道，這次的學政是應大人的恩師，應大人陪著老師過來，雖沒有參與閱卷，但說話也是舉足輕重。要是知道我沒有一口應承，會讓那嬤嬤發那麼大的火，怎麼也該應下。沒想到那嬤嬤還正好遇見你們，萬一也記恨你們，我真是難辭其咎。」

姜桃溫聲寬慰她，冷不防卻聽旁邊傳來一聲輕笑。

她轉過眼，看到蕭玨抿著唇笑了，但那笑意不達眼底，怎麼都看著怪嚇人的。

柳氏確實是好性子，被姜桃勸慰後，很快平靜下來，拉著姜桃的手道：「幸虧妳來了，不然我方才真不知如何是好。」

姜桃道：「我也沒做什麼。此事等妳夫君回來，你們夫妻商量好了再說。」

姜桃陪著柳氏說話，蕭世南和姜霖對新地方感到新鮮，沈時恩怕他們在別人家裡吵鬧，就喊他們跟蕭玨一道出去玩了。

第七十九章

柳氏看著他們一家子熱熱鬧鬧、和樂融融的，心情跟著好了不少。

兩人閒聊起來，姜桃問自己不在的這段時日，姜楊有沒有給他們帶來不方便。

柳氏連連擺手。「再沒有比妳家阿楊更省心的人了，十三、四歲的少年，不知道哪裡來的堅韌勁兒，三伏天看書一看就是一整日。除了每天吃午飯時，再不出屋子。妳別同我客氣，我還得謝謝妳呢，我家志清考中秀才之後，被同窗捧得有些飄飄然，回來見到妳家阿楊那麼認真刻苦，才不至於得意過頭。」

姜桃說她太客氣了，又問之前給柳氏的銀子，夠不夠這段日子姜楊在她家吃飯的飯錢。上回把姜楊託給賀家夫妻照看時，她留了些銀子，讓姜楊上賀家搭伙。

柳氏忙道夠，說不過是多雙筷子的事，收錢已經讓她不好意思，可不能再收更多。

聊著聊著，柳氏高興起來，發現姜桃額前的劉海是捲曲的，笑著問：「怎麼不到半個月，妳還弄了頭髮？早些時候我見過西邊的洋人，他們和咱們長得不同，可頭髮也是這樣捲捲的。當時我和志清說，那樣的頭髮挺好看，妳是怎麼弄的？」

姜桃連忙搖手讓她別說了，而後把家裡灶房燒掉的事告訴她。

這繪聲繪色地一說，那啼笑皆非的事更是滑稽，柳氏笑了好一會兒都停不下來，捂著肚子直喊痛。
沒多久，姜楊和賀志清回來了。
看見姜桃，姜楊愣了一下，問：「姊姊不是說好七月再來嗎？怎麼現在就到了？算著時日，妳應該只在家裡待幾天？」
賀家夫妻在一旁，姜桃不好解釋，只說：「你姊夫家裡來人，尋我們上京。回去再和你細說。」
姜楊沈得住氣，便沒再多問。
姜桃想著，柳氏肯定有一肚子委屈要和賀志清說，便起身告辭。
柳氏送他們出來，說等會兒去買些酒菜，兩家人一道吃晚飯。
姜桃和姜楊回了自家租賃的小宅子，門一關上，姜桃就正色道：「阿楊，家裡出大事了。」拉著姜楊進屋，把蕭玨的事告訴他。
姜楊越聽越玄，確定姜桃不是在跟他開玩笑之後，還伸手摸摸姜桃的額頭。
姜桃好笑地拍開他的手。「別鬧，我和你說正經的呢！」
「所以姊姊的意思是，我姊夫是被先帝滅門的沈家後人，現下他親外甥登基為帝，所以來尋他回京，替沈家平反？咱們一家子沾了姊夫的光，成了皇親國戚？」
姜桃忙不迭點頭。「就是這麼回事。」

「那……皇帝呢？」

「和小南他們出去玩了。」

「出去玩？」

姜桃點點頭，她理解姜楊的詫異，但是再不可思議的事，這兩天也經歷過了，現在有一種閱盡滄桑的感覺，再沒什麼能讓她吃驚。

「你別不相信，等會兒見到小玨就知道了。他很和善，但舉手投足之間滿是貴氣，看著便知道不是普通人。」

兩人正說著話，院子外傳來一陣笑鬧聲。

沈時恩帶著一行人回來，姜霖小跑著進家門，都快笑瘋了。

躲在沈時恩身後的蕭玨和蕭世南，他倆的外衣都不見了，只穿著中衣，神情很不自然。

姜霖竄到姜桃跟前，笑道：「姊姊，我們回來時在巷子口遇到一輛好大的牛車，小南哥好奇，說快天黑了，為啥有車在這時辰運東西，非要湊過去看，還拉著小玨哥哥一起，結果……那是輛糞車！他倆沾了屎，外衣也不敢要了，只能扔在外頭，哈哈哈哈……」說完又是一陣大笑。

姜楊看著姜桃，挑了挑眉。貴不可言？

姜桃無言，指著蕭世南和蕭玨，想說說他們，但一個是家裡剛出了事，爹不疼、娘不愛的讓人心疼；另一個是當今天子，得在人前維護他的面子。

但要是不說點什麼，這兩個人真是欠抽，連瞧見糞車都要上前看看，無聊成什麼樣了！

姜桃糾結半晌，最後手換了個方向，指向沈時恩。「原是放心你帶他們出去，可你就是這麼看著人的？讓他們去玩糞車？」

沈時恩很無辜，他能讓幾個孩子別亂跑都不容易了，哪裡管得住他們看熱鬧？

但他只摸摸鼻子，立刻賠不是。「嗯，我的錯，是我沒看好他們。」

他認錯飛快，姜桃也不是真的怪他，只得悶悶地道：「下回注意。」說著，去包袱裡找他倆的替換衣裳了。

書生巷這小宅子的布局，和他們在小縣城的家差不多。

蕭世南拉著蕭珏去廂房換衣裳，忍不住笑了。

「幸虧有你在，不然今天我逃不了一頓罵。」

蕭珏已經沒脾氣了，他是真不明白，那種牛車有什麼好瞧的？換作平時，別說牛車，什麼車來了，他都不會好奇。

可蕭世南跟小時候一模一樣，半點沒變，自己惹禍就算了，還事事扯上他。

好在這裡除了姜家人以外，沒有外人知道他的身分，不然臉都丟光了。

蕭珏涼涼看了蕭世南一眼，沒接話。

蕭世南被他看得心虛，忙道：「下回肯定不拉你一道了。」

蕭珏說：「這話我從小聽到大，從還是皇子聽到太子，現在我都是皇帝了。」

蕭世南哈哈一笑，勾著他的肩膀。「怎麼，你還記仇呢？」

蕭珏也忍不住笑，跟他出了廂房。

正屋裡，姜桃燒好水，替每個人泡了一杯茶。

蕭世南正覺得口渴，咕嚕一碗茶下去，出了熱汗，發出一聲舒服的喟嘆。

有了這齣鬧劇，姜桃向姜楊介紹蕭珏時，就容易多了。

只是，蕭珏輩分低，姜楊又是大人，不能像姜霖那樣喊他哥哥。但讓蕭珏叫比他還小兩歲的姜楊舅舅，別說蕭珏喊不出口，連姜桃都不好意思。

所以，姜楊起身向蕭珏行了個書生禮，蕭珏頷首回禮，喊他一道坐下說話。

這會兒，姜楊看著蕭珏，才知道姜桃沒有說錯。

蕭珏下船後，換了普通衣裝，但平民的衣服穿在他身上，仍顯得格外熨貼。再看他那挺拔的坐姿，和端著碗不緊不慢抿著茶的樣子，確實不是凡人。

姜楊仔細打量蕭珏時，蕭珏也同樣在打量他。姜楊穿著一身半新不舊的書生袍，看著不過十三、四歲，身形高瘦，在他面前恭敬卻不卑微，絲毫不露怯。

這倒是挺讓蕭珏意外，畢竟姜桃和姜霖，一個是女子，一個是孩子，或許對他的身分不夠敏感，但姜楊不同，他要考科舉，入朝為官，算是姜家人中最知道輕重的。

現下蕭玨還不知道姜楊才學如何，但這份不卑不亢的氣度，足夠讓蕭玨高看他一眼。

姜桃告訴姜楊，沈時恩要和蕭玨先去京城，她會留在省城陪考。等鄉試過了，要去京城還是回槐樹村，則看姜楊自己。

姜楊抿了抿唇，沒吭聲，自然不放心姜桃上京，想跟著一道去。可若鄉試沒過，他只是個小秀才，去了京城也幫不上姜桃，反倒可能拖累她。唯有他中了舉，來年考會試，才能順理成章地上京，也能給姜桃提供助力。

思及此，姜楊沒多說什麼，只點頭說知道了，而後回書房，繼續看書。

沒多久，天色完全暗下來，柳氏來請姜桃他們一道用晚飯。

姜桃想著，蕭玨身分不方便，還是推辭。柳氏沒勉強她，只把酒菜送來。

飯菜上桌，姜桃去喊姜楊，他說讓他們先吃。姜桃看他在用功，遂沒執意喊他，替他留了一份。

用完飯，沈時恩和蕭玨商量起回京的事。

他們本就是要立刻回去的，特地來省城一趟，是因為蕭玨給姜桃面子，來看看姜楊。

兩人商量好，第二天就回畫舫，接著走水路回京。

雪團兒不好出現在人前，此時還留在畫舫上，由他們帶回京城。

不過，談到姜霖，眾人倒是犯了難。

姜桃本來想讓他們一起帶走姜霖，小傢伙第一次離開家鄉，但路上精神很好，有沈時恩看顧他，姜桃也放心。

孰料，姜霖聽說要和姜桃分開，立刻不依了，拉著姜桃的衣襬不肯撒手。他到現在還不清楚以後要換個地方住，過另一種日子，只是因為姜桃在他身邊，才沒有鬧起來。

姜桃見他小胖臉上寫滿了彷徨，不願強迫他，就和沈時恩他們商量。「不然，阿霖還是跟著我吧，等阿楊考完，我再帶他一道上京。」

沈時恩本就不放心姜桃獨自帶姜楊去京城，如今加上一個六歲的姜霖，更是猶豫了。可他不能留下，他得先和蕭玨一道回京，把前頭的事情處理好，還要收拾沈家舊宅，不然到時連個落腳的地方都沒有。

蕭世南見狀，乾脆道：「二哥不用憂心，你和小玨先回京，我留在這裡陪嫂子他們。」

這當然是好辦法，蕭世南的性子雖有些跳脫，到底也是十六、七的人，又會拳腳功夫，有他幫著姜桃，不至於讓人不放心。

姜桃有些猶豫。「讓你陪著我，豈不是要你晚回京城？你不想早點回家嗎？」

蕭世南當然想，一路上就數他最高興了，不然也不會跑去玩糞車。

「不礙事。」蕭世南笑著擺擺手。「四、五年都熬過來了，還在乎這麼幾天？」

他這為旁人著想的態度，又讓姜桃一陣揪心，轉頭看向沈時恩。

沈時恩理解她的意思，輕輕一嘆。「小南，你和我來一下，我有事和你說。」打算把英國公替他弟弟請封世子的事告訴他。

蕭世南疑惑地搔搔頭。「什麼事這麼神秘啊？」轉頭對姜桃不好意思地笑了笑。「我沒有事情不能和嫂子說的，不知二哥為啥突然這麼神秘，等我聽完，再來跟嫂子說。」

姜桃眼眶發熱地點點頭。

沈時恩便帶著蕭世南走出正屋，去了廂房。

蕭世南不在跟前，姜桃的淚意上湧，要不是蕭玨在場，定把英國公夫婦痛罵一頓。

蕭玨看著她難過心疼的樣子，也跟著嘆息。

去年他就知道蕭世南是假死，跟著他舅舅到了偏僻之地當苦役。徹查一番，便知道這些都是英國公的安排。

這是好安排，蕭玨登基，想著把沈時恩請回來後，也得給蕭世南一番嘉獎。恢復世子之位別說了，本就應該，他還想著給蕭世南一份實差，還英國公府這份人情。孰料，英國公在他登基之後，第一件事就是上摺子，替他家幼子請封世子，摺子上絲毫不提蕭世南還活著的事，好像全然忘了他一般。

若是去年蕭玨沒親自去小縣城，沒見到蕭世南，不知道他還活著，或許那摺子已經批了下去。

可他去過，他知道，再看到那摺子時，心情便是五味雜陳了……

兩個心情複雜的人坐著，沒吭聲。

沒多久，蕭世南回來了。

他面上依舊帶著笑，見姜桃和蕭玨臉色難看，道：「這是怎麼了？一個兩個都板著臉，怪嚇人的。」

他表現得太輕鬆，以至於姜桃忍不住想，難道是沈時恩臨時改了主意，沒忍心跟他說英國公府的事？

但沈時恩也進來了，對姜桃點點頭，表示已經說了。

「小南，你……」姜桃斟酌措詞，一時間不知道該說些什麼。

「我沒事。」蕭世南笑嘻嘻地往姜桃旁邊一坐，不以為意地擺擺手。「不就是世子嘛，有啥了不起？我家小玨是皇帝，我二哥是國舅，哪個身分不比我高？有他們罩著我，還能吃虧不成？再說我才多大，不當世子就不當，往後小玨抬抬手，多的是我建功立業的機會。」

如巨石般壓在心頭的事被挪開，蕭玨輕呼出一口氣，彎彎唇道：「早知道你這般看得開，我便不瞞著你了。」

蕭世南又笑著去撓蕭玨的癢。「好啊，你這麼瞞我，還讓二哥來跟我說。怎麼？現在長大了，和我有秘密了？」

別看蕭玨姿態端方，但怕癢這種事是改變不了的，腰間的軟肉冷不防被撓，笑得差點喘不過氣。

兩人笑鬧一陣，時辰也不早了，一行人都是風塵僕僕趕路而來，第二天蕭珏和沈時恩還要去京城，便各自回屋歇下不提。

睡下之後，姜桃總有些不放心，輾轉到了半夜，沈時恩都睡熟了，她還沒睡著，便起身下床。

她披著衣服出了正屋，姜楊屋裡的燈火還沒熄，然後發現蕭世南正抱著膝蓋，坐在天井的地上。

他素來最愛熱鬧，也很愛說話逗人，此時蜷著身子、默不作聲地坐在那兒，顯得格外孤單可憐。

姜桃心裡軟成一片，走到蕭世南身邊，也席地而坐。

蕭世南轉頭，瞧見是她，對著她笑了笑。

那笑容很是勉強，姜桃見了，心裡又是一陣揪疼。

萬籟俱寂，兩人沈默地坐了良久，姜桃忍不住開口道：「這件事，你爹真不是個東西！」

方才蕭世南還眼眶酸澀，聽到這話，忍不住噗哧一聲笑出來。

「嫂子，只有妳敢這麼罵我爹。」

可不是嘛，儘管沈時恩和蕭珏都覺得英國公府做得不厚道，但英國公把沈時恩從死牢裡救出來，於他有恩，因著那份情，他們不好說什麼。

姜桃憋了好幾天，要是蕭世南真像他表現得那般渾不在意，她也就一直憋著。但三更半夜的，蕭世南這素來睡得最好的卻出現在屋外，一看便知道，他還是傷心了。

再不罵出來，姜桃要難受死。

「像你說的，小玨和你哥都疼你呢，那世子，咱們不當就不當。」

姜桃的意思是，若蕭世南過不去心裡那關，還跟之前一樣，只當沈時恩的弟弟也很好。沈家滿門死在承德帝手下，正是人丁凋敝的時候。英國公府不把蕭世南放心上，他們家可不會把蕭世南往外推。

蕭世南笑了，笑著笑著，眼淚卻流了下來。

姜桃拿帕子給他擦臉，又聽他很平靜地道：「我從小就知道爹娘偏疼弟弟，旁的不說，當年我爹救出二哥，需要人掩護他。其實，更好的辦法是讓我弟弟跟著二哥一道出京，可是他們要我去。那時，我大概就猜到，我爹準備放棄我了。」

可是猜到歸猜到，真到了知道的時候，他的心裡還是無比難受。

「他們放棄你，是他們的損失。我還擔心，回京之後你得回家去，咱們一家子不就分開了？如今正好，咱們一起住著。之前不是說，要是我無聊，你帶我去玩？這下不用再約日子了。就是不知道沈家夠不夠大，住不住得下？」

沈家是國公府，又出過皇后，所住的宅子，自是可以用金碧輝煌來形容。而且，從前在茶壺巷的小宅子都能住，換到沈家去，當然是住得更寬敞，不過是逗著蕭世南說話罷了。

「當然住得下啊。」蕭世南來了精神。「沈家比我家還大，有好些個院落就不說了。花園裡還有湖，夏天我最喜歡在裡頭游泳。而且湖上還有座水榭，風光自不必說，我還想過要住在那處的，但是二哥非說那地方夏天蚊子多，不宜居住。哼，明明是他也喜歡那裡，把那裡當作練功房。」

「他怎麼那麼小器呢？」姜桃同仇敵愾。「這次回去，我把那裡布置起來給你住。練什麼功夫還要特地弄個房間？讓他在湖邊練，蚊子多也先咬他！」

蕭世南又忍不住笑起來，怕打擾到正在用功的姜楊和其他睡下的人，只能捂著嘴悶笑。

兩人聊了回京後的安排，蕭世南心裡的酸澀也消下去。

他爹娘不疼他，就不疼吧，反正這些年都過來了，他也有了別的家，別的家人。

而且，從前在家的時候，他爹娘雖然也關心他的飲食起居，但高門大戶，事事都有下人代勞，爹娘的事也多，對他的關心，僅是讓身邊得力的下人來多問問，傳傳話。不像他在姜家過的小日子，日常起居都是姜桃親自照拂。

說了好一會兒話，姜桃見蕭世南是真的放鬆下來，還打起哈欠，便讓他回屋歇下。

看他摸回自己屋裡，姜桃拍拍褲子上的灰，又去姜楊屋裡，提醒他該歇息了，才輕手輕腳地回了正屋。

第八十章

姜桃剛走到床前，脫下外衣，沈時恩沙啞的聲音便在黑暗裡響起。

「小南沒事了？」

剛才姜桃看他睡熟了，還真當他放下心，此時聽他這麼問，就知道他也是掛心的。

「應該沒事了，他本來就不是心胸狹窄的孩子，我說他家裡不疼他就拉倒，咱們家可稀罕他，往後別回英國公府，跟我們一道住，你們兄弟齊心，互相也有照應。對了，你家有個臨湖的水榭？他說喜歡，我說那裡給他住。」

沈時恩好笑。「妳就這麼開解他的？」

姜桃上床，找了個舒服的位置，靠在他身上。「我還把他爹罵了一頓。」

沈時恩笑出聲，就姜桃這說話的方式，別說蕭世南，他聽著心情都變好了。

「那我明天就走了。」沈時恩看著她。「妳沒什麼話要叮囑我？或者……捨不得我？」

他說著，伸手摸向姜桃的衣帶，卻被姜桃笑著一手拍開。

「別鬧，一個小院子住這麼多人，外頭還不知道有多少暗衛，我可沒那份心思。」

這話說得倒沒錯，現在連正屋屋頂都有暗衛趴守著，沈時恩遂歇了心思，又把她的衣帶繫好。

「至於叮囑你的話，我只希望你平安罷了。」姜桃轉過頭，認真地看著他。「不管遇到什麼事、什麼人，都想想我們這個家，不要衝動，保護好自己，知不知道？」

沈時恩點點頭，輕輕捋著她的後背。「我曉得，妳和小南、阿楊他們都好好的，八月咱們在京城團聚。」

翌日清晨，姜桃和蕭世南送沈時恩和蕭玨去了碼頭。

因為只是短暫分開兩個月，所以離別的氣氛並不算凝重。

蕭世南還不忘向沈時恩炫耀。「嫂子答應，把水榭留給我住，二哥回去後，別忘了替我收拾出來。」

沈時恩無奈地說知道了。

分別之前，蕭玨解下隨身的玉珮遞給姜桃，同她道：「我留了一些暗衛在書生巷，但他們不方便出現在人前。應家要是再來尋麻煩，舅母就拿這玉珮給他們看。」

這玉珮是上好的羊脂白玉，上頭還刻著龍紋，有點眼力的，都能認出這東西的來歷。

玉貴重，代表的涵義更貴重，姜桃連忙擺手說不敢收。

蕭世南幫她接過。「小玨給了，嫂子拿著就是，即便應家沒再上門，拿著這玉珮去主考官面前走一遭，解元不就是咱們阿楊的囊中之物了？」

姜桃沒好氣地笑罵他。「拿小玨的玉珮去掙解元，那不是殺雞用牛刀？臊不臊啊？」

蕭世南本就是開玩笑的，這麼一鬧，姜桃便把玉珮收下了。碼頭的人漸漸多起來，他們不再多聊，就此分別。

等畫舫開走，蕭世南和姜桃就回了書生巷。

姜楊依舊起早貪黑地看書，而且自從見過蕭玨之後，越發用功刻苦。從前他每隔一段時間還會出來吃飯、出恭和小憩，眼下是真像長在屋裡一般，連飯都不出來吃。

但他念書素來有自己的計劃，姜桃不好干涉，只好又把藥膳湯的方子尋出來，變著法子替他補身子。

就這樣到了七月，黃氏帶著秦子玉來省城，也租了書生巷的屋子。

母子兩個一見姜桃都紅了眼，黃氏是想姜桃想的，秦子玉則是氣的。

秦子玉不知道他娘是不是撞了邪，聽說姜桃要搬到京城去後，回去便不分朝夕地盯著他讀書，但凡他鬆懈些，竹板子就伺候上來。過去一個月他下的苦功，比過去一年還多。

黃氏可沒給他說話的機會，趕蒼蠅似的把他趕回去讀書，而後拉著姜桃的手問：「上回分別前，妳說的到底是什麼意思？我問來尋你們的是誰，妳卻指天。天上來的，到底是哪路神仙？我想了一個月都沒想明白。」

姜桃看她是真苦惱，便俯身過去在她耳邊輕語。

啪嗒！黃氏聽完，從圓凳摔到地上。

姜桃連忙扶起她，黃氏顫巍巍地坐回去，猶覺得有些腿軟。

天啊，她多長三個腦袋，也不敢往那邊想！

又過了好半晌，黃氏總算接受這個事實，現在才明白，為什麼當時姜桃看到蕭玨去陪蕭世南打架時，會嚇得面色慘白，站都站不穩。換作是她，當場就嚇得昏過去！

黃氏又摸摸心口，覺得慶幸，她和姜桃交好，還早早讓秦子玉向姜楊道歉，不然等姜家人去了京城，偶然想起她兒子幹的那點壞事，抬抬手便能把他們家當螞蟻按死。

姜桃為人是好，但說不定有人想拍他們馬屁，替他們那麼做啊！溜鬚拍馬這種事，在哪個地方都有的。

見黃氏終於回神，姜桃又跟黃氏聊了幾句，見時辰不早，黃氏才告辭回去。

這天，黃氏又來尋姜桃說話，發現姜桃正在灶房裡忙活。

「又在禍害灶房哪？」黃氏在縣城裡聽說了姜桃家灶房被燒掉的事，進了灶房，就笑著打趣。

姜桃也不惱，拿著勺子笑道：「煮湯還是沒問題的。」說著，把鍋蓋掀開給黃氏看，一大鍋綠豆湯正咕嘟咕嘟翻滾著。

姜桃想先盛一碗給她嚐嚐味道，但現在黃氏哪裡敢讓她動手，搶著要自己來。

黃氏一面盛湯、一面驚訝道：「妳這是煮了多少？」

「十斤綠豆，兩斤白糖，全在裡頭了。」

「煮這麼多，是要送人喝？」

姜桃搖頭笑笑，沒多解釋。她煮這麼多綠豆湯，除了自家人喝以外，也給蕭玨留下的暗衛喝。

蕭玨離開之前，說留了暗衛守著書生巷，但除了灶房失火那天以外，姜桃並沒有見過暗衛，慢慢就忘了這件事。

前幾天晚上，她家門口來了個醉漢，罵罵咧咧地踹門。

當時姜桃在灶房裡替姜楊煲湯，離院門很近，聽到響動立刻去看。剛走到天井，就看到頭頂上有一道人影飄過，接著院門外傳來醉漢的悶哼，不過眨眼工夫，等她走到門口，透過門縫往外瞧時，門外已經半個人影都沒有了。

姜桃這才想起，自家是有暗衛的！

後來，她替姜楊準備補湯時，想著暗衛日夜守著他們，還得小心避著人，很是辛苦，便多煮一些，然後在旁邊附上字條。

這樣，等她下回再進灶房時，鍋裡的湯水就被喝掉，還幫她把鍋子刷乾淨。

後來，她和暗衛達成默契，也不用留字條了。

這天，她起來就覺得天氣悶得難受，就想煮綠豆湯，也準備了暗衛那份。

綠豆熬了一上午，軟軟糯糯，但被盛進白色瓷碗後，就會發現湯水有點發黑，看著賣相不是很好。

黃氏一面吹著熱氣、一面道：「阿桃，不是我笑話妳，我也不怎麼會下廚，但綠豆湯的糖，好像得在出鍋的時候放。還有妳這綠豆湯的賣相……妳是不是不知道，綠豆湯不能用鐵鍋煮？用鐵鍋煮了，就會這樣發黑呢。」

姜桃頓時發窘。她真的不知道，剛剛看到綠豆湯發黑，還以為是買到壞豆子了！

黃氏哈哈一笑，平時看著怪聰明的姜桃總在廚藝上犯蠢，挺可愛的。

不過賣相雖差，甜甜糯糯的綠豆湯口感卻不錯，黃氏喝了兩大碗，姜桃又用砂鍋盛出一份留給家人，其他的依然放在鍋裡，鍋旁放了一個乾淨的大木桶和一疊大碗，想著暗衛既然守在家裡，應該能聽到方才的話，曉得是給他們準備的。

姜桃和黃氏說了一會兒話，又從井裡拉出吊著的西瓜，問黃氏要不要吃一點？

這時，院門被人拍得哐哐作響。

黃氏嘟囔著。「誰大白天的這麼拍人家的門，不知道這附近都是考生啊？」說著，放下西瓜去開門。

結果，黃氏剛拔下門閂，大門立時被用力地推開。

幸虧開門的是黃氏，只被撞個踉蹌就穩住身形，換成姜桃那小身板，大概會被撞飛。

這作派怎麼都不像帶著善意來的，跟在黃氏身後的姜桃當即沈下臉。

待看清領頭的年輕婦人，頭梳高髻、衣著華麗，正是姜萱，姜桃臉上一點笑都沒了。

「妳們是何人？大白天私闖民宅？」姜桃壓住怒氣問道。

姜萱沒理她，蹙著眉頭走進院子，身後替她打傘搖扇的兩個丫鬟立刻跟上。還有上回姜桃見過的徐嬤嬤，後腳也跟進來。

徐嬤嬤開口就問：「這是姜楊家嗎？」

主僕一行人目中無人，傲慢得不得了。

黃氏把姜桃往身後一拉，開口道：「妳們聽不懂人話嗎？主人家問妳們身分，居然不說話，也沒邀請妳們進門，就擅自闖進來，小心我們去告官！」

姜萱聽到這話，嗤笑出聲，精緻妝容掩蓋不住臉上的輕蔑。「不知妳要告哪裡的官？」

「自然是告到布政司！」

「那敢情好，前兩天，布政使夫人還請我去她家品茶。」

布政使是行省大官，聽著這話，黃氏猜出對方身分不同尋常了。

姜桃拉拉黃氏，同她解釋道：「這位是應弈然應大人的夫人，出身寧北侯府。」

應弈然是上一屆的狀元郎，從寒門學子到翰林清貴，還娶了勛貴家的嫡女，雖然不像衛老太爺連中六元那麼傳奇，也是名聲在外。

黃氏是縣官夫人，對應弈然的名字並不陌生。

之前，聽到對方的身分，黃氏雖然氣她們在姜桃面前這麼無禮，但情勢比人強，多半得忍氣吞聲，但她知道姜桃家今非昔比了，一點也不怕。

狀元夫人算什麼？給姜桃提鞋都不配！

這麼想著，黃氏扠腰，氣勢不弱地反擊道：「狀元夫人怎麼了？能大白天私闖民宅？」

姜萱沒回她的話，只對徐嬤嬤揚了揚下巴。

徐嬤嬤會意，轉頭喊人捧上一堆禮物。

「這個月月底我家設宴，到時候早些來。」

說完這話，姜萱嫌惡地打量這小宅子一眼，用帕子捂著嘴，準備離開了。

姜桃氣笑了。「夫人這是什麼意思？」

徐嬤嬤幫著回答道：「我們夫人特地來邀請你們家去赴宴，聽不懂人話嗎？」

姜桃輕笑一聲，不疾不徐地道：「人話是聽得懂的，不是人的話，卻是聽不懂。」

姜萱本是懶得同她和黃氏搭話，聽到這話，火氣上來了，不再假模假樣地讓徐嬤嬤代她傳話，柳眉一豎，出聲喝斥。

「妳這人怎麼說話的？不過是個秀才人家罷了，我特地親自上門來請，別和隔壁那賀家人一般，不識好歹！」

姜桃涼涼地道：「夫人特地上門來請的好意……我見識淺薄，不知誰家上門請人赴宴，是如土匪般破門而入，又施捨般的送禮。您這份好意，還是收回去吧，我們小門小戶的，承受不起。」

徐嬤嬤虎著臉。「我們夫人可是……」

姜桃搖頭笑道：「我管妳家夫人是誰？我都說了，承受不起。」又捂著胸口。「我這身子骨可不怎麼好，嬤嬤要像上次喝斥賀家娘子一般喝斥我，我可是要嚇得倒地昏厥。到時不僅辜負您家的好意，得是結仇了。」

姜萱閉了閉眼，想平息心中的怒火，但姜桃這不緊不慢的說話口吻、臉上要笑不笑的樣子，讓她覺得格外熟悉，也格外惹人生厭。

「還不快走？」黃氏推著幾個捧著禮物的丫鬟出了門。

丫鬟們很畏懼姜萱，沒有她的命令，本是不敢動，無奈黃氏的手勁實在大，又半推半拉的，根本抵擋不住。

「姜楊何在？」姜萱面無表情地道：「我聽說姜楊並未娶親，妳能代替他拿主意？別是姜家下人，在這裡糊弄我。」

姜桃看她有怒發不出的樣子，心情大好。「我是姜楊的姊姊，他現在不在家。」

徐嬤嬤開口道：「上回我去賀家，那姓賀的書生不在。今遭我們夫人特地過來，妳家姜楊也不在家？」

這還真是湊巧，姜楊日日在家看書，不知推了多少同窗聚會，今天的聚會，因對方請了好幾次，實在推不掉，他才和賀志清一道去的。

姜桃聳聳肩。「不相信便罷。請吧。」

姜萱怒道：「他不在，我就在這裡等著，你們誰敢碰我?!」

姜桃還真敢，但姜萱旁邊還有一個嬤嬤、兩個大丫鬟，要是伸手去碰姜萱，她大概打不過她們。

難不成要拿出蕭玨的玉珮？

這自然能立刻讓姜萱她們滾蛋，但姜桃之前只把自家的事告訴黃氏，沒對其他人透露半個字，就是不想聲張。

而且，馬上就是鄉試，眼下她拿出御賜之物，難保不會惹事。無論有人因為他們家的身分，暗中提高姜楊的名次，還是惹來旁人對姜楊成績的猜疑，都是姜桃不想看到的。

「阿桃，妳還同她廢話什麼？」

黃氏上去，一手拉住徐嬤嬤，另一手抓一個丫鬟，再踹另一個丫鬟一腳，就把她們全轟出去了。

「妳們欺人太甚！」

姜萱怎麼都沒想到，親自來請個小小秀才赴宴，對方非但不領情，還敢對她的人動粗！

「您是自己走呢？還是我動手？」姜桃抿唇笑了笑。

「粗鄙之輩！」姜萱瞪了膀大腰圓的黃氏一眼，自己提著裙襬，腳步匆匆地出去了。

到了門外，看黃氏和姜桃沒追出來，徐嬤嬤一扠腰就要罵街。

姜萱也氣得不輕，但她們鬧出的動靜已經惹來附近其他讀書人家的注意，紛紛打開門張望，再在姜家門口被當成猴戲看，她真是半點面子都沒了。

對著出來關門的姜桃，姜萱指著她道：「我記住妳了。」

她是侯門嫡女出身，一舉一動都透著驕矜的味道。現下雖沒說什麼狠話，但這寥寥數字裡透出的威脅意味，頗為唬人。

姜桃毫不驚懼，只笑道：「那您可得記好了。」

下回再見面，應該是在京城，她還挺期待的。

此時，姜家附近的大樹下，幾個身穿短打、打扮成腳夫的年輕男人，正在喝綠豆湯。

「頭兒，沈夫人待我們這般好，她這麼被人欺負，咱們乾看著，不太好吧？」

暗衛也是人，雖然自小訓練，但大熱天不分日夜地在暗中保護人，到底是辛苦的。不過，他們素來如此，也習慣了。

可他們沒想到，幫著姜桃趕過一次醉漢後，她就每天替他們準備湯水。

湯水或許不值錢，但確實緩解他們的辛苦，而且高門大戶給下人臉面，只會賞剩下的吃食。比較起來，姜桃親手熬的湯水，更是禮輕情意重。

暗衛大多出身不高，不會看不上這些，反而覺得充滿煙火氣的姜桃格外可親。

領頭的年輕人聞言，道：「別忘了咱們的任務，咱們只是保護沈夫人。那狀元夫人並未傷害到她。」

問話的暗衛囁嚅嘴皮兩下，沒敢多說。
綠豆湯清熱解毒，即便不是冰鎮的，但大熱天喝上一碗，也能舒服許多。
幾人喝過一碗，發出一身熱汗，從姜家拿出綠豆湯的暗衛又提著大木桶去了別處，分給其他人。
半晌後，領頭的年輕人說去出恭，讓下頭的人警醒些。
隨後，他離開了書生巷，足尖輕點，幾個閃身後，出現在姜萱回程的路上……

第八十一章

姜萱坐在自家的馬車裡，丫鬟捧著冰碗，問她要不要吃點東西。

馬車裡沒有旁人，姜萱不用再注意姿態，煩躁地揮手打翻冰碗，罵道：「吃吃吃，我被人喪家犬似的趕出來了，還有心思吃喝?!」

丫鬟立刻噤聲，縮到馬車角落裡。

徐嬤嬤臉色不善道：「既然夫人也氣惱，方才怎麼拉著我？姜家那般無禮，老奴見不得他們那張狂勁兒！」

姜萱恨得咬牙切齒，清秀面容都顯得有些猙獰。

方才沒有發作，不是她真的好涵養，而是之前她扔了柳氏禮物那件事，不知怎的，在讀書人之間傳開了。

讀書人看著知書達禮，但罵起人來，是格外不留情。

他們倒不至於說姜萱的壞話，只說應弈然得勢便輕狂，不知道自己是誰。還翰林清貴呢，這種狗眼看人低的作派，書都讀到狗肚子裡去了。

起初應弈然不知道這件事，當時他和賀志清在前院說話，氣氛挺融洽，直到罵他的文章送到眼前，才去質問姜萱。

姜萱也不怕承認，說：「就是我扔的怎麼了？賀家送那些不值錢的玩意兒，不是成心給我添堵嗎？為什麼我還要替他們留面子？」

應弈然氣得臉都白了，指著她道：「學政是我老師，賀志清是應屆學子，他家若是送貴重禮物，才是於理不合！」

「那我可管不著，反正那些粗俗低賤的東西送到眼前，就是侮辱我，我還留人客客氣氣地說話，算是給她臉了。」

「妳看不上那些土產，回頭私下處置不就好了，何至於當面扔了？」

「我想扔就扔，還得偷偷扔？不就是一屆書生，值得你同我發這麼大的火？」

他們兩個，一個是出身貧苦的寒門狀元，一個是何不食肉糜的勛貴嫡女，想法本就是南轅北轍。只是從前在京城時，各過各的，沒有這麼針鋒相對過。

應弈然氣壞了，放下狠話。「妳看不上那些不值錢的玩意兒，看不起寒門書生，那心裡應該也看不起我吧？行，等回京後，咱們就和離！」

就本朝來說，和離之事並不算罕見。

但姜萱不可能和離，她和她娘最好臉面，而且應弈然雖出身低微，但拜了好老師，早些時候曾到御前宣講，小皇帝還算喜歡他，褒獎過幾句。

寧北侯府聽著是上流勛貴，但京城有兩大紈絝，一個是好女色的安毅伯，另一個就是附庸風雅的寧北侯。

寧北侯身上沒有實差，花錢如流水地去買字畫、古董，早把偌大侯府掏空。不然，他也不至於在髮妻死後，娶了富商之女為繼室，圖謀的是繼室的嫁妝罷了。

但嫁妝終歸有限，過了這些年也不剩什麼，儼然成了上流豪門的笑話。

若跟應弈然和離，先不說寧北侯會怎麼責怪姜萱，往後也不可能再尋到這麼好的親事。

所以，姜萱只能服軟，讓徐嬤嬤來請柳氏赴宴。

徐嬤嬤是她娘的陪嫁，後頭又跟了她，在府裡也算半個主子，本以為柳氏該一口答應，孰料卻是無功而返。

一連好些天，應弈然都沒踏足後院一步。

姜萱覺得這麼下去實在不是辦法，才紆尊降貴地親自來書生巷。

她想著，賀家夫妻委實小心眼，揪著前面那點不值一提的不愉快不放，她也放不下身段去道歉，不如把院試頭名的姜楊喊到家裡作客。反正都是讀書人，如果姜楊能幫他們家說句好話，怎麼也能堵上其他人的嘴。

然而，沒想到踢到鐵板，她進門後，連禮物都沒放下來，就讓人轟出來。

比起直接動手的黃氏，姜萱覺得不急不躁的姜桃更讓人生氣，好像姜桃才是高高在上的那個，而自己不過是個跳梁小丑罷了！

她抱著雙手，似笑非笑的樣子，更讓姜萱想到自己那化為黃土的嫡姊！

姜萱瞇起眼，問徐嬤嬤。「方才那胖婦人喚姜楊她姊姊什麼？阿桃？」
徐嬤嬤仔細回憶。「好像是這麼喊的。」
姜萱直接掀翻手邊的小桌。「先不論她今天對我做的事，光叫這個名字，她就該死！」
徐嬤嬤忙勸。「夫人莫要為了這些不相干的人生氣，不就是個秀才家的小娘子，要她的性命，不就是抬抬手的事？只是現在不好輕舉妄動，那些讀書人都盯著咱們家呢。」
徐嬤嬤都知道的道理，姜萱自然更清楚，不然之前也不會善罷甘休。
「來日方長，早晚我……」
姜萱的話還沒說完，就聽見拉車的馬嘶鳴一聲，腳步突然加快，害她直接栽倒。
徐嬤嬤也摔了個倒仰，忙問車夫怎麼回事。
車夫驚慌道：「馬不知怎的受驚了，幸虧路上沒什麼人，我這就把馬拉住。」
姜萱可不管受驚的馬會不會踩踏路人，氣急敗壞地叫車夫趕緊讓馬車慢下來。
就在這時，幾道輕微的破空聲後，車夫手裡的韁繩突然斷了。
受驚的馬兒嘶鳴著，繼續往前奔跑，車子傾倒，坐在窗邊的姜萱飛出去。
她梳著高髻，身穿華服，突然飛到路中央摔個狗吃屎，立刻吸引兩邊鋪子裡的人注意。
「噗！」
不知道誰先笑出來的，其他人爭先恐後地哈哈笑起來。
挎著菜籃子、剛買菜回來的柳氏也目睹了這一幕，怕姜萱認出她來，躲在人後看了一會兒，見姜萱惱羞成怒地爬起來，忙捂著嘴笑著跑回家。

另一邊，姜桃趕走姜萱等人之後，就笑了。

雖然現在姜萱耀武揚威，並沒有在她手裡吃到苦頭，但這上門尋釁的舉動，全被暗衛瞧在眼裡。

暗衛辦事那麼仔細，到時候事無巨細地往蕭玨面前一報——

加上上回蕭玨親眼見到和親耳聽到的，都不用她再煽風點火，便夠應弈然和姜萱受的。

黃氏見她笑，納悶道：「被人欺負到頭頂上，妳怎麼還笑啊？照我說，妳就該直接亮明身分，什麼狀元夫人，都得乖乖向妳下跪！」

姜桃擺擺手。「急什麼？來日方長。」

而且今天她也沒吃虧，姜萱氣得直跳腳，等下回見面，說不定姜萱還得向她賠禮道歉，想想就讓人通體暢快！

兩人說著話，柳氏帶著笑的聲音從門外傳來，姜桃起身去幫她開門，柳氏就把方才看到的事說了。

「妳沒看見太可惜了，應夫人從車裡飛出來，摔了個狗吃屎，太可笑了，哈哈哈……」

「人壞自有天收！」黃氏笑著罵道：「她活該！」

柳氏和黃氏早在姜桃的引薦下互相認識，兩人都是愛說話的開朗性子，一段時日相處下來，也成了朋友。

柳氏聽她這話，覺得不對勁，止住了笑，問怎麼回事？

黃氏把剛才的事告訴她，恨恨道：「幸虧我正好在，不然那麼多人，阿桃這細胳膊細腿的，真奈何不了她們！」

姜桃也跟著點點頭，要不是黃氏在，不然她懶得同姜萱她們掰扯，可能得直接亮出蕭玨的玉珮，才能善了。

柳氏已經在姜萱手下被欺負兩次，只有她自己便罷，沒想到姜桃這麼好脾性的人，姜萱還要帶著人欺負到頭上，也氣不過了。

午後，賀志清回來，柳氏立刻把上午的事告訴他。

賀志清聽著，覺得不妙，去找姜楊商量。

姜楊也聽說了白日的事，面色如常地在屋裡看書。

「應夫人著實氣人，可學政是應大人的老師，咱們兩家都和他們交惡，之後鄉試……」

姜楊面色不變地抬眼道：「賀兄想得太多，本朝只出現過一次科場徇私舞弊，高祖察覺後，株了涉案官員的九族。你覺得學政會因為他學生的夫人，冒那種險嗎？」

高祖皇帝過世多年，但那些雷霆手段餘威猶在。

「再說，賀兄和應家的梁子早就結下，擔心也沒用。有這工夫，不如多看一會兒書。」

院試之後，賀志清看姜楊還那麼刻苦，出去應酬幾天之後，知道不能掉以輕心，老老實實地在家裡關門讀書。

今天他和姜楊出去聚會，才知道姜萱把柳氏的禮物扔出來的事，已經在讀書人的圈子裡傳遍了。

賀志清懵了，應弈然是他仰慕的對象，雖然生氣，但沒有大肆宣揚，只和幾個有交情的人說了，提醒他們去拜會應弈然時，準備禮物要仔細些。

孰料，經過一段時日後，應弈然竟成為這屆學子口誅筆伐的對象。

他惴惴不安地回來，又聽柳氏說了白日的事，可不就急了嘛！

不過，姜楊說得很有道理，梁子是結下了，雖然不是故意，但確實是他說出去的。現下擔心也沒用，不如多讀點書，等考中舉人，算是半隻腳踏進仕途，便不用再這麼戰戰兢兢。

臨回去之前，賀志清還對姜楊豎起拇指。「愚兄長你幾歲，但性情卻不如你沈穩，實在慚愧！」

他知道姜楊有多尊敬他姊姊，以為姜楊就算不驚慌，也會氣惱，沒想到這麼沈得住氣。

姜楊看著他，彎了彎唇。他不是沈得住氣，而是更奇怪的事都經歷過了，今天這一樁，實在不算什麼。

而且，他知道自家姊姊沒吃虧，山高水長的，討公道不急在一時。

現下他姊夫，還有他姊夫的外甥不在，等考完鄉試去京城，再論短長也不遲！

如姜楊說的那般，學政不會因為姜萱去為難姜楊和賀志清。先不說他有沒有那個膽子，只說姜楊和賀志清是真才實學，學政很看好他們兩個。

學政是愛才的人，不然也不會在應弈然還是個小舉人的時候，就把他收為學生了。

姜萱在街上鬧出那麼大的笑話，一傳十、十傳百，都知道她是從書生巷回來時出的事。再打聽她幹什麼去，遂連她闖進姜家的事也被傳出來了。

學政知道後，把應弈然喊到跟前，指著他，氣得好半天沒說出話。

「我特地帶著你出京，是藉機讓你在學子之間揚名，建立人脈。你倒好，縱著你夫人胡來，折辱賀家不夠，還上姜家生事，這是要把本屆學子得罪個遍嗎！」

應弈然在家還能對著姜萱發火，面對恩師可不敢強辯，只能老實認錯。

學政煩躁地擺擺手。「都說娶妻娶賢，你自己回去好好想想！」

應弈然回到家，板著臉去尋姜萱。

姜萱也正是氣不順的時候，在書生巷被人轟出來是丟臉，但起碼沒什麼人看到。但從馬車裡飛到街上，看到的人可不少，更別說她還受了傷，摔得鼻青臉腫。

兩人再次爭吵，接著不言不語好些天，姜萱實在放不下身段去道歉，乾脆讓人收拾包袱，提前回京。

可剛到京城，姜萱還沒來得及回娘家訴苦，就聽說一個大消息——

沈家平反，沈時恩活著回來了！

沈時恩本以為自家平反需要一段時間，說不定姜桃來京城後，還不能辦完。

但他不知，沈家當年是被一眾交往甚密的文臣揭發罪證，所謂鐵證，也是承德帝讓人捏造的。

本就是莫須有的罪名，那些揭發他的人，在承德帝駕崩前得到授意，蕭玨一說要翻案，誣衊沈家的證據便不要錢似的往他眼前送。

於是，沈時恩回到京城不久，沈家的罪名就平反了。

沈時恩襲承榮國公爵位，沈家軍的兵權重新回到他手裡，父親和兄長被追封為異姓王。

一時間，沈家又成為多年前那個最受人關注和追捧的高門。

姜萱聽到消息時，人都懵了。寧北侯府曾經和沈時恩談過親事，差點就結成親家。

當時，很多人都說寧北侯府運道好，上流豪門裡的破落戶，居然得到沈家的青睞。

但侯夫人容氏和姜萱只覺得屈辱，因為當時沈皇后想和她們結親時，母女倆都以為沈家看中的是姜萱，樂顛顛地把姜萱的庚帖遞上去。

孰料，母女倆隨即遭到沈皇后訓斥，她要的明明是大姑娘，她們這是糊弄誰呢？

寧北侯府的大姑娘是寧北侯元配生的姜桃，從她小時候，容氏就把她關在府裡，日常不許她出門，對外絕口不提她。自家都把姜桃當透明人，外人知道她的更少了，怎麼也沒想到，沈皇后會看上這個病秧子。

那會兒，容氏已攛掇著寧北侯替姜桃相看親事，對象正是小舉人應弈然，只差下聘。

但沈皇后發話，寧北侯戰戰兢兢地讓容氏別再搗亂，對外只說應弈然是幫姜萱相看的對象，只是庚帖遞錯，然後把姜桃的庚帖遞上去。

那時，知情的人都把姜萱當成笑話看，姜萱只能閉門不出，怨怒無從發洩時，只能去找被關進繡樓的姜桃。

唯有消息閉塞的姜桃還傻傻地以為那親事是姜萱換給她的，儘管姜萱知道，等她嫁到國丈府就會知道真相，但見到她那惶恐不解的樣子，還是很受用。

後來，沈家被冠上謀逆的大罪，滿門抄斬，寧北侯唯恐姜桃替家裡惹上禍端，當天就把姜桃送去庵堂。

沈家樹倒猢猻散，多的是急著撇清關係、落井下石的人家。

等風聲沒那麼緊了，容氏就把姜桃的落腳之處告訴他們。

過沒多久，姜桃居住的庵堂發生一場詭異的大火，把她燒得屍骨無存。

三年後，應弈然高中狀元，姜萱成了狀元夫人，心中的鬱氣總算一掃而空，特地選姜桃的忌日去庵堂，她要讓姜桃做鬼都不得安生！

其實姜萱也說不清為什麼那麼憎惡姜桃，也許是像徐嬤嬤背後說的那樣，姜桃命帶不祥，不然怎麼她病懨懨的長到那麼大，而她母親生下三子二女，卻只活了姜萱兄妹兩個？

或許是教她們規矩的嬤嬤私下議論，說姜桃雖不得侯爺跟侯夫人的喜愛，但到底是正經貴女出身，規矩、模樣沒得挑，不像姜萱，商戶女生的，人前看著還成，但骨子裡卻是和姜桃不能比……

只是，姜桃差一點就嫁去國丈府，而姜萱卻得拾她的牙慧，嫁給一個寒門書生。

現在，她和應弈然處不好，還是怨懟姜桃，覺得是應弈然放不下姜桃，才那般對待她。

沒想到，她不過離京數月，沈家又立起來了。

這兩天，寧北侯府的門檻都要被人踏破了——

大家使勁打聽姜桃的消息，問當年訂親之後，沈家有無退親？大姑娘這幾年嫁人沒有？沒嫁人的話，是不是送去莊子或庵堂裡休養，可得趕快把人接回來！

不怪外人不知道，寧北侯對子女本就不怎麼上心，當時沈家出事，他生怕被牽連，死了個姜桃，他也不心疼，連喪都沒發，更別說建墳塚、立牌位，全然只當家裡沒有過那個人。

問的人多了，寧北侯只能對外宣稱，姜桃早些年病逝，因為年紀小又沒嫁人，所以不好大辦。

外人不明就裡，聽到那說詞還挺可惜，好好的怎麼就病逝了呢？現下坐在皇位上的，是沈時恩的親外甥，沈家的地位比從前只高不低，寧北侯府的姑娘要是還活著，嫁過去就是國公夫人了。

外人都能想到，寧北侯如何想不到？

寧北侯難受得好幾天沒睡好，想起來了就向容氏念叨。「阿桃是多好的孩子啊，當時怎麼就讓妳送到庵堂去了？咱們家又不缺她一口吃的，要是好好把她養到現在，便不用擔心往後了。」

容氏面上不顯，老老實實地聽他念叨，心裡卻在冷笑。多好的孩子？他這當爹的怕是連姜桃長什麼樣子都忘了。還養到現在，當年沈家事發，急著把姜桃送走的可是他這親爹！

現下後悔了又如何？連姜桃的骨灰都尋不到了。

等寧北侯念叨夠了，容氏開口勸道：「是那孩子福薄，不是咱們能控制的。不過，侯爺不必這麼難受，阿桃雖然去世了，但當年的親事還是作數，咱們家還是同沈家有些關係，總比旁人親近。」

寧北侯一想也有道理，甚至打算，從旁支裡過繼其他姓姜的、和姜桃有相似之處的姑娘，送到沈家。

萬一合了沈時恩的眼緣呢？他豈不是還能當沈時恩的岳丈？

姜萱聽說沈家的事，急急回了娘家。見到容氏，第一句話就是——

「當年要不是爹非把姜桃的親事挪到我頭上，現下我不就能嫁到沈家去了？」

在上流圈子裡，姊姊死了，妹妹去給姊夫當繼室的事，很是平常。但現下她嫁了人，自然沒那種可能。

容氏看姜萱眼紅得頭腦發昏，提醒她。「當時誰會知道沈時恩沒死，沈家還有起復的一天？難不成為了這種微乎其微的可能，一直讓妳守在閨中？妳已出嫁多年，想那些做什麼？眼下女婿雖然只是小翰林，但讀書人清貴，日後若能入職內閣，那也能位極人臣……」

「還日後呢！」姜萱想到應弈然對她的態度，氣得抹淚。「他說要跟我和離！」

容氏連忙問她，這趟出京發生了什麼事？

姜萱抽抽噎噎地講了，卻被容氏罵一頓。

「從前在京裡，妳在我眼皮子底下還有些分寸，怎麼去了外頭就那麼張狂？讀書人的臉，是妳說打就能打的？難怪女婿那麼生氣！」

以前姜萱很聽容氏的話，不然依著她那性子，這些年不會過得那麼順利。

眼下她被沈家的事弄得心煩意亂，當即回嘴。「娘也怪我？那柳氏送的什麼粗茶、粽子、臘肉之類的粗俗東西，別說我看不上，就是給府裡的下人，他們也不碰。還有姜楊的姊姊，我紆尊降貴地親自去請，她直接把我轟出來，害我在街上出了那麼大的洋相。娘不心疼我，還來怪我？」

容氏見她還要強，直接道：「怪不怪，我不多說，反正沈家的事與妳無關，別想那些有的沒的。這兩天，妳安心待在家裡，等女婿回來，我設宴招待他，妳服軟道個歉，事情就過去了。」

姜萱恨得咬牙切齒，但沒辦法，只能眼睜睜看著他爹替姜桃修建風光的衣冠塚，看著一個旁支的、和姜桃有三、四分相似的女孩被接到家裡了。

第八十二章

此時已經到了八月，鄉試開考近在眼前。

鄉試共分三場，每場考三日。每一場都需要提前一天進考場。

入考場的前一天晚上，姜楊把秦子玉喊到家裡。

這些日子，秦子玉被黃氏壓得一直關在屋裡讀書，黃氏又拉他去姜家打招呼，姜桃見了他，差點認不出來。從前秦子玉愛面子，把自己打理得精精神神，乍看之下就是個翩翩少年，不聽他說話，絕對不知道他個性惡劣。

而眼前的秦子玉瘦了一圈，面色發白，眼底下一片濃重青影，再也沒有什麼風度可言。

姜楊喊他進書房，他還老大不願意地直嘟囔。

黃氏便罵他。「你這是豬鼻子插大蔥——裝相哪！前頭磨著我，想讓我開口請阿楊指點的，不是你嗎？」

秦子玉老臉一紅。「那不是之前的事嗎？明天就要開考了，現在說啥不都晚了？」

姜桃拉黃氏一把，讓她替秦子玉留點面子，然後開口向秦子玉解釋。「前兩天衛先生才讓人送了些舊考題來……」

聽到衛常謙，秦子玉眼睛一亮，再也不發牢騷，小跑著去了姜楊的屋子。

姜楊早在研究學政的喜好，下這種功夫的人不在少數，但大多數人研究這些，是變著法地想給學政送禮。他不同，是研究學政在學問上的偏好。

每年科考考的都是四書五經，但出題人偏好不同，題目的倚重方向，自然也不同。

本來他也沒什麼把握，直到衛常謙送考題來，才確定自己研究的方向沒錯。

他把考題分享給賀志清，看在黃氏面子上，又把秦子玉喊過來。

像考前學霸替學渣畫重點一樣，他也幫了賀志清與秦子玉，三人在書房裡待了一整夜。

鄉試那天，三個少年被家人送進考場。

本來柳氏是很緊張的，之前院試她就擔心得吃不好、睡不好，但姜桃和黃氏都很鎮定。姜桃是平常心，反正姜楊這次只是去試一試，考中當然好，考不中便再接再厲。黃氏則是覺得秦子玉考不上，就是陪練，他自己沒那個本事，她這當娘的再著急也不管用。

柳氏被她們安撫，這才勉強穩住。

考完那天，姜桃她們一大早就去接人，姜楊和賀志清的精神看著倒還成，唯有秦子玉彷彿生了一場大病似的，連路都不能自己走，是被他倆攙出來的。

別看黃氏平時損他打他，把他當塊叉燒養，真看到他這樣子，還是心疼得直掉眼淚，趕緊帶他回去休息，三家便各自告辭。

姜楊到家後，先吃飯，泡澡的時候就睡著了。

姜桃守在外頭，一直沒聽到水聲，讓蕭世南進去看，才幫姜楊擦淨身子，抱到床上。

其後三天，姜楊除了吃飯就是睡覺。

姜桃擔心起來，後來從黃氏和柳氏嘴裡聽說，賀志清和秦子玉也是那樣，而且能吃能睡就算好，其他身子骨弱的，回去後直接病得下不來床，才放心一些。

桂花飄香之際，鄉試放榜。

放榜那天，姜桃沒去，一來是姜楊還沒恢復元氣，沒人在家看著，她不放心；二來，是提防人看到名次，來榜下捉婿；最後是鄉試的報喜和放榜是同時進行的，就算足不出戶，考中了也不愁不知道。

黃氏和柳氏住在兩邊，見她沒出門，便一起來姜家，和姜桃一道等著聽信。

午時貼榜，報喜的隊伍也出發了。

街外鑼鼓齊鳴，書生巷熱鬧起來，有人大吼了一聲。「開始報喜啦！」

「報——青州府益都縣秦子玉秦老爺高中鄉試第一百名！報——青州府益都縣秦子玉秦老爺高中鄉試第一百名……」

報喜是倒著報，從末尾往前報。

黃氏猛地聽到這聲報喜，腿軟得差點栽倒。

「阿桃，妳快掐我一把，我是不是在作夢?!」

姜桃笑著扶她一把。「妳先別暈，報喜的人馬上就要來了，快準備好賞錢！」

黃氏只能自己掐自己一把，感覺到痛，便連忙讓丫鬟攙她回家去喊秦子玉。

秦子玉還在睡呢。之前他在考場裡不舒服，雖不至於生病，但回來後讓黃氏請大夫幫他開了幾服安神湯藥，吃下後，就格外想睡。

他被黃氏喊起來，說他考中鄉試第一百名，秦子玉和她反應一樣，揉著眼睛嘟囔著。「今天這夢作得好真實啊……不過往常作夢都是考中解元，這一百名也忒難聽了點。」

黃氏一個爆栗敲在他頭頂。「你一次就考中舉人，還嫌名次差？趕緊給我起來，等會兒報喜的人上門討賞錢，你還在床上躺著像什麼話?!」

秦子玉這才知道自己不是在作夢，暈暈乎乎地套上衣服，暈暈乎乎被拉到臥房外。

沒多久，報喜的人到了秦家門口，黃氏拿著大錢袋子，樂呵呵地分賞錢。別看她嘴裡說著覺得不真實、像作夢，但其實早在放榜前就準備好賞錢，私心裡還是希望自家兒子和他爹一樣，能走個狗屎運，沒想到還真用上！

等這邊送走了人，街上騎著快馬報喜的人，已經報過了五、六十名。

黃氏喜氣洋洋地又去姜家，秦子玉都能中，姜楊和賀志清肯定不用擔心了。

不過她也知道，這種事不好隨意打包票，也就沒提。

在一聲聲的報喜聲中，姜楊和賀志清的名字總算出現了。

兩人一個第三，一個第四，又正好挨在一起。

柳氏呼出一口長氣，死死捏著的拳頭總算鬆了開來。

她對姜桃和黃氏笑了笑，起身回家準備賞錢。

起初姜桃確實是平常心，可後頭那報喜聲一聲高過一聲，她不由也跟著緊張起來，雖不至於像柳氏那樣臉色慘白，但也是心跳飛快。

眼下總算塵埃落定，她笑著去喊姜楊。

姜楊是真的長在書房裡了，元氣還沒恢復，便想接著看書，家裡也就姜桃說得動他，這才只是靠在床上看，沒像之前那樣，日日在桌前點燈。

他也聽到外頭一聲高過一聲的報喜，剛才一直沒報到他的名字，不是不緊張。此時人放鬆下來，瞧著更有精神了。

他起身穿衣洗漱時，蕭世南抱著姜霖回來，進了屋，把姜霖往地上一放，才擦著滿頭的汗水開口。

「榜前的人也忒多了！我早早去了，還擠不進去，聽到報喜聲才知道阿楊中舉呢！」

黃氏還在姜家，樂呵呵地問：「阿楊那麼聰明，才考中第三名，你可知道解元和亞元是誰嗎？」

解元和亞元的報喜，照理說就在姜楊之後，但這邊沒聽到動靜，可見兩人不住在附近。

蕭世南嚥下一口冷茶，道：「回來時聽到了，解元是衛家的衛琅。亞元姓楊，是我沒聽過的名字。」

「衛琅啊。」黃氏了然地點點頭。「這倒不意外。我本來以為，阿楊會是亞元呢。」

這時，姜楊進了正屋，道：「亞元應該是東昌府的人。他也是有才之人，不過性子有些孤僻，不和學子來往。我也只是聽過他的才名，沒見過真人。」

幾人說著話，報喜的隊伍上門，姜桃和柳氏站在門口發賞錢，沒多久，賀志清和秦子玉也過來了。

賀志清見了姜楊就笑。「之前你考第一，我就考第二。這回你考第三，我就考第四呢！合著我次次都得矮你一頭？讓人怪不是滋味！」

姜楊笑著對他拱拱手。「頭名解元，次名亞元，三四五名都是經魁，我同賀兄是旗鼓相當的。」

兩人相處幾個月，惺惺相惜，成了真正的朋友，賀志清也不是真的泛酸，笑著打趣兩句，便不提了。

他們這邊說著話，黃氏瞪秦子玉一眼，秦子玉才老老實實地給姜楊鞠了個大躬道謝。

姜楊側身避過，並不受他的禮，黃氏便笑道：「阿楊受著吧，是應該的。」

姜楊搖搖頭。「您言重了。考前我不過替子玉兄押了一下方向，也只押中不到半數。此番中舉，是他自己的本事。」

姜楊不是謙虛，而是說真的。

他不是出卷人，也不會讀心術，衛常謙送來的考題，只是參考，他押中的實在有限。按著現代的分數來算，他畫的重點最多是讓本來能考五十分的人，勉強考個及格，作用其實有限。

秦子玉能考中，多半是靠他自己，他天資不差，雖比不得姜楊、賀志清他們，更不能和衛琅那樣的天縱奇才相提並論，但在同齡人中也是佼佼之輩。當年在學堂時，舉人先生最看好的是姜楊，其次就是秦子玉。

不過，秦子玉天資不差，心性卻有些欠妥，容易分心，坐不住。不然按著他那天資和優渥的讀書環境，不會考兩、三次才中秀才。

也是歪打正著，黃氏對他的打罵，還真把他的性子給定住了。如此用功數月，加上考前姜楊推他一把，運道也不差，正好考中第一百名。

黃氏想不到那些，就覺得是姜楊最後的提點很管用，不然他兒子考到快二十才中秀才，能一次考過鄉試嗎？

若非知道姜家今非昔比，什麼都不缺，黃氏恨不能分一半身家給姜桃姊弟當謝禮。

知道成績之後，三家人就要分開了。

賀家夫妻回府城，黃氏要帶秦子玉回縣城，姜桃則跟姜楊商量，看他下一步準備如何。

姜楊中了舉人，肯定要去京城備考，但是去之前，還得回槐樹村一趟，把這件大喜事告訴姜老太爺和孫氏，要向恩師衛常謙道謝，還得把前頭沒辦的流水席補上。

姜桃已經為他在省城滯留那麼久，他捨不得她再奔波，說自己回去就好，等家裡的事情結束，便上京跟姜桃會合。

姜桃有些不放心，黃氏就說：「阿楊和我們一道回去，等妳家的事情處理完，我家子玉也該上京了。到時候，肯定把他好好地交到妳手上。」

黃氏和姜桃的交情好得沒話說，她又對姜楊感激得不得了，有她看顧，姜桃自然放心。

於是，姜桃和姜楊就此分別，帶著蕭世南和姜霖出發前往京城。

之前姜桃到過最遠的地方是省城，前世曾在京城生活過，卻對去京城的路途很陌生。

蕭世南更別說了，四、五年過去，連回家的路都記不得。

這時，輪到暗衛好好表現了，出發的前一天，暗衛幫他們包下一艘船，留了字條，讓他們隔天早上直接去碼頭。

等姜桃他們上船，暗衛們現身，姜桃才知道，原來自家一直有十來個人看顧著。

這一小隊的暗衛頭領是個二十歲左右的高瘦青年，面容普通，但透著一股與年齡不符的沈穩勁兒。

暗衛的名字不能對外說，姜桃知道他姓奚，本來尊稱他一聲奚統領，但她身分貴重，對方不敢受此尊稱，就乾脆喊他小奚。

這喊法聽著有些女氣，奚雲私下裡沒少被下頭的人笑話。可笑話完，其他暗衛看到姜桃沿途買吃食時，總是不忘給他們捎帶一份，又因為只知道奚雲的姓氏，總是笑著喊小奚，然後把那些吃食交到他手上，請他分給其他人，順便關心他兩句，就泛酸了。

唉，早知道他們也把自己的姓氏通報上去了，都是自小離開家人的，哪個不渴望這種家人般的噓寒問暖呢？甚至還有一些不記得家人模樣的，都把姜桃想成是自家姊姊了。

水路走了七、八天後，換了馬車，九月初，姜桃他們總算到了京城外。

那天早上，因為趕了許久的路，蕭世南也沒那麼興奮了，更別提姜桃和姜霖，只覺得骨頭要被馬車顛散了。

聽暗衛說，再兩刻多鐘就到城門口，蕭世南總算來了些精神，坐起身，跟姜桃道：「城外有個十里坡，坡上有座送親的亭子，當年姨丈和大表哥出征時，先帝都會親自帶人去送。不知道那亭子拆了沒有……」

姜桃坐在靠窗的位置，一面聽他介紹、一面看窗外的風景。

隨著馬車前行，姜桃看到蕭世南口中飛簷翹角的亭子，亭子外還站著密密麻麻的人，都正伸長脖子望向官道，好像在等什麼重要人物。

十里坡上，英國公夫人曹氏也正站在人群中。

她是個白胖的中年婦人，九月已經入秋，但秋老虎還是很曬人，出城小半日，便流了好些汗水。

她出身望門，嫁入英國公府後，當了多年的國公夫人，養尊處優，就算前幾年一家子被圈在府內，不得隨意外出，也沒吃過苦。此時，她忍著難耐的秋熱，捏著帕子，緊張忐忑地跟英國公說話。

「老爺，遠處是不是來了輛馬車？是不是我們小南回來了？」

英國公大約四十多歲，頭髮還很烏黑，精神矍鑠，也正盯著英國公夫人口中的馬車，道：「離得太遠，看不清楚。妳不用急，左右是說今天回來。」

「我能不急嗎？」曹氏小聲埋怨。「之前我想等小南回來再說，你卻非要上摺子替小雲請封世子。小南沒和時恩一道回來，心裡肯定是怨懟我們。」

曹氏說著，就要抹淚。

英國公蹙起眉，壓低聲音道：「這件事不是早跟妳說過了嗎？小南跟著時恩出去一遭，當了那麼久的苦役，沈家人最是念舊，他和皇上肯定不會忘記這份恩情。有他們照拂著，小南還愁沒有別的出路？」

英國公自覺沒有做錯，他確實偏疼幼子，但也不是全然沒替蕭世南考慮。

若讓蕭世南當世子，自家指望全在蕭世南一人身上。若把世子之位給幼子蕭世雲，兩個兒子都有好前程，於整個英國公府來說，自然更有利。

「是這個道理，但小南他……」

「沒有但是，要是他拎不清，就不配當我的兒子！」

曹氏以夫為天，見英國公不高興了，又是在外頭，旁邊也有外人，便不敢再提。

英國公府的人旁邊，是寧北侯一家。

姜萱站在容氏身邊，臉上寫滿了不耐煩。

不過，她們這樣的年輕女眷，出門都是戴著帷帽，所以旁人發現不了。

被日頭曬得出了一身汗，姜萱瞪旁邊打扇的丫鬟一眼，讓她更賣力些，而後轉頭對著容氏，抱怨起來。

「娘，一大早不睡覺，出城來做什麼？」

容氏打量周圍，見沒人注意她們母女，才道：「皇上和沈國舅親自來接人，雖不知道接的是誰，但知道消息的人家都趕來了。咱們若是不來，不就落於下乘？」

這些年，寧北侯府在勛貴圈子裡的地位每況愈下，最近搭著沈家起復的東風，才好轉一些。聽說今天沈時恩和蕭玨出城來接人，寧北侯可不得帶著一家子過來好好表現？

這麼想的，當然不只他家，不然十里坡上不會全是人，連最糊塗的安毅伯都來了。

眾人說話的工夫，姜桃他們的馬車已經行駛過來。

姜桃本還想著，要快些走，免得擋了後頭大人物的路。

但蕭世南認出來，十里坡附近的守衛是宮裡的人，奚雲也說他們暗衛會定期傳消息回宮，日前就把姜桃他們即將抵達京城的消息傳回去。

聽了他們的話，姜桃才知道，這陣仗是迎接她的。

她有些惴惴不安，雖已經換裝打扮過，並不會失禮。但面對未知的狀況，還是這種她沒見過的大場面，說不慌是不可能的。

隨後，馬車停下，她來不及多想，奚雲替她打起簾子，蕭世南率先跳下車。

十里坡的最高處，蕭玨和沈時恩比肩而立，蕭世南看清他們的身影，眼眶一熱，直愣愣地往前走了兩步，想到姜桃，又站住腳，轉身到腳凳邊，伸手等著扶姜桃。

此時，十里坡上的貴族們也看清了他。

英國公夫人曹氏哭起來，英國公也激動得呼吸急促。

姜萱見了，在容氏耳邊涼涼地道：「我還以為接誰呢，敢情是接英國公家的大公子？」

沈家平反之後，眾人最關心的，就是沈時恩這些年去哪兒了。

沈時恩也不覺得過去幾年的日子見不得光，遂透露一些，打聽的人便知，沈時恩是受英國公安排，隱姓埋名去當苦役，為掩人耳目，還把對外宣稱歿了的長子蕭世南送過去陪他。

可是，前陣子英國公卻上書，想替小兒子請封世子。

姜萱便嘟囔道：「大家都知道英國公要給他小兒子封世子了，他大兒子連世子都不是，至於這麼折騰嘛……」

她還沒說完，就被容氏拍了下，隨即瞧見一名清瘦女子被蕭世南扶下馬車。

第八十三章

姜桃扶著蕭世南的手站定之後，心中有些慌亂，但還是秉持著多年的教養，動作、儀態皆氣定神閒。

起初蕭世南還怕她露怯，正想勸慰她幾句，見到她這姿態，才知道自己是想多了。也是，他嫂子本來就是奇女子，「龍屁」都打過了，還會怕這種陣仗？

姜桃不知道他在想什麼，只是想著，不能在人前露怯，佯裝鎮定，等看到沈時恩快步向她走來時，心才算完全定下來。

沈時恩再不是過去那身短褐的簡單裝束，穿著玄色鑲寶藍邊撒花緞面圓領袍，腰間束手掌寬的寶藍色鑲寶石腰帶，烏髮束起，頭戴嵌藍寶赤金冠。一身華貴的衣裝，配上他本就深邃俊朗的面容，端的是英氣逼人，風度瀟灑。

都說人靠衣裝馬靠鞍，若非他們當了幾年夫妻，姜桃都快認不出他。

兩人離得近了，沈時恩看著她就笑，溫聲問：「路上辛不辛苦？小南和阿霖頑皮沒有？」口氣還和從前一樣。

姜桃笑著搖搖頭。「小奚他們幫我們安排得好好的，哪裡會辛苦。」

姜霖還在馬車上，姜桃怕那大陣仗嚇到他，就沒把他帶下來。

此時，姜霖聽到沈時恩的聲音，又聽到自己的名字，探出半邊身子來。

「姊夫！」姜霖見了沈時恩，快樂地喊：「阿霖好想你！」

平時在家裡，他最黏姜桃，其次就是沈時恩。之前為了讓姜楊備考，小傢伙被迫搬出去，後頭回家小住，蕭玨過來，一家子隨即去了省城，而後上京的上京，陪考的陪考，分開的時日可不短了。

「姊夫也想你。」沈時恩走到馬車邊，把他抱起來，掂了兩下，還像從前一樣，讓他坐在自己肩膀上。

「好些人在看著呢。」姜桃出聲提醒。

沈時恩不以為意地搖了搖頭。「不礙事。」

姜霖下了馬車，猛地見到不遠處全是人，確實有些被嚇到，不過姊姊和姊夫都在身邊，他很快鎮定下來，轉著脖子看起熱鬧來。

蕭玨也過來了，早在沈時恩見到趕車的是奚雲時，他便跟著沈時恩一道迎上前。

但眼下不是微服出巡的時候，他身邊滿是太監跟侍衛，一動起來，伺候的人也得動，才比沈時恩晚了一會兒。

「問舅母安。舅母路上可好？」

要是之前，姜桃還能把蕭玨當自家子姪看，但眼下他穿著龍袍，頭戴雙龍戲珠冠，稚嫩的面容帶著帝王的威嚴，身後全是人，哪還敢把自己當長輩，福身行禮。

「託您的福，一路很是平安。」

蕭玨伸手拉住她。「舅母客氣了。」

接到了人，眼下這處人多口雜，蕭玨和沈時恩不急在這時候和他們說話，便讓隨行的人出發。

蕭玨和蕭世南共乘一輛馬車，沈時恩則和姜桃、姜霖坐一輛。

英國公夫婦也上了車，跟在他們後頭。

見車隊動了，聽到消息來湊熱鬧的人家便紛紛散去。

有人跑到寧北侯旁邊打聽，問新帝和沈國舅親自來接的婦人，是國舅夫人吧？這些年國舅在外頭成家了？怎麼之前沒聽他們提過？

寧北侯面上在笑，心裡卻是有苦難言。

外頭都以為他們府裡的姑娘和沈時恩訂過親，寧北侯府和沈時恩很是親近呢。

其實，自打沈家平反之後，沈時恩連個人都沒派到他家過，只在他替死掉的女兒修葺衣冠塚時，親自來過一趟，便沒再跟他們來往。

但寧北侯還想借沈家的東風，在外人面前，依然裝出跟沈家很親厚的樣子。

所以，旁人才會拿沈時恩的事來問他。

他哪裡知道呢？若是得知沈時恩在外頭娶親，就不會早早從旁支裡過繼女兒，想著繼續當沈時恩的岳丈了。

寧北侯勉強笑了兩下，也沒答話，拱拱手後喊上容氏，帶著姜萱，坐上自家的馬車。

一上車，姜萱便摘下帷帽扔在一旁，涼涼地道：「沈國舅已經成親了？剛才離得遠，倒不知道是個什麼樣的人物。好像還看到小孩兒，別是沈家的孩子吧？」

她不提還好，一提，寧北侯更鬱悶了。要是沈時恩的兒子都那麼大了，他們家的盤算不就完全沒用？

容氏見寧北侯臉色不善，拉了姜萱一把。「沈國舅在外隱姓埋名，能娶到什麼樣的好妻子？我猜著，只是因為沈家人念舊，才不好拋棄糟糠。」

其實，容氏也不相信這話，要是沈時恩不看重妻子，能親自出城來接？而且蕭玨也挺奇怪，一個出身低微的民婦，雖然名義上是他舅母，但又沒什麼感情，有必要跟著來嗎？

但這世間的男人不都貪花好色，喜新厭舊？現在沈時恩對髮妻很是看重，但身分有別，誰能保證他往後數十年如一日？

寧北侯不好女色，但他接觸的人，還真沒眼裡只有一人的，聽了容氏的話，再仔細一想，臉上便又有了笑。

「夫人說得有道理，區區民婦，如何同我們勛貴家的姑娘比？之前阿桃立墳塚時，沈國舅還親自來了一趟，可見是還沒忘了我們阿桃呢。」

寧北侯說著，交代容氏要好好照顧家裡那個和姜桃有三、四分相似、已經過繼為他女兒的姑娘。

容氏點頭。「阿瑩既然已經是咱們家的姑娘，妾身定像萱兒一樣疼。」

當年，姜桃不知道走了哪門子狗屎運，被沈皇后相中，要她當弟媳婦。

容氏很不樂意，她折磨姜桃那麼多年，用腳後跟想也知道，姜桃他日會怎麼報復回去。

但那時修補關係也來不及了，容氏乾脆把姜桃關進繡樓，還特地讓下人透露假消息給她，說那親事是姜萱換給她的，和她訂親的那家人有多麼不好相與，想亂了她的心，最好再引發她的舊疾，到時候讓大夫增減一兩味藥，自然能神不知、鬼不覺地要了她的命。

不過，沒等她動手，沈家便出了事，算是省了她的工夫。

如今過繼來的姜瑩和她沒有結怨，得像照顧親生女兒那樣照顧她，若能把她送進沈家，對她，對寧北侯府，自然是好事一樁。

「老爺，月底就是太皇太后的壽辰，到時宮中設宴，正好見見那位國舅夫人，也把咱家瑩兒帶到人前。」

寧北侯聽了，笑著點點頭。

沈家的馬車是國公府的規制，比蕭玨微服出巡乘坐的車還要華美寬敞。

姜桃上了車，僵硬挺直的脊背垮下來，撫著心口道：「嚇死我啦！」

沈時恩還在逗姜霖，聞言悶聲笑起來。「剛剛看妳面不改色，還想誇妳好定力。怎麼，原來是假裝的？」

姜桃笑著推他肩膀。「都怪你啊，為什麼不早些傳信跟我說要搞這麼大的陣仗。遠遠地見到這群人，我心裡還琢磨著，這是接哪個大人物啊？要不是小南認出宮裡的人，我還想讓小奚快點趕車，免得擋了大人物的路呢。」

沈時恩也跟著笑，解釋道：「本是只有我來接你們，前一天才知道小玨也要來。」

「你們來就算了，我看那坡上除了小玨身邊的人，好像還有其他人家？」

「是聽見消息，一道來湊熱鬧的。」沈時恩頓了頓，道：「也是小玨幫妳做臉。」

他這麼一說，姜桃想了想，便明白過來。

若蕭玨想按兵不動，旁人自然不會聽到風聲。但那些高門大戶都知道了，自然是他故意透的風。

他當然不是閒得無聊，讓人搞出那麼大陣仗，而是藉此告訴高門大戶，他這當皇帝的有多看重姜桃這舅母。他日就算有人看不上姜桃的出身，想為難她，也得掂掂自己的分量。

姜桃和蕭玨相處的時日並不長，蕭玨能這麼替她著想，是她沒想到的。

她心裡暖暖的，笑著搖頭。「幸虧我穩住了，不然萬一在人前露怯，不只辜負小玨這番好意，還得連累你失了顏面。」

「我對妳有信心，妳不會的。」

「有什麼信心啊？我就是個普通人，突然見到那些有頭有臉的大人物，萬一嚇得腿軟，可連路都走不動了。」

「走不動，不還有我？正好兩邊肩膀，阿霖坐一邊，妳坐另一邊。」

姜桃笑得臉都瘦了。「去你的！從前你是苦役，扛著我看賽龍舟都被人當稀罕瞧。如今你是國舅，再扛著我，那些人不得把我當妖怪看？」

沈時恩挑眉，故作誇張地把她從頭打量到腳。「看妳這妖妖嬈嬈的，確實挺像妖精。別是山裡的妖怪成了精，來吸我的精氣吧？」

姜桃上京前，特地幫自己還有兩個弟弟買了新衣服，三個人從頭到腳都打扮過了。

她穿了一條娟紗金絲繡花長裙，外罩撒花煙羅衫，頭上是簡單的婦人髮髻，簪著鎦金點翠釵，耳朵上是一對赤金纏珍珠耳墜，瑩潤的珍珠襯著她秀美的臉龐，越發顯得膚色勝雪，眉目如畫。

這身打扮，便是和京城貴女相比，也不會落於下乘，但從頭到腳就花了快五百兩。

姜桃知道值這個價，但是付錢的時候，還是覺得心在滴血。那是她一針一線攢出來的銀錢啊，一身穿戴抵她半年進項。

蕭世南見狀，道：「嫂子給我和阿霖買衣裳都花了幾百兩，怎麼輪到自己，反而捨不得了？這樣吧，回京後我開自己的小私庫，把銀錢貼補給妳，算我送給嫂子的。」

姜桃怎麼肯要他的銀錢，說自己來付。

她替弟弟們花錢素來豪爽，一路上幫暗衛們置辦吃食，也從不心疼，連奚雲都看不過去了，同她道：「主子給我們留了一筆銀錢，以備不時之需。一路上兄弟們的開支，都是夫人包辦，這些東西，不如從那筆銀錢裡出。」

姜桃連蕭世南的私房錢都不肯要，當然更不肯要蕭玨留在暗衛那裡的銀錢。

此時聽到沈時恩話裡的誇讚意味，她才覺得這筆錢花得不冤枉。

於是，她把蕭世南和奚雲說的話告訴沈時恩，又笑道：「知道這些是必需品，往後咱們家也不用在乎這麼點銀錢，但那會兒真是心痛啊。要不是小南和小奚就在旁邊勸，我還得猶豫一會兒。」

起初沈時恩還在笑，聽著聽著，臉就板了下來。

姜桃見他這般，以為是自己遺漏了什麼，忙斂起笑，正色問怎麼了？

沈時恩沈吟半晌，悶悶地說：「妳一口一個小奚的，那是誰？」

姜桃覺得他這語氣不太對勁，正想著如何解釋，姜霖接話了。

「小奚就是那個侍衛哥哥，小奚哥哥對我們可好了，一路上什麼都不讓姊姊做，都是他搶著幹活。」

姜霖說得沒錯，暗衛是蕭玨特地留下照顧姜桃的，又吃了她那麼多吃食，可不是把她照顧得很好。

但是，這話聽著好像不太對勁。

「哦？」沈時恩似笑非笑地對著姜桃挑眉，而後轉頭問姜霖。「那個小奚哥哥都是怎麼照顧你姊姊的？你仔細和姊夫說說。」

姜桃。「……」

這沒必要解釋，真的！

此時，蕭玨的馬車裡，奚雲正在述職，報告著路上的事，不知怎的，忽然覺得背後發寒，打了個寒顫。

「其實沒什麼好說的，小奚把我們照顧得很好。」蕭世南看什麼都好奇，在蕭玨的馬車裡東摸摸、西瞅瞅，要不是奚雲在，甚至還想伸手摸摸蕭玨的龍袍。

看他跟剛出山的孫悟空似的，蕭玨好笑地對著奚雲擺擺手，讓他先出去。

等奚雲出去，蕭玨坐得筆直的身子也放鬆下來，靠在引枕上問蕭世南。「你還在怪你爹娘嗎？」

蕭世南已經偷偷伸手摸他的龍袍了，聞言一愣。「怎麼突然這麼問？」想了想說：「我不瞞你，我心裡肯定介意，但嫂子說了，那世子也沒啥好當，家裡沒我的地位，就沒了吧。我哥和嫂子把我當親弟弟呢，沈家總有我的位置。而且，不是還有你嗎？」

蕭世南摩挲著貢緞織造、比絲綢光滑不知多少倍的龍袍，誇張地哇了一聲。

「好滑啊！」

眼瞧蕭世南就要把袍角貼上臉，蕭玨連忙從他手裡搶過來。「等會兒還要穿著見人呢，別弄皺了！」

蕭世南努了努嘴。「小器！」

蕭玨忍不住笑起來，但因為馬車外全是伺候的人，只能壓著嗓子悶聲笑，笑夠了才道：「貢緞每年產量不多，但你要是喜歡，我回頭讓人送一疋給你。」

「一疋不夠吧？我嫂子跟阿霖也要，我們都有了，總不能不給我二哥。還有，阿楊沒過來，但不能漏了他吧。另外，我有個姓楚的兄弟……」

蕭玨佯裝生氣地說：「打住！真當這是街邊布莊有錢就能買到的啊？庫房裡總共就多了三疋，禁不起你這麼用！」

蕭世南也裝著心痛，遺憾道：「唉，三疋就三疋吧，下回得了多的，記得給我補上。」

「去你的！」蕭玨被他逗得肚子都笑痛了。

蕭世南就喜歡看他笑，在他印象裡，蕭玨正是這麼愛笑的，而不是人前板著臉、神情陰鬱的樣子。

笑鬧夠了，蕭玨才嘆口氣。「你心裡不介意那些就好。我剛看你沒去找你爹娘，還當你心裡邁不過那道坎呢。好男兒志在四方，一個區區國公世子算什麼？」

如今蕭玨坐擁天下，一個靠著祖上餘蔭的世子，在他看來，確實不值一提。

蕭玨聽了這話，呆愣一下。「什麼？我爹娘也來了？」

蕭玨無言，原來這傢伙根本沒看到英國公夫婦！虧他還以為蕭世南是心裡過不去，特地喊他同乘，想著開解他，結果純粹是他眼瞎？

幾人說了一路的話，此時馬車已經到了城西朱雀大街，榮國公府門口。

開朝兩國公，老英國公和榮國公是太祖麾下兩員大將，雖然一個是泥腿子出身，另一個是世家子弟，卻是戰場上過命的交情，後又一起封為國公，圈地開府時，就選在一處。是以英國公府和榮國公府只隔著半條街，幾步路工夫就到。

馬車停下，姜桃剛被沈時恩扶下馬車，就看到蕭世南一陣風似的從跟前颳過。

小旋風蕭世南經過他們的馬車，沒停下腳步，覺得不對，又跑回來幫姜桃抱下姜霖。

姜霖被他抱著下地，看他又跑開，也人來瘋地跟在他屁股後頭跑，邊跑邊喊：「小南哥，你要去哪裡啊？等等我！」

姜桃看他倆這言行無狀的樣子就頭疼，忙道：「別跑別跑，小南這是幹什麼？落了什麼東西嗎？」

蕭世南聽到姜霖的喊聲，站住腳，把姜霖往腋下一夾，答道：「我把我爹娘落下了！」

蕭玨也下了車，過來和姜桃他們解釋。

因為沒有外人，蕭玨沒再自稱朕，只道：「之前在城外，我看小南沒去找爹娘，以為他還在記恨世子之位的事。剛剛問了才知道，他根本沒看見他爹娘。」

這確實是蕭世南會做出來的事，姜桃好笑地搖搖頭。

英國公夫婦到底是沈時恩和蕭玨的長輩，雖然他們來迎接的對象不是姜桃，姜桃還是覺得，有必要去拜會一下。

而且，她不放心蕭世南一個人回去，怕他已經為了家族退讓，他爹娘還不知道心疼他。

於是，一行人去了隔壁的英國公府。

第八十四章

此時，英國公府的馬車也停穩了，白胖的英國公夫人曹氏搶先一步下車，見到已經等在門口的蕭世南，就放聲大哭。

「好孩子，剛剛你沒來尋我和你爹，我還當你是記恨我們了。」

蕭世南不好意思地搔搔頭。「娘，城外人太多了，我沒瞧見你們而已。」

曹氏從頭到腳打量他，心疼道：「你高了，也瘦了，不過樣子沒怎麼變，在城外一眼就能認出你了。娘早讓廚子做了你愛吃的菜，這就讓人開飯。」

她說著話，英國公也下了馬車，蕭世南素來怕這個威嚴的爹，見了他，便把姜霖放到地上，恭恭敬敬地行禮喊人。

方才英國公對蕭世南直接跟著姜桃他們走了的事，還有些生氣，但此時聽他解釋，心裡多少有些愧疚，沒再責罵他，只是跟從前一樣，嚴厲地道：「多大的人了，還這麼莽莽撞撞？半點沒有國公世子……公子的模樣！」

他素來愛教訓人，家裡只有蕭世雲那被當成眼珠子疼的不怕他，蕭世南只好又老老實實地認了錯。

姜桃一行人過來，正好聽見英國公教訓蕭世南。

姜桃臉上的笑淡下來，沈時恩和蕭玨的臉色也不好看。

「老爺。」曹氏拉英國公一下，夫婦倆對蕭玨行禮。

蕭玨面色淡淡地點頭。「今日咱們只按家禮來，姨公、姨婆客氣了。」

曹氏笑著打圓場。「家裡早就備好筵席，不如一道用午飯？」

沈家就在隔壁，但家裡沒個操持的人，府邸剛翻新，下人也沒挑選好，冷鍋冷灶，沈時恩不想姜桃趕路過來還要張羅，便點頭說好。

他開口了，蕭玨當然也沒意見。

一行人進了英國公府，英國公和蕭玨、沈時恩走在前頭。

其他人落後他們半步，蕭世南牽著姜霖，幫姜桃介紹。

「家裡倒是沒怎麼變，嫂子妳看，這塊影壁角落裡有個裂縫，是小時候二哥聽說我爹得了一根實心的狼牙棒，他好奇想看，讓我偷出去，結果走到門口，我就沒力，郎牙棒砸在地上，留下裂縫。地磚倒是方便更換，但影壁好像是前朝古物，我爹很喜歡，因為破損得不厲害，就一直擱著。

「啊，這道遊廊，小時候我最喜歡在這裡和小玨捉迷藏，他小時候可好玩了，每次都躲在同一個角落，把腦袋藏好，就以為旁人看不見了。

「花園的假山沒了，有一回，小玨被我哄著爬上去，卻摔下來。他爹沒說啥，我爹就把我好一頓罵，就再也沒見過那假山了。」

蕭世南的童年幾乎都是和沈時恩、蕭玨他們一道過的，如今一個是沈穩寡言的國舅，一個是少年老成的新帝，雖然人後可以和他們胡鬧，但人前還是要維護他們的形象，便只是壓著嗓子，小聲同姜桃介紹。

曹氏見到闊別四、五年的兒子，正是看他看不夠的時候，但蕭世南和姜桃笑著說話，還特地把聲音壓低，讓旁人聽不見，好像她這當娘的反倒成了外人似的。

但姜桃他們是客人，曹氏不好說什麼。

不久，一行人到了待客的正廳，英國公等人落坐，蕭世南還在和姜桃說笑。

曹氏心裡酸澀，轉頭去了灶房，盯著下人準備午飯。

片刻後，蕭世雲尋過來，進了灶房就笑道：「娘怎麼親自來這種地方了？忙活一上午，仔細別累壞了身子。」

蕭世雲十四歲，面容和他哥有五、六分相似，不過不同於蕭世南的陽光俊朗，他稍顯瘦弱，面色也比一般人差些，卻是文質彬彬。

他素來貼心，曹氏怕灶房的煙火氣燻壞他，把他拉到外頭。

「你身子本就不好，下床了亂跑什麼？」

蕭世雲斂眉，慚愧道：「我做弟弟的，本該親自去接大哥，身子骨卻沒用得很，喝了藥，躺到方才才好些。」

「這有什麼，你身子骨本就弱，你大哥肯定會體恤你。你別想這麼多，先去前頭和你爹他們說話。皇上來了，你二表哥和二表嫂也一道過來了。」

蕭世雲聞言一愣，眼中閃過一絲異色。「二表嫂？」

曹氏看他愣住，解釋道：「你二表哥在外頭成了親，是個秀才家的姑娘。前幾天我和你爹就知道了，但那會兒你不是身子不舒服嘛，才沒特地和你說。」

蕭世雲很快收斂起自己的情緒，點頭道：「原來是這樣。」

見菜色準備得差不多，曹氏又吩咐廚房的人幾句，便帶著蕭世雲出去了。

母子倆去了前廳，曹氏笑呵呵地把蕭世雲介紹給眾人。

蕭玨和沈時恩對他並不陌生，不過他自小體弱，和他們玩不到一處，只有普通親戚間的來往。

姜桃第一次見到蕭玨時，因為他眉眼間和沈時恩有幾分相似，對他有莫名好感。

蕭世雲和蕭世南是親兄弟，長得更為相像。但或許是因為世子之位的事，或許只是沒有眼緣，姜桃第一眼見到蕭世雲，就覺得背後涼涼的。

這種感覺很奇怪，明明對方只是個少年，十分客氣有禮地喊她二表嫂，但他的眼神……讓她很不舒服。

不過，兩人沒說上幾句話，英國公把蕭世雲喊到身邊，主動把話題扯到蕭世雲身上，言談間，對這個兒子很是滿意喜歡。

他的目的很明顯，就是讓蕭玨別猶豫了，請封世子的摺子，該批就批了吧。

蕭玨和沈時恩面上不顯，心裡自是清楚。

姜桃也聽出了英國公的意思，轉頭去看蕭世南。

蕭世南大概是唯一沒聽懂的，在旁邊樂呵呵地陪笑，笑完還問他娘。「這幾年小雲看著沒怎麼變，還是那麼瘦，是不是身子依然不怎麼好？」

說到這個，曹氏也打開了話匣子，滿臉慈愛地道：「你弟弟的身子骨素來不如你，前些年，咱們家被禁足，不得外出，吃穿用度都得請人送。我和你爹苦些便罷，可你弟弟的補藥斷了，實在讓人心疼。如今我什麼也不指望，希望他平平安安地長大就好。」

男人們坐在一邊說話，姜桃和曹氏坐在另一邊，把她的話全聽到耳朵裡。

姜桃面上依舊帶著笑，但沒人察覺的時候，已經氣得深呼吸好幾下。

聽聽這話說的，在家裡不能出去，可吃穿用度有人往裡送，小兒子少吃點補藥，就是辛苦了！

蕭世南是正經當了幾年苦役啊！英國公府的生活，和他經歷的那些相比，也配說一個「苦」字?!

而且，什麼叫「不指望他什麼」，世子之位都想給他了，還要什麼指望？難道還想讓他當皇帝去？

是因現在身分不同，場面上的禮儀得維持住，不然依著姜桃心性，這會兒就該說這對偏心眼的夫妻了！

姜桃正氣著，下人來說午飯準備好，可以上菜了。

英國公祖上是農人，因此飯桌上的規矩不大，下人布好菜，就退到一邊。

英國公請蕭玨坐上首，眾人依次落坐。

因為是家宴，這頓飯沒有特地分桌，好在英國公府的桌子和門第一樣氣派，幾個人依次坐下，也不擁擠。

蕭玨先動筷，其他人才開始吃。

姜霖早就餓了，但他在人前是很乖巧的，一直沒吭聲，聞著飯菜的香味，肚子小聲地咕嚕兩下。

蕭世南哈哈一笑，問他想吃什麼？就要幫他挾菜。

姜霖會自己吃飯，不過個子小，坐在英國公府高大的飯桌前，只露出一個小腦袋。

姜桃笑著擺擺手。「你別管他，我來照顧他就成。」

蕭世南這才吃起來，趕了一上午的路，吃的又是最喜歡的家鄉菜，胃口格外好。

蕭玨和沈時恩、英國公他們，則是一邊喝酒、一邊說著朝中無關痛癢的事情。

姜桃替姜霖挾了幾筷子菜，偏過頭的時候，發現曹氏正在瞧她。

方才兩人已經見過禮，曹氏也知道她是秀才家的姑娘，但看她不論福身行禮還是用飯禮儀，都好得挑不出半點毛病來，不覺多打量了幾眼。

兩人目光對上，曹氏只能找話題來跟她說，因為不相熟，年紀和身分閱歷都不同，能問的也就是「家裡幾口人啊」、「在家裡過得怎麼樣」、「路上辛不辛苦」之類的話。

姜桃不喜她偏心小兒子，但此時也不能下她的面子，一一答了。

兩人寒暄一陣，姜桃眼疾手快地一邊按住姜霖、一邊對著蕭世南微微抬下巴。

這一大一小是不老實的，看曹氏一直在和她搭話，便想偷酒喝，已經打了好一陣眉眼官司了。

蕭世南的酒盞已經捏在手裡，姜霖則是試圖從椅子上下來。

姜桃一直在和曹氏說話，但帶了那麼久的孩子，早練就眼觀四面、耳聽八方的本事，把他倆的小動作看得一清二楚。

被她一按一指，大的放下酒盞，小的又坐回原位。

曹氏訕訕地笑道：「妳家弟弟年紀小，不能碰酒，但小南這麼大了，難得高興，就喝一點吧。不過，他們喝的陳釀確實酒勁大，小南想喝，我讓人拿些果酒來。」

蕭世南哪敢啊，連忙擺手。「我不喝，我不喝。」說著，小心翼翼地用眼角餘光打量姜桃的臉色。

曹氏見狀，心裡更酸，她親生的兒子啊，十六、七歲的人了，在家喝個酒，還看外人的臉色？怎麼都讓當娘的心裡難受。

「您別縱著他。」姜桃對著曹氏笑了笑。「他路上水土不服，吐了好些天。今遭吃這麼些大葷，已經對腸胃很不好，要是再喝酒，等會兒大概又得蔫了。」

起初曹氏看蕭世南對姜桃那股親厚勁兒，就泛酸了，此時再聽到這話，心裡的滋味更別提了，就一個字，酸！

但姜桃的話又挑不出錯處，她只能僵著笑。「原來是這樣。」

蕭世南連忙擠眉弄眼地求饒，卻沒敢出聲辯駁，因為知道姜桃已是在人前給他面子了，不然在家裡，他敢在腸胃不舒服的時候喝酒，姜桃手裡的筷子肯定要打到他手背上，不會光是指指他示意。

他出去這幾年，算是無病無災地長大。但到底吃過苦頭，早些年餓一頓、飽一頓的，壞了腸胃。

姜桃剛和他住在一起時，並不知道，那時也沒什麼錢，他們姊弟身上又戴孝，家裡很少有大葷。偶爾買點肉給他和沈時恩打牙祭，一頓半頓的，也沒看出來。

但家裡環境越來越好，肉食吃多後，蕭世南的腸胃毛病便慢慢冒出來，消化不好，容易脹氣嘔吐。

姜桃帶他看過大夫，大夫說這不是什麼大毛病，也不用吃藥，日常注意些就好了。

之後，姜桃幫姜楊燉補湯，他也跟著吃湯湯水水，很久沒再犯病。

這回上京，蕭世南玩得太瘋，姜桃看他回家高興，也沒攔著，他得意忘形，又犯了胃病，好一通吐，去醫館裡瞧過，大夫還是同樣的話，不是大毛病，養著就好。

於是，最近蕭世南吃得十分清淡，今天這桌菜是曹氏替他準備的，姜桃才沒攔著他吃。只吃菜便也罷了，他還想喝酒，姜桃自然得攔著。

「好好，不說。」姜桃笑著點頭，轉頭又用蕭世南能聽到的聲音，對沈時恩道：「他這幾天瘋得很，我壓不住他。還是你這當哥哥的來。」

沈時恩彎唇，點頭道：「辛苦夫人，後頭還是由我來管教。」又對蕭世南道：「你不是一直想學刀法，明天我開始教你，一天練兩個時辰。身體好了，便沒那麼多小毛病。」

蕭世南聞言，頓時覺得眼前的佳餚一點都不美味了。

沈家刀法，他是想學啊，但剛回到京城，山珍海味、高床軟枕，他什麼都還沒享受到呢，怎麼又要過苦行僧的日子了？

萎靡的蕭世南覺得飽了，不再胡吃海喝。

蕭玨看他懨懨的，強忍住笑意，吩咐宮人回宮去取貢緞。

等他們吃完飯，宮人就把貢緞送過來了。

蕭世南是個好哄的人，摸著滑溜溜的緞子，立刻眉開眼笑。

蕭玨看他已經好了，就說宮裡還有事要處理，沈時恩和姜桃也跟著告辭。

飯後，曹氏特地拉著蕭世南說話，很想消除方才察覺到的隔閡。

蕭世南乖巧，他娘問什麼，就答什麼。

曹氏一陣恍惚，到底是親生的孩子，和從前一樣懂事乖巧，方才應該是自己多想了。

但當英國公把沈時恩和姜桃他們送到廳外時，蕭世南也跟著站起身。

曹氏忙問：「你要去哪兒？」

「回家啊。」蕭世南有些莫名其妙。

這話一出，曹氏忍不住落淚，小聲嗚咽著哭起來。

蕭世南懵了，搔著後腦勺問：「娘怎麼了？您哭啥？」

曹氏顧著哭，不說話，蕭世雲走到曹氏身邊，撫著她的肩膀，溫聲勸慰。「娘莫要傷心，大哥不是故意的。」

這不勸還好，他一勸，曹氏的眼淚流得更凶。

英國公沈下臉，訓斥道：「一回來就惹你娘哭！還有，你剛說的那叫什麼話?!」

英國公府才是蕭世南的家，他要跟著沈時恩和姜桃回去，可不是把英國公夫婦氣著了。

可是，蕭世南覺得自己沒說錯啊，沈家不是他的家嗎？

大家族會分家，而且世子之位都是弟弟的了，繼承門楣的人留在家裡，其他人就得出府。他早晚搬出去住，早一些也沒什麼？

他爹娘這樣，怎麼好像他說了多麼大逆不道的話？

沈時恩也轉過臉說他。「雖然你沒說錯什麼，但你當人兒子的，惹你父母不悅了，還不快賠罪？」

蕭世南並不覺得自己做錯什麼，但他素來聽沈時恩的話，便很快地道歉。

「這孩子讓他嫂子縱得太過。姨丈跟姨母多擔待些，看我回去怎麼罰他。」

姜桃順勢道：「我的錯，是我沒管教好他。」說完又轉頭去看蕭世南。「還不快走？嫌不夠惹你爹娘生氣？」

蕭世南不敢再說話，耷拉著腦袋，跟他們一道走了。

這時，心思沒有曹氏敏感的英國公都發覺不對勁，他們……好像把兒子搞丟了？

但沈時恩和姜桃方才的話，又是向著他們說的，聽著沒什麼毛病，就是給人的感覺太奇怪了。

自家孩子去了別人家頑皮，當父母長輩的，肯定會當著人的面，讓孩子低頭認錯，但是，言語間回護的意思是很明顯的。

可蕭世南明明是他兒子，怎麼平白無故成了旁人家的孩子？

英國公夫婦心裡不好受，蕭世雲遂在旁邊勸道：「爹娘莫要傷懷，想來是大哥還在記怪我搶他世子之位的事。兒子私心覺得，沒有什麼比家裡和睦最重要的。這樣吧，我去和大哥說，我不同他搶世子之位了。」

蕭世雲說完，就要往門外走。

英國公想攔他，卻見他突然猛烈地一陣咳嗽，咳得站都站不穩，扶著門框才穩住身形。

英國公夫婦也顧不上想蕭世南是不是同他們離了心，兩人上前，一左一右扶著蕭世雲。

「兒啊，別再鬧了，你身子不好，待了一天客，該休息了。」曹氏說著，喊下人來攙他回房。

蕭世雲戚然道：「可是大哥那邊……」

英國公蹙眉。「你當弟弟的這般為他著想，他當哥哥的，難道還能對你沒有半點愛護之心？世子之位就是你的，你不要同你哥哥謙讓了，先好好休息再說。」

蕭世雲這才被下人攙扶著離開了。

第八十五章

另一邊，出了英國公府的門，姜桃就拍拍蕭世南的背。

「怎麼，真不高興了？剛剛我們就是場面上說你兩句。不是真的怪你。」

蕭世南點點頭，就像之前姜霖在蕭玨面前說錯了話，挨王德勝的訓斥，姜桃也是先說自家弟弟不對，幫著賠禮道歉，其實心裡還是護著他。

「我不是氣二哥和嫂子說我，但我……唉，說不上來，就是心裡不舒服。」

「不舒服就別想了。走，帶我去看看你說的水榭，我真好奇，什麼樣的屋子那般好，讓你們兄弟倆搶著要。」

蕭世南想到自己能搬進小時候夢想中的地方，立刻來了精神。

三人說笑著，回了隔壁榮國公府。

榮國公府是剛修葺的，一草一木都是新移過來，處處透著一股氣派勁兒。門口兩隻大石獅子不怒自威，栩栩如生，光是這個，便造價不菲。

姜桃還沒進去，看著新鑄造的銅門就笑。「還真做了個銅的？」

沈時恩跟著彎唇。「早跟妳說好的，也不是什麼難事。」

姜桃上前摸了摸，又是一陣笑。「這下子，真不用擔心有人敢來踢咱家的門了。」

進了府，遊廊假山、亭臺樓閣，飛簷翹角、雕梁畫棟自不必多描述，姜桃看得一陣眼花撩亂。

從前她當過侯府嫡女，自認為有些見識，但寧北侯府和眼前的榮國公府，完全不可相提並論，連隔壁的英國公府都及不上這裡的一半氣派。

「這個修建得會不會太……」姜桃猶豫著不知道怎麼說，總覺得就算是國公府，也不該這般富麗堂皇。

「沒事，是小珏畫的圖紙。」沈時恩猜到她的心思，解釋道：「之前我隨小珏住在宮裡，之後又為家裡平反的事情奔忙，舊宅修葺是他監督的。」

聽說是蕭珏督造，姜桃就不說什麼了。

半晌後，他們去了蕭世南心心念念的水榭，眼下雖然入秋，但天氣依然炎熱，小湖裡的荷花依舊開得娉娉婷婷。

水榭在湖中央，地方不大，只有兩間屋子，但推開窗就能把湖中風景盡收眼底，呼吸間都是濕濕潤潤的草木味道，從窗戶探出身，還能直接採到蓮蓬，確實是個很雅致的地方。

蕭世南生怕沈時恩後悔，進了屋就脫下鞋襪，撲到床榻上，打著哈欠說睏。

姜霖也跟著打哈欠，揉起眼睛。

蕭世南喊他一道睡，然後開始趕人。

「嫂子趕了那麼久的路，回去歇著吧。二哥和嫂子分開這麼久，還不快陪陪她？」

姜桃和沈時恩哪裡不知道他的小心思？但自家弟弟，還是和過去一樣寵著。

「睡吧。」姜桃把窗子關掉一半，擋住一些帶著涼意的湖風，便拉著沈時恩離開了。

兩人去了正院，奚雲已經把姜桃他們的行李送過來。

姜桃坐在桌邊拆包袱，整理行李，沈時恩在旁邊陪著她忙活。

「妳是不是不高興了？」

姜桃手下不停，低低地嗯了聲。

她確實不高興，不然也不會用那樣的口吻和曹氏說話。

曹氏為蕭世南的話哭了，但其實是因姜桃的言語，讓她覺得自己和親兒子產生了隔閡。

姜桃又整理了一會兒，把手裡的衣服往桌上重重一放。

「小南怎麼就這麼好脾氣呢？今天他們夫婦倆的話，我聽著都刺耳。還有，飯前英國公夫人把桌上的菜餚位置換了下，將清淡的菜全換到蕭世雲面前，想也知道那些都是他喜歡的。我看其中有一道翡翠蝦仁，也是小南很愛吃的。若他們不是小南的親生父母，若他們不是你的長輩，又幫過你，我真是……」

姜桃真是了半天，也沒說完後頭的話，沈時恩便問她。「妳待如何？」

姜桃也不知該如何，反正是不會讓蕭世南回那個家了。英國公夫婦偏心，不是十惡不赦的大錯，要他們的性命也過分，但就是不想讓他們好過，一時間還真想不到該怎麼對付。

「好了，別生氣。」沈時恩把她拉到身邊坐下，輕輕捋著她的後背，幫她順氣。「面子上過得去就成了，既然不喜歡，往後少來往就是。」

姜桃被他勸慰著，氣順了不少，又忍不住笑道：「說得好像只有我生氣而已，剛剛你特地說，要傳小南刀法。我看那話一出，英國公臉上僵了一下，裡頭是有什麼緣故嗎？」

沈時恩抿了抿唇。「被妳瞧出來了。那是一套古刀法，名字已不可考，我家先祖得到後，一直在家族內傳承，又經過幾代人的改良，便乾脆稱作沈家刀法。」

都叫沈家刀法了，傳給蕭世南的意思不言而喻，認可他沈家人的身分，比姜桃言語裡打的機鋒直接多了。

「這樣也好，讓他們知道小南是咱們家的人，可不是他們召之即來、揮之即去，予取予求的。」姜桃在沈時恩面前，沒那麼顧忌形象了，孩子氣地恨恨道：「咱們白撿個好孩子，難受死他們！」

沈時恩看著她可愛的樣子，又彎了彎唇角。

英國公府這邊，英國公和曹氏在目送蕭世雲離開之後，想到儼然成了沈家人的蕭世南，心裡確實是如姜桃說的一般——難受死了！

揮退下人，曹氏難受得直掉眼淚。「咱們家的兒子，怎麼只認沈家人呢？現下還住到沈家去，時恩還要傳他沈家刀法……我十月懷胎生下的兒子，怎麼就成了別人家的呢？」

英國公也是面色鐵青，雖然他打的主意就是讓蕭世南靠著沈家另謀出路，但這時候的人，哪有不重視傳承的？養到十幾歲才送出去的兒子，不過在外頭住了四、五年，就全然不把爹娘放在心上，如何讓他不難受？

但不論把蕭世南送出去，還是替蕭世雲請封世子，都是英國公決定的，難受也得忍著，遂道：「有什麼好哭的？他真靠上沈家，不認我們這對父母，蕭家也不缺他這個不肖子！」

「小南同咱們離了心，老爺怎麼還這般說話？」曹氏看著英國公的眼神裡，滿是怨懟。

英國公也正是氣不順的時候，兩人吵了幾句嘴，各去休息了。

用晚飯時，曹氏時不時望著門口，想著蕭世南或許是剛回京，還沒習慣，這會兒總該回來了吧？

「娘，別看了。」蕭世雲體貼地挾菜到她碗裡。「您想大哥，明天我陪您接他回來。」

「他自己不回家，還要你們去接?!」英國公氣得把筷子往桌上重重一拍。

看他真的氣了，曹氏不敢再提。

一頓飯還沒吃完，蕭世南便過來了。

他進屋之後，先喊人見禮，發覺屋裡的氣氛似乎有些不對勁。

「唉，你總算回來了。」曹氏站起身，拉他坐下。「快來跟你爹說幾句好話。」

英國公的臉色這才和緩些，天黑還知道回來，總算沒忘了自己姓蕭！

蕭世南不知道英國公為什麼生氣，而且從小就沒給過他好臉色，哪裡敢在這個時候觸英國公的逆鱗？

他沒坐下，擺手道：「不了不了，家裡要了醉香樓的席面，等著我開飯呢。」

他不提「家」這字眼還好，提了，英國公更是氣得吹鬍子瞪眼，拍著桌子問：「那你不回家吃飯，跑來這裡做什麼？」

蕭世南以為英國公正在氣頭上，拿他撒氣呢，忙道：「這就回去。娘，快把小玨送我的貢緞找出來，中午走得急，我忘記拿。馬上就是太皇太后的壽辰，得趕緊讓我嫂子做幾身體面衣服進宮穿。」

曹氏怎麼也沒想到，蕭世南是特地回來拿貢緞，一時間不知道說什麼好，只能轉頭去看英國公。

英國公煩躁地擺手。「給他給他！」

曹氏便喊來管庫房的嬤嬤問：「緞子呢？」

嬤嬤面露難色道：「緞子收到庫房，下午繡娘幫二公子裁衣時，拿去用了。」

蕭世南恨不能拿了東西立刻走，聽了這話，也不往門邊竄了，急道：「我的東西，憑什麼不問過我就用？」

嬤嬤也是無辜，午時在屋裡伺候的下人裡並沒有她，後來曹氏因為蕭世南正傷懷著，喊她過來，讓她把料子收好，也沒說清楚。

下午，繡娘替蕭世雲量身裁衣，蕭世雲提起那料子，繡娘便拿他的腰牌去庫房取。

府裡都知道蕭世雲是英國公認定的世子人選，往後偌大家業都是他的，嬤嬤雖覺得這緞子是沒見過的，但也沒作他想，就把緞子拿給繡娘。

聽了嬤嬤的解釋，曹氏為難地看向蕭世雲。「小雲，你怎麼用了你哥哥的東西？那是皇上賞給你哥哥的，乃御賜之物。」

蕭世雲立刻道歉。「我沒想那麼多。只想著哥哥和咱們是一家，而且他沒有帶走，可能就是孝順爹娘的。正好下午繡娘替我量身，我想著爹娘也該添置新衣了，便讓繡娘拿我的腰牌，取緞子給爹娘做衣裳……」

曹氏聽了，把府裡的繡娘喊來，一問果真如此，她是拿著蕭世雲的腰牌領東西，卻不是給他做新衣，是聽了他的話，替英國公夫婦做的。

曹氏想著，這是蕭世雲的一片孝心，不好再責怪他，只得有些尷尬地同蕭世南解釋。

「小南，你弟弟不是故意的。這樣吧，娘帶你去開庫房，你多選幾疋好料子，不光給你嫂子做，你自己也得做幾身新衣裳。」

方才蕭世南很生氣，但聽說是給爹娘做的，不好再發難，只是仍舊對蕭世雲擅自處置他的東西感到不悅。

一會兒後，曹氏帶蕭世南去了庫房。

過去幾年，英國公夫婦被軟禁起來，但到底積攢多年家業，蕭玨登基時也封賞了舊臣，庫房裡的好料子還是很多的。

蕭玨摸摸看看，覺得都不如蕭玨給的貢緞，但不要白不要，還是拿了好些料子。

他拿完，覷著英國公鐵青的臉色就要走，走前還不忘問繡娘。「我的緞子呢？」

繡娘懵了，事情不是已經結束了，怎麼又問起來？

但對方是主子，繡娘只能老實回答道：「給老爺和夫人裁衣服了啊。」

蕭世南從前不了解這些，但姜桃一直在做繡品，耳濡目染之下，也懂些皮毛，道：「我知道，但是下午才拿的料子，這會兒總不會已經製成衣裳了吧？」

繡娘說：「這倒沒有，只是按著老爺和夫人的身量裁開來。」

蕭世南點點頭。「我猜著就是這樣，畢竟不是人人都像我嫂子那樣，刺繡裁衣又快又好。妳把裁好的料子拿來吧。」

別說繡娘，連曹氏都沒想到，蕭世南連裁好的料子都想拿回去。

這時，英國公壓不住怒火了，拍著桌子大吼。「全給他，讓這不肖子拿著東西快滾！」

英國公是爆炭脾氣，但如今年紀大了，加上被軟禁好幾年，已經不像從前那樣愛發火，現在看他氣得目眥盡裂，一時間廳內眾人都噤若寒蟬。

繡娘取來貢緞，雖說是按著蕭世雲的吩咐，只替英國公夫婦裁衣，但貢緞一共有三疋，多的那疋，她就按著蕭世雲的身形裁了。

蕭世南也不嫌棄被裁的料子零碎，捲起來疊到其他料子上，抬著半人高的布疋就走。

英國公瞪著他的背影，覺得一股邪火要湧上頭頂。

「爹別生氣，是兒子做錯了。」蕭世雲自責。「我設想不周，不問自取，是我對不住大哥，不怪大哥。」

英國公怒道：「你別再替那逆子說話，你是有不周到的地方，但到底是一片孝心。那貢緞難得，但也不是多稀罕的東西，皇上能送他一回，下回難道就捨不得了？誰能想到，他連一點布料都捨不得給爹娘兄弟用？他就是目無尊長，小白眼狼……」

他罵著罵著，胸口劇烈起伏，眼看連坐都坐不穩了，曹氏連忙讓人送上熱茶，站到他身後幫他捋背順氣，勸他要以身子為重。

蕭世雲站在英國公身旁，跟著勸解。但誰都沒有注意到，他眼中飛快閃過了一絲笑意。

沈家這邊，下人已經把醉香樓送的菜布到桌上。

醉香樓最有名的醬肘子、醉雞、醉鴨、酒糟魚、醬爆乳鴿等吃食擺滿一桌。

姜霖睡了一個長長的午覺，早就餓了，坐在桌邊看著菜，猛嚥口水。

不過，他沒吵著要先吃，因為家裡的規矩是要等人齊了，才能開飯。

等到蕭世南捧著一大疊料子回來，姜霖眼睛一亮，立刻轉頭看向姜桃。

「吃吧。」姜桃把筷子塞到姜霖手裡，讓他自己吃飯，轉頭喊蕭世南把東西放下，一道坐了，然後問他。「怎麼去了這樣久？而且我記得你方才出門時說過，小玨只送了你三疋緞子，怎麼拿回這樣多？」

蕭世南肚裡也有氣，回來看到家人都在等他開飯，氣才消下去一些。

他拿下人呈上來的濕帕子擦手，答道：「別提了，早知道中午就不該忘記的。」把方才發生在英國公府的事說了，又道：「料子都被裁開，嫂子的手藝雖然巧奪天工，但我不確定還能不能用，便全帶回來了。」

姜桃點點頭，笑道：「一點小事罷了，值得你黑著臉回來？家裡也不缺這麼點料子。」

下午姜桃沒睡，沈時恩拿庫房的冊子給她過目。沈家早年遭了大災，但蕭玨登基後，把之前從沈家沒收、繳進國庫的東西全歸還了，另外還添了不少。衣料算是最多的，就算姜桃他們一人做上二、三十身換洗衣物，也是足夠的。

「我知道，但那是我磨著小玨給我的。貢緞每年都有定量，就算有多的，也是給後宮的貴人們用。如今小玨尚未成婚，那料子堆在庫房裡，他能用來送人，往後有了皇后妃嬪，我總不好和她們爭搶。

「而且，我雖然是按著咱們家的人數向小玨討的，但其實我自己不要，想給嫂子多做兩身衣服。可我爹不知生的哪門子氣，打我回去就看我不順眼，我拿料子回來時，他眼裡都快噴火了，活像要生吞活剝我似的。」

「沒事。」姜桃把特地幫他點的翡翠蝦仁挪到他面前。「這不是都拿回來了嘛，既然被裁了，那我改一改，各給你們做身寢衣，不是正好？那貢緞珍貴，我要真穿去赴宴，不知道要惹多少人眼紅。」

蕭世南被她哄著，吃起了菜，總算沒那麼氣惱了。

姜桃讓姜霖不用再忌口，多吃些肉，才能把趕路時的清減補回來，但她自己還是守著規矩，看著肖想數年、近在咫尺卻不能碰的醬肘子，多看幾眼就當吃過，用肉湯拌著，也多吃了半碗飯。

飯後，蕭世南帶著姜霖回水榭，兩人對那地方還沒稀罕夠呢。

姜桃叮囑他們，開窗只能開一半，晚上睡覺也得把被子蓋好，然後就放他們去了，自己拿出針線笸籮，把被裁開的貢緞按著自家人的身形重新剪裁。

沈時恩在旁邊拿著一卷兵書慢慢看著，兩人安安靜靜待了一會兒，沈時恩開口道：「妳不生氣？」

姜桃在弟弟們心裡，是最溫柔、最開明的姊姊，唯有沈時恩知道，其實她還有孩子氣的一面。

而且，她護短是出了名的，中午在英國公府時，蕭世南只是心裡不舒服，她這當嫂子的卻是氣得不輕。

如今，本該屬於蕭世南的緞子被蕭世雲用了，明明是他不對在先，卻從中搗鬼，攪得英國公對蕭世南更加不滿。

沈時恩從蕭世南的話裡聽出來，姜桃當然也知道。

她不緊不慢地做著針線，彎唇笑道：「我為什麼要生氣？我是那種小心眼的人嗎？」說著，側過臉似笑非笑地看沈時恩，秀美臉龐在燭火的映襯下，極為好看。

沈時恩把「妳是」兩個字嚥回肚子裡，放下兵書就去抱她。

兩人分別數月，姜桃很想他，乖乖任由他打橫抱起，雙手圈住他的脖子。

國公府的床榻寬闊，放下厚重的帷帳，宛如到了另一個世界。

姜桃躺在他身下，承接著他濃烈的深吻，理智湮滅的前一刻，還不忘提醒他。「我趕了一上午的路呢，不然還是先沐浴？」

箭在弦上，沈時恩如何肯停下，含糊道：「沒關係，等會兒再洗，也是一樣的。」

「那魚鰾……」

「妳來之前，我就備好了。」

姜桃笑著捶他的胸膛。「虧我今天還覺得你瘦了，想著你過去兩個月肯定忙壞了，怎麼還有心思準備這些？」

沈時恩不答話，只是繼續親她。

姜桃頭腦發昏，終於顧不上說話了。

厚重的帷帳內，只餘喘息和嚶嚀聲……

夜深人靜時，姜桃終於緩過勁來，起身去洗漱。

沈家的下人還少，但幹粗活的家丁和小丫鬟卻是有的。

灶上備著熱水，幾個小丫鬟一人提半桶，很快就把浴桶的熱水裝滿。

姜桃看她們不過八、九歲的樣子，睏得睜不開眼了，還想著伺候，就讓她們去睡，不必守夜。

沐浴完，姜桃披著頭髮去廂房。

正院廂房裡，雪團兒剛睡醒，正趴在墊子上伸懶腰。

之前牠被蕭玨和沈時恩先帶回京城，也跟著去皇宮小住。

皇宮裡有個鹿苑，專養珍奇異獸，也有專門伺候的宮人。

兩個月的工夫，雪團兒被精心照料著，體型又大了一圈，吃的都是專門為獸類準備的吃食，皮毛越發順滑，摸起來像緞子似的。

下午，蕭玨讓人送牠回來，那會兒姜桃在忙著看府裡帳冊，只陪牠一下。現在看到姜桃特地來看牠，如鞭子般的尾巴高高豎起，又捲起來，依戀地用頭輕輕蹭著姜桃的手心。

「明天，要讓你幫我個忙喔。」姜桃笑咪咪地摸著牠的大腦袋。

第八十六章

英國公府內，曹氏整晚都睡得不安生。

本想著蕭玨登基，大兒子回來了，一家團聚，家裡的日子會越過越好。

可不過短短一天，現實就狠狠打了曹氏一耳光。

大兒子是回來了，卻把自己歸到沈家人裡，心心念念想著的，都是他哥跟他嫂子，親爹親娘反而成了外人。

昨晚又因為貢緞的事大鬧一場，英國公氣得提到蕭世南就罵，家裡反而比從前還亂。

第二天一早，英國公去上朝，曹氏終於得了機會，等到天光大亮，喊丫鬟備了一堆禮物，再喚上蕭世雲，去了榮國公府。

與此同時，沈時恩也要上朝了，臨走前，去喊蕭世南起床。

前一日，他說了要教蕭世南刀法，儘管是為了氣英國公才特地提，但說了便要做到。

蕭世南頂著蓬亂的頭髮，被沈時恩從被窩裡拎出來。

秋日的早上頗為凍人，但他不敢反抗，吸著鼻子，看沈時恩示範一遍，然後在他面前學了一遍。

他讀書不成，武藝方面倒還有些天賦，也有些底子。看過一次，他使刀的樣子像了四、五分，卻沒有一夫當關，萬夫莫開的氣勢。沈時恩也沒逼著他一天就學會，他去上朝後，讓蕭世南繼續練基礎的功夫。

等沈時恩一走，蕭世南就想回去睡覺，但隨後看到站在幾步開外、緊盯著他的下人，邁出去的腿只能蔫蔫地收回來。

唉，這種時候就覺得，還是從前家裡人口簡單來得舒服！

他認命地蹲了一個時辰的馬步，直到天光大亮，姜桃起床，才找人喚他和姜霖用早飯。

蕭世南軟著腿去了正院，見了姜桃就開始告狀。

「我起來的時候，天還黑著呢！早上太冷了，我一直發抖呢。冷就算了，兩個時辰，我根本沒歇過，二哥太狠了。」

姜桃看他哭喪著臉，只能忍住笑說：「學新的東西，哪有不辛苦的？你看阿楊讀書也是天黑的時候起，深夜的時候睡。要是你真覺得辛苦，我去和你二哥說說如何？」

蕭世南想笑，又故作猶豫道：「這樣不好吧。」

「沒事，我去說就是了，反正也不只練武一條路子。冬天之前，衛家也會上京，到時候你跟從前一樣，和阿霖他們一道去衛家上課。」

姜霖正在小口小口地吃著蒸餃，聞言眼睛一下亮了，滿懷希冀地看向蕭世南。

蕭世南連忙擺手。「剛剛我的話還沒說完，練武辛苦一點很正常嘛，二哥是為我好，才督促著我學，我不是不知道好歹的。」

他是真沒長讀書那根筋，過去一年多，日日去衛家上課，但就是當一天和尚撞一天鐘，做做表面工夫罷了。這已經讓他難受得不得了，千盼萬盼回了京，可不想再和筆墨打交道。

姜桃聽他口風轉得飛快，笑道：「你知道就好。你哥出門前跟我說過，等吃完早飯，得盯著你繼續練。」

蕭世南認命地喝粥吃點心，吃飽了才有力氣練功啊！

用完早飯，蕭世南去院子裡練功。

姜桃是真心想讓他好好練的，世子之位沒了，儘管沈時恩和蕭玨都會照拂他，但旁人再有本事也是旁人的，他們看顧不了蕭世南一輩子，什麼都比不上自己立起來可靠。

於是，她讓人把桌椅搬到廊下，一邊做針線、一面邊監督他練功。

姜霖覺得好玩，也似模似樣地學著蕭世南蹲馬步、打拳。

這時，下人來報，說英國公夫人帶著蕭世雲過來了。

兩家是親戚，不用講究太多規矩，姜桃沒請他們去待客的正廳，只笑著讓人把他們帶進院子，轉頭喊來小丫鬟，在她們耳邊輕聲吩咐幾句……

半晌後，英國公夫人和蕭世雲來了正院。

院子裡的花樹下，蕭世南和姜霖並排站著練功，大的那個拳腳生風，有模有樣；小的那個白白胖胖，努力模仿。

姜桃滿眼笑意，時不時抬頭看他們，見他們要開始嬉鬧了，就道：「可別偷懶，不然告訴你哥。」

這畫面怎麼看，都是一幅令人愉快的溫馨情景。

前提是，其中一個不能是自己的親兒子！

曹氏進來見到後，心裡就更不舒服了。

姜桃瞧見曹氏過來便起身，讓下人在廊下添了把椅子。

她雖是曹氏的晚輩，但如今是榮國公府的女主人、蕭玨親自去城外迎接的舅母，論身分並不比英國公夫人低，所以請曹氏坐下之後，她又坐回原位，蕭世雲只能在旁邊陪站。

曹氏心疼兒子，覺得姜桃不怎麼懂事，雖然兩家是親戚又是鄰居，但過門是客，哪有讓客人來了站著的道理？

姜桃看出她的意思，心道十四、五歲的人了，在廊下站一會兒算什麼？蕭世南都練了一上午的功了。

而且，身為資深的病秧子，姜桃觀察著，覺得蕭世雲的身子骨並沒有那麼弱。面色是比常人差些，但步伐沈穩、呼吸均勻，說話時中氣也足，別說與她從前病重時相比，早些時候姜楊的樣子都比他虛弱。

唯有英國公夫婦那種偏心眼的人，才把這麼大的小子捧在手心裡，當小孩兒疼。

「娘和表嫂說話，兒子站著就成。」蕭世雲溫和地笑了笑。

曹氏回他一個誇獎的眼神，而後才和姜桃說起話來，說的當然是蕭世南的事。

「這孩子在外頭待久了，像忘了我跟他爹似的。我知道他心裡有怨，但是我們當父母的，哪有不心疼孩子的？這些年，我想到他在外頭就哭，若不是小雲懂事，每每勸慰，我的眼睛早該哭壞了。」

姜桃知道曹氏沒說假話，她和英國公確實疼愛蕭世南，但偏心也是真的。說得難聽點，如果蕭世南和蕭世雲只能活一個，這夫妻倆不會猶豫，立刻選小兒子。

不患寡而患不均，這種愛讓人窒息，幸虧蕭世南度量大，又和姜桃他們親近，不然光是之前的事，就該心碎了。

「夫人莫要傷懷，如今小南不是好好地回來了？他雖不住在你們府裡，但左右兩家離得近，您想他了，隨時可以過來瞧瞧。」

是這個道理沒錯，但去別人家看自己兒子，怎麼都讓人覺得不是滋味。

可是，是蕭世南自己想過來住，不是姜桃逼著他，不讓他回家。

曹氏有心想讓姜桃幫忙勸勸蕭世南，卻不知道從何說起。而且，若真讓姜桃說動，豈不是承認，在蕭世南心裡，她這當娘的地位不如姜桃？

她不知道怎麼開口，姜桃更不會主動提，只當不明白她的意思，讓人上茶水點心，和她說起別的。

他們各懷心思說著話，小丫鬟忽然從廂房裡慌慌張張地跑出來，脆生生地喊：「夫人，不好了！」

「怎麼這般沒規矩？」一肚子氣的曹氏搶在姜桃前頭教訓小丫鬟。「什麼叫夫人不好了？別仗著你們夫人脾性好，就胡亂說話。」

小丫鬟挨了訓，躊躇著不敢上前，後頭沒說完的話也不敢說了。

蕭世南聽到動靜，跑到姜桃身邊，擦汗道：「娘，您這麼凶做什麼？」

曹氏剛訓斥完丫鬟，便覺自己的做法欠妥，本想說點什麼圓場，但蕭世南一打岔，她心裡酸苦，強撐著道：「府中下人最是需要管束，你嫂子剛當家作主，經驗不足，我不過提點兩句罷了。」

蕭世南心想，他嫂子自打嫁給他哥後，就當起家了，照顧他們幾個小的不說，一家子吃喝都是她掙出來的，裡外一把抓，本事不比她娘蹺腳當個國公夫人強？

不過，這種話說出來，他娘又得哭，蕭世南憋了半晌，只道：「反正，娘別多操心，我嫂子都曉得的。」

「沒事。」姜桃拿了下人呈上的帕子，遞給蕭世南擦汗，笑道：「你娘是好心嘛。」

她溫溫吞吞，不見半分惱怒，曹氏還真不好再說什麼。

這時，一聲虎嘯傳來，白色的巨大身影從廂房裡破門而出，疾如閃電地朝曹氏和蕭世雲撲來。

從嘯聲響起到雪團兒出現，不過眨眼工夫，曹氏被嚇得忘了怎麼反應，站著的蕭世雲更慘，直接腿軟摔在地上。

被訓斥的小丫鬟囁嚅道：「剛剛奴婢想報的，就是這件事啊……」

曹氏嚇傻了，哪裡會想到小丫鬟說不好的是老虎？沈家怎麼會有老虎?!

不過，雪團兒雖然氣勢洶洶地撲出來，到了人前，卻沒有攻擊。

曹氏與牠的大眼對視一下，覺得呼吸都不順暢了，顫著聲音問出心中的疑惑。

「怎麼……有老虎？」

「啊，原來夫人不知道。這是我家雪團兒，算是家裡的寵物。您放心，牠很溫馴的。」

曹氏心道，她能放哪門子心啊？?!這龐然大物叫雪團兒？從山頂滾下來的雪球，都沒有這麼大的！

姜桃歉然道：「是我忘了告訴夫人。小傢伙素來乖巧，不知怎的，竟自己跑出來了。」

聽她一口一個小傢伙，曹氏哆嗦著嘴皮子，硬撐著說：「沒關係。」轉頭看見跌坐在地的蕭世雲，忙把他拉起來。

姜桃又向他們道歉，轉頭問小丫鬟。「雪團兒不是一直好好待在廂房裡嗎？到底發生了何事？」

小丫鬟道：「奴婢送吃食去廂房時，發現雪團兒已經在吃東西了。奴婢怕不乾淨，就把那些吃食拿走，看著雪團兒隱隱要發怒，就趕緊來報了。」

姜桃一聽，霍地站起身，指著雪團兒就罵。「有爹生沒娘教的東西，不是你的，就搶就偷？畜生就是畜生！」

姜桃罵完，曹氏和蕭世雲面色驟變，蕭世南倒沒覺得有什麼不對，笑道：「咱們雪團兒可不是生下來便沒了娘，牠雖然聰明，到底是野獸，說難聽點，就是畜生嘛。牠個頭大，但年紀還小，嫂子怎麼還同牠置氣？」

雪團兒挨到蕭世南身邊蹭蹭，好像在說他說得很對，牠就是什麼都不懂的小獸嘛！

姜桃笑著搖搖頭。「就是你們縱著牠，若只在咱們面前胡鬧也罷了，今天還衝撞你娘和你弟弟。」

「我娘不是那種小心眼的人。」蕭世南說完，就去看曹氏。「娘，雪團兒真的很溫馴，從來不攻擊人。可能是牠從小縣城搬到京城，水土不服，所以比平時暴躁了些……」

末了，他注意到曹氏的臉色無比難看，又道：「娘是不是真被嚇到了？我記得您膽子不小啊，真的不用害怕。」

曹氏的臉色能不難看嗎？傻子也聽出姜桃話裡的意思了！

姜桃渾然不覺，又寬慰了曹氏幾句。

曹氏心中氣惱，卻不好發作，鐵青著臉起身告辭。

姜桃禮數周到地親自相送，到了門口，滿臉愧疚地道：「我真不知道小傢伙會嚇到夫人，往後一定嚴加約束。」
曹氏訕訕笑著，帶蕭世雲回去了。
因為姜桃的表現太過自然，以至於回去的時候，曹氏甚至在想，難道是她多心了？畢竟，她還是了解蕭世南的，他說那老虎沒了爹娘，肯定不會作假。姜桃那些話，套在沒了娘、偷吃食的老虎身上，確實沒有錯處。
「娘別氣惱。」蕭世雲開口打斷她的思緒。「表嫂只是為了大哥抱不平而已。本就是我做了對不起大哥的事，搶走世子之位，又占了他的貫緞，表嫂這頓教訓，是我該受的。」
兒子這麼說了，曹氏就知道自己沒想錯，捏著帕子怒道：「枉我還覺得她雖然只是秀才家的姑娘，但看著知書達禮，進退有度，很是喜歡。沒想到，她骨子裡這般尖酸刻薄。」
她正說著，英國公和沈時恩騎著馬從皇城回來，大老遠就見到母子倆，打著馬走到他們身邊。
「發生何事了？」英國公見了他們就問。
曹氏看看在旁邊的沈時恩，支支吾吾地說不出話來。
沈時恩見狀，便告辭了。
他慢悠悠地騎馬走了一小段路，到了自家門口，就聽到英國公府傳來一聲暴喝——
「豈有此理！」

他並不是好奇心很旺盛的人，聽到了也沒去關心，回家後便去了正院。

此時，蕭世南還在院子裡練功，本是有些累了，但一見到沈時恩，立刻練得越發賣力。

沈時恩指點他一番，而後轉頭問廊下的姜桃。「他偷懶沒有？」

「沒有，從你去上朝後，就練到現在了。」

沈時恩點點頭，讓蕭世南去休息，說往後就按著今天這樣練。

蕭世南連聲道好，拖著痠軟的腿腳，飛快跑了。

他一走，姜桃便放下針線，去抱趴在廊下的雪團兒。

「好孩子，乖寶寶，今天不是故意罵你的。」

雪團兒長大了，現下不可能抱起來，只能摟著牠的上半身。

牠靠在姜桃懷裡，大腦袋蹭著她，尾巴在她的手背上劃來劃去。

「怎麼，妳罵牠了？」沈時恩挺驚訝。

別看雪團兒是獸類，對外說是家養的寵物，但大家都知道是姜桃把牠帶大的，照顧牠和照顧姜霖他們沒兩樣，當自家孩子疼。

姜桃狡黠地笑了笑，讓人把桌椅針線挪進屋裡，要他們都下去，才把剛才的事情告訴沈時恩。

沈時恩忍不住笑起來，指著姜桃說：「妳啊，昨兒還正經八百地問：『我是那麼小心眼的人嗎？』，原來是早想到辦法報復回來呢！」

姜桃哄完雪團兒，讓牠回屋去吃她精心準備的大餐，而後去了內室換衣裳。

沈時恩跟著她進去，聽她一邊更衣、一邊笑著說話。

「總算出了口惡氣。蕭世雲借花獻佛，自己討英國公夫婦的歡心，挨罵的反倒成了我們小南。這種噁心人的事，誰不會做？可惜你回來得晚些，沒看到他那吃了蒼蠅般的神情。」

她這反應實在有趣，挑著眉，趾高氣揚的，像個得了先生褒獎的學生。

沈時恩悶聲笑起來。「難怪方才我看英國公夫人臉色很不對勁，英國公問起來，她見我在，還支吾著不肯說。後頭等我走遠了，才聽到英國公怒不可遏的斥責聲。」

「是吧？」姜桃坐到炕上，捧著炕桌上的冷茶喝。「氣了才好！要真像小南那樣，連我的話都聽不懂，豈不是做戲做給瞎子看？」

「你不怕他們為了今天的事為難妳？」

「本就只是維持面子情，至多是來往得更少些。而且，這不是還有你嘛！」

「有我如何？那可是我的親姨母，就不怕我也生妳的氣？」

「那我還是你的親媳婦兒呢！」姜桃朝他抬了抬下巴。

這驕矜的樣子，讓沈時恩看不夠，拉著她坐到自己懷裡，就是一通親吻。

半晌後，姜桃氣息不勻地窩在他懷裡，心道沈時恩大概還沒發現，起初他稱呼英國公夫婦是姨丈姨母，如今也隨著她一道喊英國公和英國公夫人，稱謂的改變，無形中也透露出他對那家人的疏遠。

她疼蕭世南，沈時恩也是重情的人，蕭世南和他同甘共苦那麼多年，他能不心疼？是承過英國公的情，不好發作罷了。

所以，這種事由她出面就好，沈時恩只當不知道。

英國公府這邊的氣氛，可就不像隔壁沈家那麼好了。

英國公從蕭世雲嘴裡知道早上發生的事後，進了府，便一直沈著臉。

他不好發作，一來姜桃沒有指名道姓地說話，二來是沈家風頭勝過從前，為了一點口角鬧上門去，實在划不來。

一家三口坐在一起好半晌，誰都沒有說話。

英國公能把長子送出去陪著沈時恩當苦役，後頭想著大兒子有了出路，便把自家爵位讓幼子承襲，定也有精明之處。

後來，他想通了，姜桃和他們家無仇無怨，在京城裡沒有根基，本是很需要人扶持，但她沒有和自家套交情，明知道今天的事之後，兩家會交惡，但為了替蕭世南打抱不平，還是那麼做了。

這說明什麼？說明她真把蕭世南當自家人了！

原先英國公還想著，沈時恩念舊，但他媳婦兒未必。沈時恩是鐵血男兒，但難保姜桃多吹吹枕頭風，慢慢就會把蕭世南忘了。

現下，他再也不用發愁蕭世南的出路，需要擔心的還是之前的問題——如何讓蕭世南願意回來？

英國公是個大男人，口角這種事在他看來不是什麼大問題，想通之後，就把今天的不悅拋到腦後，分析給曹氏聽。

「她是晚輩，少年人意氣用事，妳做姨母的，別同她計較。她那樣做是為了誰，還不是為了小南？」

曹氏素來聽他的話，聽完後，也不生氣了。

雖然她一直在泛酸，覺得大兒子不過出去幾年，姜桃也就當了他那麼一會兒嫂子，怎麼就越過她這親娘去了？

聽了英國公的話，她反倒不酸了。

難怪蕭世南那麼喜歡姜桃，姜桃那樣一個沒根基的秀才家姑娘，很需要人幫忙扶持，但只為了替蕭世南出口惡氣，什麼都捨得下。

換作是她，曹氏覺得自己沒那種勇氣和果斷。

其實，她私心裡比英國公還心疼蕭世南，但性子使然，她不敢違逆英國公的意思，英國公說什麼就是什麼。

英國公說完話，便去了書房。

曹氏不氣了，還寬慰蕭世雲幾句，讓他別把今天的事放在心上。

蕭世雲道：「娘操心了，那一頓罵，兒子挨得不冤枉。因為兒子的緣故，連累爹娘生氣，兒子是自責而已。」

曹氏笑著拍拍他的手背。「你素來乖巧，白日時也嚇得不輕，回去好好歇著。」

蕭世雲笑著應好，等回到自己的院子，讓下人都退下，臉上的笑淡下去，神色陰鷙地掀翻了桌子。

事情不該是這樣的！

第八十七章

上輩子的蕭世雲，身體比旁人弱些，又不算聰明，生下來就不被英國公看好。沈家出事，英國公想讓他陪著沈時恩出京當苦役。

他手無縛雞之力，想也知道此行是有去無回。

後來，是蕭世南站出來，說他粗通拳腳，出去了注意些，肯定能平安無事。費了好大功夫，總算說服英國公。

後來，蕭世南臨行前，還不忘叮囑他，在家裡好生孝順父母。

現在蕭世雲回想起他那惺惺作態的嘴臉就反胃，憑什麼同一個母親生的兄弟，蕭世南生來便得全家重視，十歲被封世子，而他就是家族棄子，爹娘寧願讓他去送死，都不想蕭世南這健康會武的去當苦役。

自此，蕭世南離家，蕭世雲雖然保住性命，但英國公夫婦每每看到他的眼神，好像都在埋怨，為什麼出去受苦的不是他？

蕭世雲私心裡盼著，蕭世南死在外頭。

可蕭世南回來了，英國公立刻替他請封世子，蕭玨給他一份實差，沈時恩待他像親弟弟一般，蕭世南成為贏家。

而他蕭世雲，一個被眾人遺忘的蕭家二公子，不能襲爵，沒有一技之長，最後只能被分出去，當個最最普通的富商。

一母同胞的兄弟，境遇卻如此不同。

他鬱鬱而終，死前憎恨天道不公，憎恨蕭世南擋了他一輩子的路！

沒想到，再睜眼，他回到了孩提時代。

那時他力量微薄，可他有成年人的心智，又對未來發生的事一清二楚，經年累月的努力下，他成了英國公夫婦最疼愛的兒子。

後來，沈家出事，他知道隨著沈時恩出去回來後，就能得到一身榮光，但還是攛掇著英國公，把蕭世南送過去。

一來是他沒去過外面，對外面的狀況一無所知，難保不會出岔子。

二來，他知道蕭世南和沈時恩確實風光大半輩子，可後來蕭玨長大了，不知怎的，同沈時恩生了嫌隙。

伴君如伴虎，他死得早，沒看到蕭世南和沈時恩最終的下場，但想也知道，肯定不會是什麼好結果，所以不想摻和那些事。

像今天這樣被人當面指桑罵槐的事，上輩子是沒有發生過的，因為上輩子根本沒有姜桃這個人！

沈時恩孑然一身回京，孤獨半生，到蕭世雲離世前，也沒聽說他娶親。外頭都說他是對寧北侯府的姑娘念念不忘，守了一輩子。

蕭世雲氣惱，但對他這樣的人來說，發生上輩子沒有存在過的事，更讓他覺得心慌。今天的事，好像在提醒他，他不過是占了重生的便宜，所以這輩子才順風順水，一旦出現不可預料的情況，他就還是從前那個什麼都不是、任人擺布踐踏的英國公府二公子。

「姜桃，姜桃……」蕭世雲呢喃著姜桃的名字，眼中凶光畢現，末了，深呼吸幾下強迫自己鎮定下來。

「沒事，不過是多個女子罷了。沈家和蕭世南的下場，不會因為一個女子而改變……」

蕭世雲覺得姜桃一個婦道人家，絕對摻和不了蕭玨和沈時恩之間的恩怨，但晚些時候，姜桃還真問起來。

夜裡，她和沈時恩躺上床，先胡鬧一陣，隨後筋疲力盡地躺在他胸膛上，聽著他強有力的心跳，欲言又止。

沈時恩滿臉饜足之色，捏著她的髮梢把玩，見她這樣，忍不住笑道：「白日裡罵蕭世雲的時候，不是伶牙俐齒嗎？怎麼這會兒成了鋸嘴葫蘆？跟我還要藏著掖著？」

兩人自打成婚後，一直和和美美，尤其沈時恩瞞著她的身分被戳穿以後，彼此之間更沒有秘密。

姜桃聽了，直接問道：「你和小玨之間……是不是有什麼事啊？」

沈時恩說：「怎麼這樣問？我和小玨是親舅甥，能有什麼事？」
姜桃想了半晌，才接著說：「就是給我的感覺有些奇怪。之前在縣城看你和小玨相處，還沒覺得有什麼，回京之後，便感覺你們似乎有些疏遠？反倒是小南和小玨，好得跟親兄弟似的。我本以為是你年紀和他們差得大，說不定從前就是那樣相處的。
「但昨天小南和我說了些從前在英國公府發生的趣事，你想看英國公的狼牙棒，哄他把好幾十斤的狼牙棒偷出來。還有，你答應和他們玩捉迷藏，結果前腳答應，後腳去玩別的，居然把他們忘了，讓他們倆在假山後頭躲藏一下午，都曬暈了，才被下人找到……」
聽見自己十幾歲幹的缺德事，沈時恩不覺彎唇笑起來。
「反正我覺得，你從前應該是和他們一道渾玩的，不然三個人不可能好成這樣。」
「那就不能是我去外頭待了幾年，成熟了？」
「可能是我想多了。」姜桃真的詞窮，反正她總覺得有些不對勁，卻說不上來。
看她真的苦惱了，沈時恩收起笑，輕輕嘆息一聲。「是我的問題。我心裡有事。」
姜桃仰頭看向他，他才道：「其實我一直覺得，當年的事很不對勁。回京之後，翻案平反比我想得簡單輕鬆太多，像是有人安排好，就等著我回來，把屬於沈家的一切還給我。」
姜桃立刻察覺到他話裡的深意，忍不住打了個寒顫。
「你的意思是，皇家……」
沈時恩拍著她的後背，示意她不用害怕。「只是我的猜想罷了。」

從前在京城時，管事的是他爹和大哥。他對家裡的事不上心，卻怎麼都不相信，他爹和大哥會謀反。

之前他在外頭當苦役時想著，若有一日能回京，定要徹查當年的案子，為家門洗刷冤屈，讓誣陷他家的仇人付出千百倍的代價。

為此，他特地和蕭玨提前回京，讓姜桃慢些過來，就是不想讓她見到那些血腥。

可情況出人意料的簡單，當年合力誣告沈家的幾個文臣，立刻翻了口供，交代完後，先後於獄中自裁。那些所謂的鐵證，也輕而易舉地被推翻，像當年沈家出事，牆倒眾人推一般，數股不知名的力量推著他前行，毫不費力便洗刷了沈家的污名。

若蕭玨已經登基許久，沈時恩或許會覺得是他的力量。

可蕭玨是新帝，對朝堂的控制遠遠不夠。

若不是他，那就是有比他力量更大的人，早安排好了這一切。

比新帝還有能耐的，除了坐穩朝堂多年的先帝，還有誰？

沈時恩便有了很不好的猜想。

「要查嗎？」姜桃問。

沈時恩點頭。「已經在查，只是剛剛回京，多有不便，怕不是兩、三日就能查明白。」

姜桃微微頷首。「沒事，反正咱們還有很多時間。我只想提醒你一件事。」頓了頓，才接著道：「無論結果如何，小玨都是無辜的，對不對？」

沈時恩閉眼，說他知道。

姜桃窩在他懷裡，心想知道歸知道，若真是先帝做的，等於沈家和皇室有著血海深仇。沈時恩重情義，萬一真相是那樣，他必然陷入情義兩難之境。

難怪沈時恩有了猜想之後，明明和蕭玨是親舅甥，反而不如蕭世南和蕭玨顯得親近。

一時間，姜桃也不知道說什麼好，只能盼著真相不要像沈時恩猜想的那般可怕。

隔天起身，姜桃還在想著前一夜沈時恩和她說的話，心煩意亂，但並不影響她做針線，下午便把蕭世南和姜霖的寢衣趕出來了，喊兩人過來試。

兩套寢衣出自同一疋貢緞，湖藍色，剪裁寬鬆，主要是料子好，穿上身妥貼又舒服。

兩人試穿過後，說挺合身，姜桃就喊人打水來，準備過水。

現在家裡在添人，怕不懷好意的人安插眼線進來，需要格外謹慎，但國公府還是逐漸變得熱鬧。

聽說要洗衣服，灑掃的婆子和小丫鬟都搶著幹。

她們想表現，蕭世南卻寶貝得來不易的貢緞，不讓她們碰，只要她們打水，他自己洗。姜霖也有樣學樣，說要自己動手。反正過去他們貼身的衣物都是自己洗的，也習慣了。

姜桃便隨他們去了，讓人端來一大一小的盆子，看他們頭碰頭地蹲在院子裡洗。

沒想到，這會兒曹氏又來拜訪了。

姜桃挺吃驚。昨天落了蕭世雲的臉面，曹氏居然還上門？難不成是來鬧事的？

但人都來了，姜桃也不會害怕，讓人把曹氏請過來。

出乎姜桃意料，曹氏臉上居然不見半分惱怒，進了正院，便樂呵呵道：「昨兒走得匆忙，還沒好好和妳說話呢。」

姜桃心裡納悶，但面上不顯，同樣笑著請曹氏進屋。

曹氏看了蹲在院子裡洗衣服的蕭世南一眼，才跟姜桃進去。

她和姜桃說，馬上就是太皇太后的壽辰，各家都在準備禮物。金銀那些不必送了，太皇太后不喜歡那些。

「之前偶然聽了小南提了一句，說妳的刺繡功夫很是了得，太皇太后老人家正好就喜歡這個。妳不妨做一幅繡品，做得如何先不必說，光是這份心意，肯定能讓她老人家心喜。」

姜桃當然知道太皇太后喜歡繡品，而且正是因為她的喜歡，她師傅家的繡品才會在改朝換代之後，依舊受人追捧。

可惜，蘇如是本來說好和她在省城碰頭，但鄉試那時天氣正熱，蘇如是中了暑，怕拖累她的行程，便寫信給姜桃，讓姜桃先去京城，晚些時候她再和衛家一起上京。

不然，要是蘇如是在，有她提點，姜桃立即就能著手準備壽禮了。

雖然曹氏說的事，姜桃本就知道，但伸手不打笑臉人，她也是一番好意，遂領了這份情，道了謝。

兩人寒暄一陣，曹氏彷彿完全忘記前一天的不悅，坐了好半晌，才起身告辭。

姜桃親自送她出去，蕭世南和姜霖也已經洗完自己的衣服。

看到蕭世南熟練地擰衣服、潑水、晾衣服，曹氏腳下一頓，心裡突然有些難受。蕭世南儘管不如蕭世雲那樣受寵，但到底曾是國公府長子，說是衣來伸手、飯來張口，也不為過。

之前見到剛回京的蕭世南，曹氏看他長得又高又壯，臉上帶著和從前一樣意氣風發的笑容，以為他在外頭過得很好，提著的心放下來。

後來，蕭世南來沈家住，又因為貢緞的事鬧得不愉快，她光顧著泛酸埋怨，竟沒關心他這些年在外頭到底怎麼過的。

蕭世南晾完衣服，扭頭瞧見她，笑著上前問：「娘和嫂子說完話了？」

他心無芥蒂的笑，再次刺痛曹氏的心，強忍住眼眶的酸澀，以打商量的口吻問他。「你爹和你弟弟出門了，家裡只有我一個，你能來陪我說說話嗎？」

蕭世南點頭，轉頭看姜桃。

姜桃答應後，他才和曹氏一塊去了英國公府。

傍晚時，蕭世南從隔壁回來，顯得比平時還高興些，進屋先吃了盞熱茶，才笑著跟姜桃說話。

「今天我娘和我說了好多話，小時候我弟弟身子不好，她都是圍著弟弟轉。上一回這樣和我說話，好像還是我隨二哥出京之前。」

姜桃見他是真的高興，抿唇笑道：「你隨你二哥出京之後，可不是沒回過家？你娘想和你好好說話，都沒機會呢。」

蕭世南搔搔頭。「對喔！」又自顧自笑起來。

他心腸軟和、很重情義，不然不會因為姜桃照顧他一、兩年，就把姜桃當成親姊姊那樣尊敬愛護。

世子之位在他眼中，從來不是什麼要緊東西，爹娘平等的愛才是。

他像個傻子似的笑了一陣，又扳著手指算了算，就算他在爹娘心裡只占了三分地位，但他還有他哥、他嫂子心疼，還有蕭玨、姜楊和姜霖關心……反正不管怎麼算，他得到的關愛都不比蕭世雲少，心上那一點點鬱結，終於完全舒展開來。

他輕鬆地吐出一口長氣，而後看向姜桃時，面色忽然古怪起來。

「嫂子，我娘和我說了一件事，我哥他……」

蕭世南告沈時恩的狀，不是一回兩回，這天早上已經又告了一次。

本朝是五日上朝一次，蕭世南以為，只有沈時恩上朝的日子，才需要早起練功。

沈時恩休沐前一天，他渾玩到半夜，剛合眼沒兩個時辰，同樣是天剛亮的時候，沈時恩又把他從被窩裡拎出來。

一通操練到日上三竿，累得他中午吃飯都多吃了兩碗。

「又偷偷告我的狀？」正巧沈時恩從外頭回來，聽到他的話，笑罵道：「你可別狗咬呂洞賓。」

蕭世南頓時把到嘴的話嚥到肚子裡，有些慌張地站起身。「沒有沒有，我說著玩呢。都這個時辰了，我去看看晚飯準備得怎麼樣了。」

姜桃看他這樣子，覺得有些不對勁，轉頭看向沈時恩。「你又有事瞞我？」

沈時恩說：「怎麼會？自打妳上京後，我不是在外頭辦差，就是在家陪妳，哪裡來的事瞞妳？」

姜桃想想也是，沈時恩連他對皇家的猜想都和她說了，還有什麼秘密比那更重大？加上蕭世南那性子跟孩子似的，姜桃笑了笑，便沒放在心上。

蕭世南出了主屋，沒去灶房，而是在院子裡愁得直轉圈。

下午，曹氏告訴他一件事，說他們上京之前，沈時恩去過寧北侯府。

當時他聽完，還沒明白，奇怪地道：「這家聽著有些耳熟，不過勛貴之間來往本就尋常，娘怎麼特地提起這個？」

曹氏無奈道：「我看你是出京幾年，把京城的事全忘了。寧北侯府是之前和你二哥訂親的那一家啊！」

蕭世南哦哦兩聲，點點頭。「那正常，我二哥是個重情義的。」
曹氏唏噓道：「那姑娘命苦，只因為和你二哥訂親，當年沈家事發，寧北侯便把她送到庵堂。那時你二哥還關在死牢裡，我和你爹為了救他，四處奔波，沒騰出手來照顧那姑娘。當時我私心裡想著，等你爹把你二哥救出來，將她一道送出京。沒想到過沒多久，庵堂不知怎的起了大火，那姑娘才十幾歲，燒得連個全屍都沒有，墳塚、牌位就更別提了。」
終歸是一條曾經鮮活的人命，蕭世南也跟著嘆氣。
「先不說那些了，那姑娘命苦，直到沈家平反，那冷心冷情的爹和後娘才想著替她立衣冠塚。你二哥過去瞧瞧，本在情理之中，但我最近聽說，寧北侯過繼了一個旁支的女兒，和那姑娘很是相似。我猜著，是想往沈家送。」
聽到這個，蕭世南認真起來，當即道：「這家人瘋了不成？我哥和我嫂子好得不得了，哪瞧得上他家姑娘？」
曹氏見他要急，忙道：「寧北侯府沒對外說過，只是透出一些風聲罷了。你千萬別鬧出來，不然到時候難看的可不是寧北侯府一家，連你嫂子的顏面都得掃地。」
事關姜桃的顏面，蕭世南只能把想打上寧北侯府的衝動壓下來。
「再過幾天就是太皇太后的壽辰，到時寧北侯府可能會先把那姑娘帶到人前。你先提醒你嫂子幾句，讓她心裡有數，也勸勸她，千萬別和你哥鬧。這種後宅的事，你哥一個大男人許是連風聲都聽不到，可能被蒙在鼓裡。你和你嫂子說這些的時候，最好避開你哥，別讓他覺得我們好像在成心挑事。」

曹氏本來是想自己跟姜桃說的，但因為之前的事，兩人算是鬧了不愉快。今天她上門，瞧出姜桃客套微笑下的疏離，疏不間親，就不好開口了。

蕭世南點頭說知道了，聽了這件事，沒在英國公府多待，回來就想和姜桃說，沒想到沈時恩就回來了。

他愁了一會兒，也沒多想，反正他哥出門的時候多，他有的是機會再跟姜桃說。

隔天，沈家出了一件大事，姜桃的誥命文書送來了！

而且，不是蕭玨那邊的人來送，是太皇太后身邊得力的大太監親自送達。

太皇太后是高祖的皇后，歷經三代君王，地位超然。

尋常世家女眷得她一句讚賞，都是光耀門楣的事，更別說是她宮中發出來的文書。

大太監送上文書，還十分客氣地同姜桃道：「過幾日就是太皇太后的壽辰，她老人家十分喜歡您。宮中設宴那日，夫人可要早些來。」

姜桃受寵若驚地接過文書，讓人送上賞錢。

之後，沈家變得越發熱鬧，起先只有男人來拜訪沈時恩，現下女眷也開始往這裡遞帖子，想見姜桃。

姜桃身為剛受封的一品夫人，不好拿喬，大半天都勻出來見客，其餘時間則忙著為太皇太后繡賀壽圖。

蕭世南則被沈時恩帶出門，見的都是軍中或兵部的人。蕭世南往後要走沈家的路子，這種場合的交際是必不可少的。

大家忙著自己的事，直到太皇太后壽辰那天，一家人到了宮門口，沈時恩囑咐姜桃。

「雖然是大場合，但千萬別委屈了自己，真是忍不住發作也沒關係，天塌下來，我幫妳兜著。」

姜桃忍不住笑。「不過是赴一場筵席罷了，又不是去闖龍潭虎穴。我不是小孩子，都曉得的。」

他們說完話，便分開來，沈時恩帶著蕭世南去前朝，姜桃則去後宮。

這會兒，蕭世南才猛地一拍腦子，想起寧北侯府的事。

因為時間匆忙，蕭世南來不及細說，只跑到姜桃面前，言簡意賅道：「今日嫂子注意些，過去跟我二哥訂親的那家人，按著和他訂親的姑娘的容貌，尋了個相似的人，可能也會帶到宮裡。」

說完這話，兩撥人就要分開了。

「你嫂子不知比你可靠多少倍，不用你操心。」沈時恩不明就裡，以為蕭世南和他一樣，怕姜桃在宮裡受委屈，特地叮囑她一些要注意的事。

說是這麼說，沈時恩自己也不太放心，都分開了，還扭頭去看姜桃。

沒想到，兩人剛對上眼，姜桃非但沒像往常一樣對他笑，反而哼了一聲，瞪他一眼，然後瞧也不瞧他，在女官的引領下，直接去後宮。

沈時恩丈二金剛摸不著頭腦，但很快有人來和他搭話，就沒再多想了。

第八十八章

後宮裡，姜桃在女官的引領下，走了不到兩刻鐘，便被帶到太皇太后所在的慈和宮。

路上，她面上不顯，其實心裡快酸死了！

她知道沈時恩有過一個未婚妻，兩人還沒訂親的時候，他就對她交過底。

因那一分坦誠，也因為斯人已逝，姜桃從來沒在這件事上拈過酸。

後來日子一日一日地過著，要不是蕭世南和她提起，她幾乎把那件事忘了。

那家人依照沈時恩先未婚妻的樣子，尋個姑娘帶到人前，傻子也知道他們想幹什麼。

前些日子，蕭世南想說的應該就是這個。

到了慈和宮，姜桃沒心思欣賞巍峨氣派的宮殿，尋個還算清靜的角落坐下。

其他外命婦帶著自家姑娘陸續進殿，少不了場面上的見禮和寒暄。

這時，地位高的好處顯出來了，輩分高的王妃和地位更高的內命婦，先一步去太皇太后身邊說話，後頭進殿的人，身分都是不如姜桃的。

所以，姜桃不用和人見禮，只要在有人上前向她見禮時，禮貌地點點頭就好。

半個時辰裡，姜桃不知見了多少女眷，心裡記掛著的，還是和沈時恩先前訂過親的那家，但誰知道是哪家人啊，只怪她回京之後全然忘了那件事，沒去探查。

後來，曹氏過來了，見了她便笑道：「昨兒我和小南說話時，他還不放心妳，讓我在宮宴時多照看。剛剛瞧妳待人接物都挑不出半點錯處，那孩子純屬瞎操心。」

曹氏因為姜桃為蕭世南打抱不平、指桑罵槐的事，同姜桃生了嫌隙。但後頭她被英國公勸住了，又發現她態度轉軟之後，蕭世南並沒有和她這親娘生分，對姜桃的態度越發和善。

曹氏心腸軟和、不拘小節，蕭世南的性子隨了她，撇開偏心眼，姜桃並不討厭曹氏。不過，姜桃還是看不慣她偏心，同她依舊不親近，只微笑著頷首。「勞您費心了。」

她們這邊剛說上話，寧北侯夫人容氏過來見禮。

別看寧北侯是侯爵，但因為寧北侯糊塗，附庸風雅變賣祖產，又沒有實差，一把年紀還一事無成，在京城世家的圈子裡排不上名，連帶容氏也不受待見，得等旁人和姜桃說完話，才輪得到她上前。

姜桃正是心煩意亂的時候，看到容氏，越發沒有好臉色。

容氏像絲毫察覺不到她的怠慢似的，還轉頭喚姜萱過來給姜桃見禮。

姜萱快彆扭死了，自打姜桃進殿內，就成了眾星拱月的人，而她和她娘雖然早早來了，也占到好位置，偏偏無人問津，那些夫人、小姐連眼尾都懶得瞧她們。

走到姜桃跟前，姜萱認出她是省城那個窮秀才的親姊姊，名字同樣叫姜桃的那個。

上一回，姜桃把她轟出府外，她還放了狠話，說記住姜桃了。

難怪當時姜桃一點都不驚慌，原來她就是沈時恩在外頭娶的妻子。

「愣著做什麼？還不向榮國公夫人行禮！」容氏笑著拉她，眼裡卻滿是警告的意味。她也瞧出姜萱的不對勁了，但今天這種場合，就算有天大的事，也不能鬧開來。

姜萱能怎麼辦呢？只得不情不願地屈膝行禮。

姜桃不緊不慢地拿起手邊的茶盞，揭開茶蓋，撥弄著漂浮的茶葉，然後以衣袖擋著，小口小口地抿起茶來。

「好香。」姜桃品完茶，讚賞道：「這春茶不錯。」

曹氏也跟著拿起手邊的茶盞抿了口。「這茶滿口清香，妳要不說，我還當是新茶。半年前的茶水，竟還能存住這分味道。」

姜桃笑道：「想來是太皇太后身邊有能人，本事大。」

尋常高門大戶要是拿半年前的茶葉來招待客人，肯定要被笑話。但慈和宮的春茶味道香醇，絲毫沒有舊茶味，反而顯得太皇太后節儉、有本事。

她倆就茶葉討論一番，好半晌之後，姜桃轉頭看到蹲得腿都麻了、搖搖欲墜的姜萱，才故作驚訝地出聲。

「妳怎麼還在這裡？怪我怪我，品著好茶，就把妳給忘了。好孩子，快起來吧。」

姜萱額頭滿是細密的汗水，臉和嘴唇都發白了——累是累，更多是氣的。

這農家女居然敢這麼搓磨她?!再聽聽她說的話，稱呼她為「好孩子」，她看著不過十五、六歲，就來充她的長輩了？

容氏笑道：「這孩子就是實心眼，妳沒喊她起來，她也不敢起身。這就不打擾夫人品茶了。」

容氏也知道姜桃不喜歡她們了，怕鬧得更難堪，拉著姜萱離開。

姜桃搖著頭，惋惜道：「看著清清秀秀的，就是這心眼哪……可惜了。」

姜桃這話，既可順著容氏的話說姜萱死心眼，也有弦外之意，說她心思不正。

她說話的聲音不大，但注意她的人可不少，聽到這話，立刻有人嗤笑起來。

姜萱的手死死絞著帕子，雖然在場面上不被人喜歡，但到底是侯門嫡女，哪裡在人前受過這種委屈？

新仇加舊恨，姜萱掙脫開容氏的手，停下腳步，張嘴道：「不礙事，夫人和我姊姊同名，我見到您，覺得可親得很呢。」說完仍覺不夠，喚來被容氏安排在另一個角落的姜瑩，笑道：「夫人也見見我這個妹妹，看和我那命苦的姊姊，是不是一個模子刻出來的？」

姜萱得意地笑起來，這農家女有什麼好得意的？大家都知道，沈時恩對她那死鬼姊姊念念不忘。

之前她還納悶，沈時恩怎麼娶了個身分低微的女子為妻，還對她十分看重。

剛才福身行禮的那一刻，姜萱想明白了，肯定是因為這農家女的名字啊！

她有什麼可得意的？和姜瑩一樣，不過是她那死鬼姊姊的替身罷了。

姜萱這話一出，曹氏和容氏都變了臉色。

尤其容氏，臉色登時變得煞白。

她把姜瑩帶到人前，確實司馬昭之心，路人皆知，但不表示她敢把姜瑩帶到姜桃面前。這成什麼了？明晃晃打一品誥命夫人的臉！寧北侯府能落著好？

姜瑩在寧北侯府寄人籬下，聽到姜萱的話，不作他想，快步上前依次向眾人問安行禮。

姜桃掃她一眼，見她神情雖然有些畏縮，但和自己過去的模樣，還真有幾分相似。

從前的姜桃喜歡穿豔色，主要是因為身體病弱，臉色蒼白，穿得豔麗些，能多襯出幾分好氣色。

眼前的姜瑩完全是學了她從前的打扮，可惜她臉色本就紅潤，無須用豔色去襯，而且她垂頭含胸，顯得畏縮，豔色反倒是把人壓住了。

姜桃掃過一眼，就沒看姜瑩了，只故作不解地問：「我和妳姊姊素不相識，我能看得出這姑娘和妳姊姊像不像嗎？妳這孩子，莫不是剛行禮時，累壞了腦子？」

姜萱想像中姜桃氣急敗壞的樣子並未出現，反而因為姜桃的話，旁人看姜萱的眼神更微妙，跟看傻子沒有區別——寧北侯這破落戶趕著想貼上沈家，卻還不知死活當面挑釁沈家的女主人。人家根本不和他們一般見識，寧北侯府上躥下跳的，可不就像腦子壞了？

「快走！」容氏拉住姜萱的手，小聲道：「莫要給我惹是生非！」

姜萱看著似笑非笑的姜桃，還有她旁邊臉色鐵青的英國公夫人曹氏，心道這農家女果然心機深沈，自己都這般打她的臉面了，竟還能像事不關己似的，四兩撥千斤。

到底身分有別，姜萱孤注一擲都能沒能激起姜桃的火氣，再也不敢放肆，被容氏拉著，快步走開。

母女倆回到自己的座位，容氏的怒氣壓不住了，小聲地在姜萱耳邊罵道：「如今妳越大越不聽我的話了，幸虧國舅夫人故作不知，沒有發作出來。不然她在人前鬧開，咱們家能落著什麼好？闔府的名聲不要了？」

姜萱不高興地撇撇嘴。「她讓我行了那麼久的禮，讓我成了全場的笑話，娘怎麼也不心疼我？而且她不是沒發作嗎？鬧開來，她臉上也無光。」

容氏不好在人前多說，只道：「她為了大局，能那樣裝傻，可見心機深沈。我自問沒有那分心性和定力，妳莫要再去招惹她。」

姜萱不情不願地應了聲，旁邊像個小尾巴跟著她們的姜瑩更別提了，差點嚇死了。

早些時候，她離開家是很不捨的，她爹娘告訴她別犯傻，去侯府當姑娘，可是大好的前程，如果真能搭上沈家，那她就是麻雀變鳳凰。

剛才，她糊裡糊塗地被姜萱喊過去，因沒來過這種場合，連人都認不全。

此時聽到她們母女的話才知道，方才見到的美貌女子，正是國舅夫人。

姜瑩欲哭無淚，國舅夫人這般心機深沈，就算她進了沈家，能有什麼好果子吃？

再說姜桃這邊，打發走容氏母女後，她的耳根子總算清靜了。

姜萱真是沈不住氣，不過讓她行了一刻鐘不到的禮，就那麼氣急敗壞。比起容氏過去對她的搓磨，這種小委屈算得了什麼？

今天是在宮裡，不好有什麼大動作，不然姜桃可不會只這樣小懲大誡。

不過，姜萱後頭說的話也奇怪，口口聲聲不離她姊姊，要不是那就是姜桃本人，最清楚上輩子和姜萱沒有半點姊妹情分，不然都要忍不住懷疑，她真的姊妹情深了。

她兀自出著神，旁邊的曹氏忍不住對她比了個大拇指，道：「妳果然厲害，有句話怎麼說來著，泰山崩於前而色不變，大概就是形容妳這樣的人物。」

這話說得姜桃心裡越發納悶，曹氏又自顧自地道：「這寧北侯一家也委實糊塗，他們家那大姑娘雖然和時恩訂過親，但三書六禮都沒走完，時恩念著他們家姑娘，是因為沈家的事害她沒了性命，心存愧疚，才去瞧了她的立塚儀式，怎麼就想著尋個相似的往妳家送呢？還鬧到妳跟前，實在太沒有眼色。」

和沈時恩訂親、因為捲入風波而死的寧北侯府嫡姑娘……這不是……

蕭世南提醒她，對方按著沈時恩先未婚妻的模樣，尋了個相像的……

姜桃的心一陣狂跳，強壓住翻飛的思緒，笑著問曹氏。「我怎麼聽說，那門親事剛開始說的是那繼室生的女兒，後頭才換成大姑娘。」

當年，沈時恩訂親，曹氏有幫忙，雖然如今物是人非，但沒人比她更清楚其中內情了。

她忙擺手道：「不是那麼回事。當年沈太后親自託我在畫舫上舉辦一場春日宴，邀請京中所有適齡女子。那次沈太后和時恩其實在場，是時恩自己選了他家的大姑娘。

「那大姑娘運道差，親娘歿了，在後娘手裡討生活，身子也不怎麼好。我們去打聽，知道她是小時候落水才生病，看著病弱，但沒有影響壽數。太醫也說，這種病調理幾年，身子自和常人沒什麼分別。難得時恩自己相中了，我們自然大力促成。

「只是，寧北侯府的繼室胡鬧，先送上來的，居然是她親生女兒的庚帖，挨了一通訓斥後，才老實送上她家大姑娘的庚帖……」

曹氏哪裡知道，是蕭世南沒跟姜桃說清楚，還當姜桃度量大，沒跟姜萱一般見識。

是以，她一下打開話匣子，把來龍去脈告訴姜桃，說完又覺得不妥，就算姜桃度量再大，但世間女子哪有不愛拈酸吃醋的？

所以，她接著描補道：「時恩和那侯府大姑娘只見過一面，要說有什麼感情，自然是不可能的，後來之舉，只是出於道義罷了。」

幸好姜桃沒有顯出半分嫉妒之色，反而勾唇笑起來，不是那種客套的笑容，而是笑得眉眼彎彎，眼角眉梢全是笑意。

姜桃當然心情好了，進宮到方才，她雖然面上不顯，其實心裡快酸死了。

但凡帶著女兒來向她問安行禮的，她都仔細打量一遍，猜著哪個是像沈時恩先未婚妻。

結果酸來酸去，猜來猜去，原主兒竟然是她自己！

這種感覺，大概就是喜歡的人也喜歡妳，而且在彼此喜歡之前，他還暗戀過妳，如何不讓人心生喜悅？

反正，姜桃高興得不得了，連帶後頭對曹氏的態度都親切不少。

「阿桃謝過姨母的提醒。」

曹氏看她心無芥蒂的樣子，不由跟著彎了彎唇。

不久，盛裝打扮的太皇太后在眾人簇擁之下出來了。

她戴一套水頭極好的老翡翠頭面，身穿金銀絲鸞鳥朝鳳繡紋服，已是古稀之年的老人，鶴髮雞皮，滿臉溝壑，但雙眼清明，精神矍鑠，臉上也掛著和善笑容。若忽視她的打扮和宮裡的環境，看著就像個最普通的和藹長輩。

殿內眾人起身行禮，太皇太后被人扶著坐於上首，坐定之後，笑著免了眾人的禮。

「哪個是榮國公夫人？到哀家跟前說話。」

姜桃突然被點名，便起身上前，再次行禮。

「好孩子。」太皇太后慈愛地看著她，招呼她上前，還讓人在自己跟前添了張椅子，讓姜桃挨著她坐下說話。

之前太皇太后雖然特地從自己宮裡發了文書，還讓人添了不少誇獎姜桃的話，再由自己身邊的大太監送去，但其實她連姜桃的面都沒見過呢。
那樣為姜桃做臉，不過是應了蕭玨的要求，同時也賣些面子情給沈家罷了。
但今天則不同，今天是她的壽辰，方才她雖然不在這殿裡，但慈和宮裡全是她的人，有什麼事能瞞住她？
姜萱主動挑釁的事，早被人報到她跟前。
太皇太后想著，若換成宮裡的妃嬪，自然分得清場合，知道眼下不能鬧開。
但姜桃不過是個農家女，連太皇太后都覺得，怕是要鬧得不好看。
孰料，姜桃沒鬧，反而裝作毫不知情，既全了自己的臉面，也沒讓這場壽宴成為笑話。
太皇太后哪裡知道，姜桃是真不曉得呢？只覺得這孩子雖然出身低，但心性不錯，很是大器。
她是半截身子入土的人，很少涉入這些紛爭，但姜桃在她的壽宴上受了委屈，還沒發作出來，就是給她面子。
旁人給她面子，她當然要還回去。
因此，太皇太后親親熱熱地拉著姜桃的手，像長輩關心自家晚輩一般，問她家在哪裡，家裡還有誰，平時都做些什麼。
姜桃有些受寵若驚，但還是大大方方地回答。
這讓太皇太后又高看她一眼，連誇數聲好。

不愧是沈時恩自己選的妻子，這氣度、這心性，勛貴人家沒個一、二十年，都培養不出這麼好的姑娘，生養她的農家，真是撿到寶了。

太皇太后自詡看人還算準，不然不會在宮裡立這麼久。她和姜桃說了一會兒話，看出她是真的沒有半點不高興，臉上笑意是發自內心的，越發覺得她很不錯。

她們說完了話，太皇太后也要給其他人家一些臉面，便依次喚眾人上前。

姜桃很自覺地起身，準備退到一邊，孰料太皇太后拉著她的手沒放，只笑道：「妳坐著就好，初初上京，怕不是人還沒認全？這會兒哀家正好帶著妳認認。」

這還真的說到了關鍵，宮宴前半個月，姜桃雖然收了不少拜帖，但見的大多是門第不高的人家，真正的高門大戶是不會在她獲封一品誥命之後，便一窩蜂地往沈家湧。

而且偌大的京城，總有些狗眼看人低、瞧不上她出身，不怎麼想同她來往的。

如今，太皇太后拉著她介紹，誰還敢拿喬輕慢她？

說完話，姜桃把殿內眾人認得七七八八，太皇太后又笑著問道：「寧北侯夫人呢？」

容氏在姜萱鬧過事之後，一直縮在殿內一角，看姜桃在太皇太后面前那樣得臉，更是恨不能縮成隱形人。

猛地被太皇太后問起，饒是容氏算是經得住事的，腦子都一片發懵。她當侯夫人這些年了，還沒那個殊榮被太皇太后問起。

眼下太皇太后特特提到她，想也知道不是好事！

她佯裝鎮定，帶著姜萱和姜瑩上前行禮問安。

太皇太后特地喊了無人問津的容氏，當然是為了替姜桃出氣。

姜萱在她壽宴上那樣打姜桃的臉，等於是不給她面子。

太皇太后這樣的地位，不用顧忌什麼，看著容氏就道：「妳的臉色瞧著不太好，怕是不舒服吧？」

容氏慘白著臉，強笑道：「謝謝您的關懷，臣婦……」

太皇太后擺擺手，打斷她。「聽妳說話也中氣不足，不用在哀家這兒伺候了，帶著妳家姑娘回去歇息吧。」

容氏吶吶地站在原地，忘了反應，姜萱和姜瑩則是滿臉屈辱。誰能想到，素來好性子的太皇太后，會直接把她們趕出宮呢？

這一趕，她們母女真的不用做人了。

容氏的思緒飛快轉著，目光移到姜桃身上，雙膝一軟，直接跪下。

姜桃就等著看她笑話呢，此時一看她的動作，頓覺不妙。

容氏怕是要向她道歉，這樣她礙於臉面，就得幫著求情，否則旁人會編排她氣量小。

可要姜桃幫她求情，真是比讓她吃了蒼蠅還噁心！

然而，不等容氏開口，太皇太后一抬手，旁邊的宮人立刻會意，直接把容氏拉起來。

「去吧，也是個規矩人，出宮前還知道向哀家行個大禮。」

她說完，身強體壯的宮人就把容氏半拉半拽地「請」出去了。

剛才姜萱還敢在姜桃面前挑事，對上太皇太后這樣的人物，是半句不敢多說，見她娘被人拖走，便拉上嚇得面無人色的姜瑩，跟了出去。

第八十九章

姜桃不知道太皇太后還有這一手，雖然她和太皇太后坐得近，但明眼人都看得出來，方才容氏跪的是她。

唯有太皇太后這樣身分的人，才敢那麼說。不管她說什麼，都沒人敢駁斥。

姜桃忍不住撇過臉偷笑，轉頭對上太皇太后滿含笑意的眼睛，拍著姜桃的手背道：「對付這樣的人就得如此。下回，就得靠妳自己了。」

姜桃點頭。是今天場合重大不好鬧開，不然按著她在省城時便敢把姜萱趕出門外的作派，肯定不會讓姜萱那樣上躥下跳。

不過，現在她看出來了，正是因為太皇太后覺得她受了委屈，才對她這般親厚，算是因禍得福。

容氏母女的離場，並未掀起波瀾，眾人暗自嘲笑兩聲，就算揭過此事。

接著，眾人依次獻上精心準備的壽禮，如曹氏所說，太皇太后不好金銀，所以送的都是些帶著心意的東西，譬如去廟裡求來供奉很久、受了香火的觀音像，或書法名家寫的壽字。

最多的就是繡品了，因為太皇太后喜歡，就算繡得不好，也會念著是對方親手繡的，多少誇讚幾句。

不過，能來參加壽宴的多是世家豪門的女眷，只把女紅當個興趣在做，大部分是由自家繡娘描了花樣子，把底圖繡好，再由她們添幾針罷了。

太皇太后年輕的時候，很擅長做這些，稍微一瞧就能看出來，對方到底下了多少工夫。

等王妃和太妃等人獻完壽禮，便輪到姜桃和曹氏了。

曹氏不會刺繡，壽禮是一幅百壽圖，不同於旁人去尋書法大家來寫，這是她讓人挨家挨戶去尋壽數高的老人，由他們寫的。

一百個大小不一、字跡不盡相同的壽字，雖然不算名貴，也不算特別好看，但寓意好，花了心思，太皇太后看完笑起來，誇她是真的費心了。

曹氏後面是姜桃，她準備的壽禮是一幅用黑線和金線攪在一起繡的壽字圖。

這幅圖繡得極大，需要兩個宮人拉開卷軸，才能讓整個壽字展現在人前。

乍看過去，只是平凡無奇的大字，但因為摻了金線的緣故，被光照到的地方熠熠生輝。而且，還用了雙面繡的工藝，正面和反面幾乎沒有區別。

「好。」太皇太后笑著看姜桃。「妳居然會雙面繡，這技藝不下個三、五年苦工，可練不成。看來妳和哀家一樣，都是喜歡這些的。」

姜桃笑著點點頭，說話的工夫，宮人便準備把她的圖撤走。

就在卷軸即將要合上的時候，太皇太后突然出聲。「慢著，拿到哀家跟前來。」

宮人又打開卷軸，呈上前。

太皇太后仔細看了一遍，而後搖著頭笑道：「這壽字居然是由數百個小字湊成的，妳這孩子怎麼不說呢？」

她說著，讓其他女眷上前仔細看，原來那大大壽字的一筆一畫，都是由無數個小字湊成的，一個字也就米粒大小，離得遠了，根本發現不了。

「不過是繡了些佛經罷了，不值當什麼。」姜桃抿唇笑笑。

這下，不只太皇太后，連曹氏都有話要說了，驚訝道：「這米粒似的字繡了成百上千個，還叫不值當什麼？我仔細看了，這些小字也是用雙面繡。妳前幾天才上京，這壽禮該不是早就準備好的吧？」

姜桃老實道：「這倒沒有，是最近半個月繡的。」

太皇太后笑得眼睛都快瞧不見了。「妳這孩子才叫實心眼，若非哀家方才覺得有些不對勁，讓人呈到眼前仔細瞧，便隨意收進庫房，豈不是浪費了妳一番心意？」

「即便不發現，也沒什麼，心意心意，本就是盡了心便好。」

姜桃是真沒想著以壽禮去討好處，會做這繡品，一來是償太皇太后親自出誥命文書給她的恩典，二來是她本就喜歡做這些。從前針線日日不離手，到了京城，卻只做幾身寢衣就閒下來，自己琢磨著尋樂子罷了。

「方才哀家說妳至少下過三、五年的苦工，如今看著，可不只那幾年。跟哀家說說，妳師承何人？」

姜桃在縣城時，沒對外說她跟蘇如是的關係，進了京城，卻是瞞不住的。

「之前只會些簡單的針線，後來機緣巧合之下，認識了蘇大家，有幸得了她的青眼，將當時還是民女的臣婦收為義女。」

「居然是向蘇如是學的？」太皇太后意外地挑眉。「這幾年她住在楚家的別院，便是回京城，也是不顯山不露水，哀家竟不知她在外頭收了義女。難怪去年沒聽說她回京，敢情是在外頭得了妳這麼個寶貝。如今好了，妳被哀家扣下，看她還往哪兒跑。」

「義母本是要和我一同上京，但八月時染了暑熱，冬天之前便回來了。」

太皇太后點頭說好，還說等她回來，讓姜桃勸著她多進宮。

姜桃笑著應下。

午時，宮宴正式開始，太皇太后依舊讓姜桃坐在她身邊。

她不是不好相處的人，關心起人來，讓人如沐春風，陪在她身邊，也替姜桃省去其他不必要的交際應酬。

筵席之後就是聽戲、看雜耍之類的節目，一直熱鬧到黃昏時分，這場壽宴才算結束。

姜桃陪太皇太后一天，眾人散後，太皇太后精神不濟，沒拉著她多說什麼，只叮囑她等蘇如是回來，一道進宮看她，就讓她回去了。

姜桃出了慈和宮，就看到等在宮道上的曹氏。

曹氏和她結伴出宮，路上還忍不住笑道：「我也算是經常出入後宮了，自從太皇太后還是太后的時候，見了她老人家不知道多少次，從沒看見她這麼抬舉人的。」

姜桃抿唇笑了笑，沒接話。她自覺沒那麼大能耐，今天得她老人家的青睞，一是因禍得福，二是沾了自家師傅的光。

沒多久，兩人到了宮門外，前朝那邊也散了，沈時恩和蕭世南早一步出來，在宮門口等著她們。

蕭世南很是心虛，見了她們，沒敢上前。等她們走近，才把曹氏拉到一邊，小聲地問：「娘，後宮裡沒出什麼事吧？」

曹氏搖頭說沒有，又道：「我就說你瞎操心，你嫂子是個有本事的，連太皇太后都抬舉她呢！」

蕭世南這才呼出一口長氣。「那就好那就好，都是我的錯，我早該跟嫂子說寧北侯府的事，不該快進宮的時候才想起來，時間倉促，只隨便提了一、兩句。今天可擔心死我了，幸虧二哥忙著應酬沒空管我，不然他問起來，我多半要遭殃。」

曹氏臉上的笑一滯。「我半個月前就告訴你了，你一直沒說？」

「我……我忘了。」

曹氏愣住，隨即反應過來。

姜桃一開始是不知情，後來聽她說起沈時恩和寧北侯府大姑娘的舊事，還能那樣文風不動，也實在太經得住事了！

她忍不住又回頭看姜桃一眼，難怪姜桃之前敢那樣替蕭世南抱不平，也不怕得罪他們英國公府。光靠她那樣的心性，自己都能立起來，確實不用旁人幫扶。

另一邊，姜桃正笑呵呵地看著沈時恩。

沈時恩喝了不少酒，如今酒意發散，正是微醺上頭的時候。但不知怎的，對上姜桃滿含笑意的杏眼時，背後突然有些發寒。

沈時恩想起，早上進宮之前，姜桃聽了蕭世南的話，表情就怪怪的，不對他笑，還氣鼓鼓地瞪他。

他狐疑地看向蕭世南，蕭世南只裝作渾然不覺，拉著曹氏快步走向馬車，然後頭也不回道：「我隨我娘的馬車回去，二哥喝多了酒，也快些上車，小心吹了風頭疼。」

蕭世南說完，一溜煙地跑了。

曹氏用帕子擋著嘴偷笑，走到自家馬車前，笑著打蕭世南一下。「這下肯回家住了？」

蕭世南懊喪地拍著自己的腦袋。「娘快別取笑我，我都要嚇死了。當時我很上心的，怎麼就忘了呢？」

曹氏看他這孩子氣的動作，又是一陣笑。

這時，英國公和蕭世雲也出了宮。英國公喝了不少酒，不同於沈時恩的清醒，他是醉得腳步都蹣跚，蕭世雲扶著他出來，所以比旁人慢一步。

蕭世雲扶著英國公上車，轉頭看到曹氏和蕭世南站在一旁，頭碰頭嘀嘀咕咕的。

他面上的笑一頓，隨即神情如常地上前，問道：「娘和大哥這是說什麼悄悄話呢？」

「啥都沒有！」蕭世南說著，去拉曹氏的衣袖。

曹氏好笑地跟著點頭。「是沒什麼。你不用知道。」

這種狀況，要是在蕭世雲幼時，他可以裝作一副受傷的樣子，曹氏自然會心疼他，就把事情告訴他。

可他如今已經是少年，若為這一句半句的裝出那副樣子，便顯得不宜了。

「你也喝了酒吧？和你爹一道進馬車休息去。」

曹氏說著，讓人把蕭世雲扶上馬車。

英國公府的馬車雖然寬敞，但英國公已經爛醉，完全橫躺在馬車裡，若像他們來的時候那樣坐著，勉強還成。但多了蕭世南，四個人一道乘坐，便顯得有些逼仄。

曹氏還要跟蕭世南說今天宮裡的事，乾脆不進馬車，和蕭世南各騎一匹馬，母子兩人並肩而行。

蕭世雲在馬車坐定之後，車馬就出發了。

蕭世雲看已經呼呼大睡的英國公一眼，面色陰鷙地掀開車簾。

蕭世南笑道：「娘可仔細些，要是摔下馬，我不一定來得及拉您。」

曹氏笑罵他。「去你的，你小時候騎馬的本事，還是我教的呢！」

曹氏是大大咧咧、愛熱鬧的性子，當姑娘的時候就很會騎馬、打馬球、冰嬉之類的。

蕭世南也跟著笑。「好些年沒和娘一起騎馬，都把這個忘了。」

曹氏想到母子倆失去的相處時間，心疼道：「不如選個好日子，咱們去踏青？」

「成啊，也不用特地選日子。入冬前不是要秋獮嗎？到時候咱們一道騎馬，我給娘打兔子！」他頓了頓，道：「不過得先給我嫂子選，娘看慣了好東西，不會和我嫂子計較吧？」

這種事說開了，曹氏反而不覺得有什麼，當即道：「自然不會，都是你的心意罷了。」

兩人和樂融融地說著話，馬車裡，蕭世雲的面色卻陰沈如水，掀起車簾的手緊緊捏著，指甲都掐進了肉裡。

蕭世南為什麼偏要和他搶？

他已經在他的陰影裡，淒淒慘慘地活過一輩子，這輩子苦心孤詣，好不容易才得到爹娘的偏愛和世子之位。

難道他又要重蹈覆轍？

蕭世雲放下車簾，強迫自己鎮定下來。

看來他還是太仁慈了，本是想著這輩子只爭個世子之位，等著看蕭世南被新帝秋後算帳。卻沒想到，事情居然沒按著他預想的發展。

秋獮嗎……一抹陰邪笑容出現在蕭世雲清俊的臉上，他要讓蕭世南有去無回！

姜桃這邊，蕭世南和曹氏離開後，她也和沈時恩坐上了回府的馬車。

沈時恩被她似笑非笑地看了一路，雖覺得自己沒犯錯，還是莫名心虛地摸摸鼻子，問她。「小南早上到底和妳說什麼了？」

姜桃彎唇笑笑。「也沒什麼，就是寧北侯府……」止住話頭，看沈時恩的反應。

沈時恩頓時移開目光，不敢和她對視。

「寧北侯府怎麼了？」

姜桃心想，還挺會裝的！蕭世南忘記跟她說就算了，幸虧那原主是她自己，不然還真得酸死！

「她們尋了個叫姜瑩的姑娘帶進宮，說是跟已逝的大姑娘很是相似。」

「放肆！」沈時恩有些吃驚，隨即明白過來寧北侯府的用意，正色道：「之前我跟寧北侯說了，立塚之後，我和他們家再無干係。他們藉著我的名打秋風便罷，竟然做出這樣的事？他們把我當成什麼人了？」

姜桃慢悠悠地嘆口氣。「許是看你對那大姑娘用情至深，怕你傷懷吧。」

沈時恩也知道這事必須說清楚，立刻道：「我早和妳說了，我和寧北侯府那大姑娘只見過一面。當時我才十七、八歲，也就小南這麼大，哪懂什麼男女之情。」

姜桃聽著，覺得心裡有些不舒服，沈時恩說的不是假話，但聽著像撇清似的。怎麼，上輩子的她不值得他喜歡嗎？

沈時恩看她不說話了，小心打量她的臉色，又道：「之前沒跟妳說，是我的錯，想著以後兩家沒有來往，他家無權無勢，也不敢鬧事，但沒想著特地瞞妳。妳才進京半個多月，前頭待客，又要準備太皇太后壽禮，忙起來便不顧自己身子，我心疼妳還來不及，哪會特地提起那不要緊的事情讓妳傷神？想著等妳閒了，再說也是一樣的。我真不知他家照著那大姑娘的模樣尋了人，我有妳就好了，還要旁人做什麼？」

姜桃挑了挑眉。「跟你訂親的姑娘，你真把她忘了？」

「真忘了！」

沈時恩再耿直，也知道這種事得撇清，而且他也沒說謊，幾年前只見了一面的姑娘，眼下是真的連面容都記不得，有印象的只有她那鮮活開朗的笑容。

可那短短一瞬的悸動，自然是無法與他和姜桃的感情相提並論。

姜桃使壞地笑起來。「沒事，本就是過去的事嘛。我也知道你不是那樣的人，而且……也不只你和別人訂過親。」

沈時恩微微愣住。「這是什麼意思？」

姜桃狡黠一笑。「我也有過未婚夫。」

說著話，馬車停到了沈家門口。

小丫鬟幫著打起簾子，姜桃不等沈時恩問更多，就下車了。

沈時恩連忙跟著跳下車，想拉住姜桃問更多，但姜霖已經迎上來。

他還太小，姜桃不放心讓沈時恩把他帶到宮裡，小傢伙已經一個人在家裡待了一天。

姜霖見了姜桃，扭股糖似的黏上去，抱著她的腰問：「姊姊，宮裡好不好玩？」

姜桃拉著他的小胖手往府裡走，假裝沒察覺沈時恩黏在她身上的探究目光。

「宮裡很大，好吃的也多。下午有唱戲和雜耍之類的節目，不過你聽不懂戲，雜耍的話也沒有宮外的熱鬧，因為不能有太過危險的，就是一般的踩高蹺和頂缸之類。其他時候，都是大人們坐在一處說話。」

姜霖懂事地點點頭。「那姊姊不帶我去是對的，我坐不住，去了說不定給姊姊惹禍。」

他如今越來越乖巧懂事，姜桃好一通誇獎，答應下回場合不這麼隆重的時候，有機會便帶他進宮。

姊弟倆說著話，回了正院，丫鬟立刻擺上晚飯。

沈時恩後腳跟過來，三人坐到飯桌前。

姜霖問蕭世南怎麼沒回來，姜桃忍不住笑道：「你小南哥今天怕是不敢回來，得去隔壁住了，咱們不用等他。」

姜霖沒多問，因為平常蕭世南和他一樣頑皮，肯定是在宮中闖禍了，再次慶幸自己沒跟著去湊熱鬧。

用完飯，姜桃命人把正院的另一間廂房收拾出來，讓姜霖在正院住下。

沈時恩心裡跟貓爪子撓心似的難受，但一直沒打擾他們姊弟說話。

夜色濃重時，姜霖犯睏，姜桃把他帶到廂房，哄睡了他，而後去淨房更衣沐浴。

泡了個舒舒服服的熱水澡，姜桃真覺得累，靠在浴桶上閉眼睡著了。

沈時恩尋來時，浴桶裡的熱水都變溫了。

他把姜桃抱起來，用乾布巾幫她擦身子，套上寢衣，又把她抱回內室。

姜桃覺得使壞吊了他一頓飯工夫的胃口也夠了，強打起精神，想和他交底。無奈她真的睏，眼皮沈得像掀不開似的。

沈時恩替她掖好被子，溫聲道：「有話明天再說，先睡吧。」大手隔著被子輕輕拍著，哄她入睡。

姜桃困倦地嗯了聲。「你也早些睡，早上起來，我就和你說。」

沈時恩應下，起身去洗漱。回屋的時候，姜桃已經睡熟了。

沈時恩躺在床上翻來覆去，怎麼都覺得心裡不對勁。

過了半個時辰，他毫無睡意，乾脆起身去院子裡打拳。

姜霖起來尿尿，聽到院子裡有動靜，趿拉著鞋出來看。

「姊夫怎麼還不睡啊？」他揉著眼睛問。

沈時恩瞧見他，眼睛就亮了，立刻拉著他進廂房。

姜霖有些不好意思。「我就是起來撒個尿，可以自己睡，不用人陪。」

沈時恩幫他蓋好被子。「姊夫有件事問你，你姊姊在和我成親之前，和人訂過親？」

「姊姊和姊夫成親之前嗎？」姜霖打著哈欠，努力地回憶。「那是好早之前了，當時爹娘還在。不過我還小呢，爹娘不跟我說那些。我好像聽娘說，姊姊馬上就要嫁人，該準備嫁妝什麼的。」

姜家三房夫婦出事之前，確實是在替姜桃相看親事，不過那是八字還沒一撇的事，姜霖不懂那些，怎麼聽到的就怎麼說了。

沈時恩一想，果然如此，姜桃不是故意說假話氣他，她還真訂過親！

「對方是誰，你知道嗎？」

姜霖輕聲嘀咕。「好像是……是……」然後就打起呼來。

沈時恩滿臉無奈，心道這姊弟倆入睡真是一樣快。

但他也不能把小傢伙喊醒追問，只能同樣給他掖了掖被子，關好門，退了出去。

姜桃一夜好夢，一睜眼就看到坐在床沿的沈時恩。

「嚇我一跳！」姜桃拍了拍心口，邊伸懶腰邊問他。「怎麼起這麼早？」

沈時恩酸了一夜，也不扯別的話，開門見山地問：「他是誰？」

姜桃初初睡醒，腦子還懵懵的，聽了這話沒反應過來。「什麼他是誰？哪個他？」

「和妳訂親的人是誰？」

姜桃想也不想就道：「是你啊！」

沈時恩不禁彎唇，又正色道：「別鬧，問妳正經的呢。」

在他催促的眼神中，姜桃也正經起來。「沒鬧，我是說正經的。不過這件事有點曲折，你聽我慢慢說。」

她讓守在屋內的小丫鬟都退出去，而後關上門窗，這才細說起過去的事。

姜桃知道這種事確實詭異了些，但他們是夫妻，她不想瞞沈時恩一輩子，選擇交底。

第九十章

現代的事情，這個時代的人難以理解，姜桃便先只說上輩子的事。畢竟同一個時代，「借屍還魂」這種故事聽起來更好理解。

好半晌後，沈時恩從震驚中回過神來，先摸姜桃的額頭，而後道：「妳莫不是還沒清醒，晚上作了光怪陸離的夢？」

姜桃拍開他的手，有些忐忑地說：「咱們說好沒有秘密，其實早該和你說這些的。只是當時咱們在縣城裡過自家的小日子，我以為再也不會回到京城，前塵往事如雲煙，散了就散了，才沒和你提。而且那會兒咱們剛成婚，我也有些害怕……」

她說著，小心翼翼地打量沈時恩的臉色。「聽著是不是怪可怕的？」

沈時恩蹙眉思索一會兒，笑了起來。

「笑什麼啊，還當我是開玩笑啊？」姜桃無奈地聳聳肩。「其實你可以問很多細節，我都能回答。你要不信就算……」

話音未落，沈時恩便把她攬進懷裡，低沈的嗓音在她耳邊呢喃。「不，我信。妳說的，我就信。」

姜桃這才放下心，笑著用臉蹭他的頸窩。「所以沒有旁人，是你。只有你。」

兩人耳鬢廝磨，交心之後正是情到濃時，但抱著她的沈時恩，臉上笑意卻漸漸淡去。

難怪他的阿桃一直這麼豁達，難怪蘇如是一見她便把她收為義女，難怪她的刺繡技藝那般精湛，難怪她明明出身普通，儀態舉止卻如高門貴女……

他初見姜桃時，是在荒山破廟，得知她是被家人送去等死時，他對她豁達樂觀的心態自嘆弗如。正是被她感染，當時心灰意懶的他，才重新燃起希望。

現在他才知道，她經歷那麼多苦難。和她過去的黑暗相比，在農家的小小磨難，確實不算什麼。

如今，一切都說得通了。

只恨他沒早早探究，讓她一個人獨自承受那麼久。

他的阿桃說往事如雲煙，她已經全然不在乎，可他卻不會不在乎！

寧北侯府……真真是好樣的！

「想什麼呢？」半晌後，姜桃從他懷裡直起身，見他面色不對勁，又道：「我說那些，不是向你訴苦，都是過去的事了。如今咱們家過得這麼好，我心裡再也沒有不忿。若非寧北侯府又在鬧，扯出我和你訂過親的事，我可能也懶得再提。」

沈時恩收起沈思之色，伸手幫她把額前的碎髮挽到耳後，淡淡笑道：「沒什麼。只是沒想到昨晚妳要和我說的是這個。早知道這樣，我不用那樣忐忑地過一夜。」

姜桃捂嘴偷笑，邊笑邊拿眼睛斜他。「要不是怕嚇到你，我應該回京前就和你說的。該不會是有人心裡泛酸，整晚沒睡著吧？」

沈時恩移開眼，臉頰上出現可疑的紅暈。

他昨天還信誓旦旦地和姜桃說，之前那次訂親過去就算了，心裡不記掛，就可以揭過。

可是，他只要想到姜桃差點成了別人的媳婦兒，心裡那感覺，真是用百爪撓心來形容也不為過。

但就如姜桃所說，是他，只有他。

他們都只有彼此。

「是不是吃醋啦？快說！」姜桃伸手去戳他腰間的軟肉。

沈時恩躲不開她的手，最後舉手投降。「吃醋了吃醋了，想了一晚沒睡著，半夜還拉著起來尿尿的阿霖說話，想從他嘴裡套消息。結果，他只說了當年姜家給妳準備嫁妝的事，沒講兩句就打起呼。我不知道哪個小子差點娶到妳，天沒亮就坐到床前，等著找妳問話……」

姜霖對著他姊姊沒有秘密，與其等他起來向姜桃打小報告，不如他自己直接說，總不會比姜霖開口更尷尬。

「昨晚我本來要說的，是你把我哄睡了。」

「那不是想表現我的大度嘛！」

「大度的人會吃醋吃得整晚不睡嗎？」

姜桃心裡舒坦死了。這種吃自己乾醋的荒唐事，總不能她自己一個人體會，如今兩人算是扯平了！

兩人在床上鬧了好一會兒，院子裡走動、灑掃的人聲漸漸多了，不方便再說私密的話，沈時恩才起身更衣，說去上值。

姜桃尋思著，他整晚沒睡，本是想讓他請個假，在家裡休沐半日的。

沈時恩卻說不打緊，依舊按著時辰出了門。

姜桃剛把沈時恩送出正院，下人就說曹氏過來了。

她讓人把曹氏請進來，曹氏見了她，打量她的臉色道：「小南那孩子真不懂事，昨兒個我已經痛罵過他了。」

姜桃連忙笑道：「姨母不必如此，我沒生小南的氣。」

曹氏不放心地問：「真沒有？」

姜桃點點頭。「我同他相處了兩年，能不知道他的性子嗎？我知道他不是故意的，沒有惱他。」

姜桃不是因為自己是和沈時恩訂親的原主才這麼說，是因蕭世南真是那個性子，上回他從英國公府回來就要跟她說的，正好遇見沈時恩回來，被打斷了。

後來，她自己也忙，忘了問，自然不會怪同樣忙碌的蕭世南忘記提醒她。

曹氏看她真不惱怒，這才放心，心道難怪蕭世南那麼敬愛姜桃，她年紀不大，但行事卻是妥當穩重，值得依靠和信賴。

「這就好，那孩子昨晚沒敢上門，聽下人說，整晚沒睡好。今天一大早就起床，也不敢過來，我先讓他在門外等著，進來探探妳的口風。」

曹氏說著話，讓人去喚蕭世南。

沈家大門外，蕭世南正伸著脖子往裡看，儘管知道這大門離正院遠得很，根本瞧不見什麼，但他心裡緊張，一直忍不住張望。

「在門口站著做什麼？」沈時恩從正院出來後，去書房一趟，出門時看到如熱鍋上螞蟻似的蕭世南。

「二哥，」蕭世南見了他，不由後退一步。「出門去啊？」

沈時恩面無表情地點點頭。

蕭世南訕訕地笑。「昨兒宮宴，小玨看你飲酒飲得不少，不是讓你今天休沐嗎？」

沈時恩沒接話，只言簡意賅道：「有點事要辦。」

他面上既不見喜也不見怒，但那古井無波的沈靜神情，看著格外嚇人。

蕭世南連話都不敢接了，正好曹氏的丫鬟來喚他，說他嫂子不惱他，也不敢在沈時恩面前多待，立刻快步去正院了。

姜桃這邊已經讓人擺好早飯，請曹氏一道入座，沒多久蕭世南過來了。

他先探進半邊腦袋，確認氣氛沒有不對勁，才跨進屋內。

姜桃見了他那小心鬼祟的樣子就笑。「你這是回自個兒家，還是當賊哪？」

蕭世南聽了她帶著笑意的話，才如釋重負地呼出一口長氣，一屁股在飯桌前坐下。

「嫂子不生氣就好，我就不用『當賊』了。」

「我在你心裡，就那麼小心眼啊？」

蕭世南忙道不是。「嫂子是最大度的！」

其實等在門外的時候，蕭世南覺得姜桃多半不會生氣。她不記仇，就算昨天怪他，過去一夜，氣也消得差不多了。

就是方才見沈時恩臉色不對，心裡不禁又七上八下地打起鼓。

用早飯時，姜桃和曹氏話家常，蕭世南聽她說起沈時恩去上值，心裡更納悶了——明明是該休沐的日子，他哥是去上哪門子的值？

不過，他現在年紀漸大，也懂些人情世故，不會貿然說那些。

想到沈時恩沈靜的面容，蕭世南不禁打了個寒顫。

雖然不知道他哥瞞著他嫂子去辦什麼事，但他覺得，對方多半是要遭殃了。

寧北侯府裡，容氏前一天被太皇太后趕出慈和宮，回來後，直接躺倒在床上。

姜萱覺得丟臉又心虛，再蠢也猜到是因為自己做錯事，才鬧得這般難看。她也不敢多話，只敢小心翼翼地在床前服侍。

寧北侯前一天一直在前朝吃宴，前朝和後宮消息不通，他更沒本事探聽消息，一直被蒙在鼓裡。

在宮宴上，他被幾個狐朋狗友灌了幾杯酒，出宮時，醉得連自己姓什麼都忘了。今晨他酒醒了，才知道妻女前一天在宮裡闖下那樣的大禍！

寧北侯氣勢洶洶地闖進後宅，要向容氏問罪。到了後院才知道，容氏昨兒回來就病倒了，已經躺在床上，一夜吃不進水米。他不好再責罵，但還是忍不住怒道：「太皇太后壽宴那樣的大場合，我也沒指望妳給我爭什麼光，只想著把瑩兒帶到人前過過明路，回頭好把她往沈家送，怎麼就鬧成這樣？」

容氏慘白著臉，扶著丫鬟的手，才勉力坐起身。「是妾身管教無方，讓萱兒把瑩兒帶到了國舅夫人眼前，才惹出這樣多的事端。」

寧北侯氣得瞪姜萱一眼，指著她罵道：「沒用的東西，都嫁出去了，還把持不住夫家，就知道回娘家來打秋風，占便宜。我和妳娘心疼妳，才帶著妳進宮，給妳長長臉，妳就這麼回報我和妳娘的？」

姜萱知道自家這附庸風雅的爹對她這女兒沒什麼感情，又想到容氏昨夜的叮囑，忍下頂嘴的衝動，跪在地上委屈地抹淚。

「國舅夫人不過是仗著和阿桃姊姊同名同姓，就那般作威作福，讓女兒福身行禮一刻鐘也不叫起。若只委屈女兒一個便罷，女兒雖是家裡嫁出去的，但跟著娘一道進宮，代表的還是咱們家的臉面。想到爹也是差點當了國舅岳丈的人，才一時氣不過……」

「那農家女真那般張狂？」

姜萱只嗚嗚哭著，不再多說。容氏則一臉心疼，本就慘白的臉色，瞧著越發不好看，掙扎著要下地，代姜萱請罪。

寧北侯也懶得問罪了，擺手道：「我知道怎麼回事了！妳們有錯，但到底是那農家女搓磨妳們在先。此事，我不會善罷甘休！」

寧北侯說完，氣呼呼地走了。

他一走，姜萱眼淚一抹坐回床沿，看著容氏，猶豫問：「娘，這下真就沒事了？」

容氏讓丫鬟絞濕帕子來，擦去臉上的白色脂粉。

「妳爹最好的就是臉面，咱們只說那農家女藉機打侯府的臉，他的怒氣就消下去泰半。回頭我再讓人買兩幅古董字畫給他，也就全然忘了。」

姜萱點點頭，而後想到昨天的事，恨恨地道：「爹說不會善罷甘休，我心裡也不會那麼輕易放過。山高水長，終有一日，我定要將昨日受到的屈辱，百倍千倍地還回去！」

容氏看著咬牙切齒說著狠話的姜萱，沒接話。

這女兒……半點也不隨她，像極她那個沒腦子的爹。出嫁前她還算聽話，也沒惹出什麼大亂子。如今長大，翅膀硬了，和她爹如出一轍地讓人厭煩。

不過不要緊，她還有兒子，兒子隨了她，等兒子承襲世子之位，接管了這侯府，便再也不用擔心被這些蠢鈍如豬的人拖累。

容氏心裡這麼想著，臉上才沒有露出憎惡之色。

以為事情就這麼結束的寧北侯府眾人，怎麼也沒想到，他們的厄運，不過是剛剛開始罷了……

太皇太后壽辰隔天，慈和宮裡的老嬤嬤申斥侯夫人容氏。

壽宴當天，容氏被趕出去，但當時太皇太后還算給了她幾分臉面，說是瞧著她臉色不好，看她不舒服，讓人把她送回家。

儘管知道內情、笑話寧北侯府的人不少，但總算維持住基本的體面。

後來派人申斥時，可不會再留什麼臉面，斥責寧北侯府枉顧禮法，姜萱雖是侯府嫡女，但已經是外嫁的翰林夫人，按著品級，連進宮的資格都沒有。姜瑩更別提了，姜家旁支過繼來的女兒，什麼規矩都沒學會，就那麼帶進宮裡，是要氣誰呢？

容氏被訓斥得抬不起頭，偏對方是代表太皇太后，連回嘴都不成，只能老老實實聽著。

自打多年前沈皇后去世後，先帝沒有再娶，中宮之位空懸，太皇太后也不理事，禮法規矩自然鬆散。

趁著大場合乘機帶親戚出去走動的人家不在少數，就容氏知道的，去年太皇太后壽辰，英國公夫人還把她新寡的遠房姪女帶進宮裡呢，沒多久就有人替她姪女作媒，重新結了一門好親事。

相比之下，她不過是帶著外嫁的女兒和新過繼的女兒進宮，怎麼都不是最過分的那個。但她不是傻子，知道那不過是個由頭，歸根究柢，還是姜萱在宮宴上挑釁在先，損了姜桃的面子，也損了太皇太后的面子。

她挨了訓斥之後，消息很快傳出。

從前在世家豪門圈子裡備受冷落的寧北侯府，越發冷清，後頭又正好是容氏的生辰，想擺幾桌熱鬧一番，卻連請帖都送不出去。

沒兩天，寧北侯又碰了壁。

蕭玨初登基時，各家上了請封世子的摺子。

因為人數眾多，蕭玨是一批一批地批下來。

如今過了這麼久，連英國公府的摺子都下來了，唯有他們家的摺子被退。

寧北侯只有一個嫡子，他不封為世子，這家業後頭傳給誰？

寧北侯急了，容氏更急，兒子就是她全部的指望。府裡妾室、通房生的庶子還有好幾個，她兒子當不成世子，難不成要便宜了那些上不得檯面的庶子？

容氏讓姜萱去求應弈然，應弈然是個品級不高的翰林，卻有入宮宣講的機會。

不像寧北侯，雖是侯爵，但身上沒有差事，連朝都沒得上，遞摺子都得等到新帝登基那種大好時候。

姜萱已經在娘家住了好一段時日，本是想等應弈然回京之後來接她，好挽回顏面。

沒想到，鄉試早就結束了，應弈然也回京一段時日，卻連面都沒露過。

容氏把人喊到府裡，設宴招待，想從中替他們說和。

應弈然厭煩姜萱，但到底受過寧北侯府的恩惠。寧北侯府沒落了，但到底是勛貴人家，和當時還是小舉人的他完全是兩個階層，正是有了寧北侯的牽線搭橋，他才有機會到恩師面前，被收為學生。

也才有了他恩師被欽點為學政，特地把他帶在身邊，想讓他在學子中建立威望和人脈那回事。

可惜，他恩師一番苦心全被姜萱毀了，如今姜楊和賀志清那一屆的學子都在說，他得了勢就目中無人。

寧北侯和容氏很看重應弈然這女婿，如今把他當成救命稻草，就更不得了了，說盡好話陪著笑，只差把應弈然當大佛供著。

應弈然不是冷心冷情的人，答應下來，有機會幫著他們說說好話。

沒想到，機會來得那麼快，隔天宮裡就找人去侍讀宣講。

翰林院全是兩耳不聞窗外事，一心唯讀聖賢書的讀書人，不知道、也不關心勛貴階層的事。上峰想著他之前進宮那次很出風頭，得了蕭玨的褒獎不說，還說下回入宮宣講還找他，就做了個順水人情，讓應弈然去。

應弈然到了蕭玨跟前，蕭玨壓根兒沒記起他是誰，只覺得他有些面熟罷了。不過他肚子裡確實有墨水，說文章、講時事都頭頭是道。

蕭玨聽著不錯，讚他兩句，而後就是日常賞賜。

這回，應弈然沒要賞賜，只跪著道：「臣有個不情之請，還望皇上賜些旁的。」

蕭玨心情不錯，笑道：「旁的賞賜？儘管說來。」

新朝正是缺人之時，尤其先帝去世之前，大肆清理過朝堂，好多職差還空著。蕭玨覺得，眼前這翰林雖然年輕，但有真才實學，若是求個不大的官位，盡可以放給他。不至於非得像翰林院那些老翰林似的，熬到三、四十歲才有出頭的機會。

應弈然說起寧北侯府的事。

他是跪在蕭玨面前說的，沒注意到他越說，蕭玨的臉越臭。

說到最後，蕭玨臉上的笑意都沒了，問他。「寧北侯府立不立世子，同你有什麼關係？你收了人家的銀錢來當說客？」

應弈然忙道不敢。「微臣哪敢收受賄賂，只是因為內子出自寧北侯府，岳丈和岳母為這事急得不得了，微臣做女婿的……」

「你娶的是姜……姜什麼來著？」蕭珏打斷他的話，但一時間想不起姜萱的名字，便改口道：「是日前宮宴上給我舅母難堪的那個？」

宮宴上的事，應弈然還真不清楚，一時間不知如何應答。

蕭珏煩躁地按按眉心，又問他。「你就是應弈然？」

應弈然聽出他話裡的冷意，只能老實道：「正是微臣。」

蕭珏不怒反笑。「寧北侯夫人和你妻子在我皇祖母的壽宴上挑釁朕的舅母，藐視皇家威嚴，如今還想從朕手裡討要請封？」

應弈然再不敢多言，只磕頭請罪。「微臣失言了，皇上息怒！」

「聖人有云：修身，齊家，治國，平天下。你連家都不齊，別的事，不用你操心了。」

蕭珏揮手讓他退下，等人走了，就問王德勝。「朕想找個人來講經解解乏罷了，怎麼偏偏去尋這麼個人來？還嫌朕不夠累？讓朕又受一場氣。」

王德勝也無辜，雖然是他傳的口諭，但想著應弈然在翰林院並無資歷，御前宣講的機會怎麼也不會次次輪到他，所以王德勝沒指名道姓說，別讓應弈然來了。

誰都沒想到，來的偏偏是他。

要是應弈然不提寧北侯府便罷，蕭珏不記得他是誰，聽完講經就結束了。

偏他嘴賤，哪壺不開提哪壺，自己落不著好就算了，還連累他這傳話的挨罵。

王德勝不算是個大度的人，不像蕭珏說完應弈然一頓，就把這事忘了。他這當太監的，可不會顧念讀書人的名聲跟臉面。

於是，他一轉頭，就把應弈然想在御前替寧北侯府說情，然後挨了訓斥的事宣揚出去。

——未完，待續，請看文創風886《聚福妻》5（完）

2020年8月出版

厲害了，娘子

文創風 870～871

扶不起的紈袴，比扶不起的阿斗還難對付，
怎知這頑劣的男人，最終會是她銅牆鐵壁般的後盾……

愛情的樣子是認輸、賣乖加賴皮／熹薇

牧斐，擁有令人咋舌超強背景的男人——
太后是他姑祖母，樞密院使是他舅爺，威武大將軍是他父親……
可惜，雖生在將門之家，卻是個紈袴子，功夫不會、讀書不行，
整日賭錢、聽曲兒、混酒樓，哪裡敗家哪裡去。
一朝馴馬摔破頭，整日神志混亂、滿口胡話、驚怖異常，
家人無計可施下，選了個八字最硬的女子入門為他沖喜，
怎料榮登最驚嚇開箱——來者竟是之前被他整得夠嗆的秦無雙！
原以為她是懷著報復之心，前來牧家搶錢搶權搶人的，
誰知劇情一路脫稿演出，秦無雙不但自立自強超會賺，
還對他這副好皮相以及花式賣乖表示極其無感。
心高氣傲的他，怎堪忍此折辱，這愛情的坑，她不跳，他來跳！
殊不知，秦無雙竟是重生歸來，不但要還他曾救她的人情，
還要阻止前世秦、牧兩家含冤莫白、家破人亡的一連串災難……

2020年7月出版

好運綿綿

文創風 867~869

年前，有個瞎眼老道上門算命，
指著還是個嬰兒的她說：在家旺家，出嫁旺夫！
她若真有福氣，上輩子怎會落了個不得善終的下場？

口甜如蜜沁心脾，體貼入微送暖意／采采

綿綿，家裡做生意成嗎？妳爹能中秀才嗎？這位當妳四嬸好嗎？
面對奶奶各種問題，小名「綿綿」的姜錦魚很是無奈，
她從不認為自己有好運，爹能考上秀才，是爹平常的努力。
有了重生的奇遇，她也只是比上輩子懂得珍惜，
偏偏奶奶莫名信了這套，她只能認真的回應。
身為女子，無法考科舉，又還只是個孩子，
乖巧、利用年齡優勢逗樂大人，這是她如今唯一能做的。
時光飛逝，很快就要過年，在鎮上讀書的哥哥也該回家了，
她扳指頭算時間，緊盯著門口預備準時迎接對方，
未料這次歸家的除了哥哥，還有一位來作客的冷漠少年。
少年名為顧衍，親娘早逝，爹在京裡是高官，
分明身分高貴，卻到這偏遠的小鎮念書，
這大過年的，竟然有家歸不得，得在他們這農家作客，
雖不知箇中原因，可她忽然覺得這個俊秀的少年可憐極了……

風 文創
885

聚福妻 4

國家圖書館出版品預行編目資料

聚福妻 / 踏枝著. --
初版. -- 臺北市 : 狗屋, 2020.09
冊 ; 公分. --（文創風）
ISBN 978-986-509-142-2（第4冊：平裝）. --

857.7 109010466

著作者	踏枝
編輯	安愉
校對	黃薇霓
發行所	狗屋出版社有限公司
地址	台北市104中山區龍江路71巷15號1樓
電話	02-2776-5889～0
發行字號	局版台業字845號
法律顧問	蕭雄淋律師
總經銷	知遠文化事業有限公司
電話	02-2664-8800
初版	2020年9月
國際書碼	ISBN-13 978-986-509-142-2

本著作物由北京晉江原創網絡科技有限公司授權出版

定價260元

狗屋劃撥帳號：19001626

網址：love.doghouse.com.tw E-mail：love@doghouse.com.tw